Dönüş

ESERLERİ

Güneşe Dön Yüzünü (Öykü)
Bir Tatlı Huzur (Biyografi)
Foto Sabah Resimleri (Öykü)
Adı: Aylin (Biyografik Roman)
Geniş Zamanlar (Öykü)
Sevdalinka (Roman)
Füreya (Biyografik Roman)
Köprü (Roman)
İçimde Kızıl Bir Gül Gibi (Deneme)
Babama (Şiir)
Nefes Nefese (Roman)
Kardelenler (Araştırma)
Gece Sesleri (Roman)
Bir Gün (Roman)
Bir Varmış Bir Yokmuş (Öykü)
Veda (Roman), *Veda* (Çizgi Roman)
Sit Nene'nin Masalları (Çocuk Kitabı)
Umut (Roman)
Taş Duvar Açık Pencere (Derleme)
Türkan–Tek ve Tek Başına (Anı-Roman)
Hayat–Dürbünümde Kırk Sene (Anı-Roman)
Hüzün–Dürbünümde Kırk Sene (Anı-Roman)
Gizli Anların Yolcusu (Roman)
Saklı Şiirler (Şiir)
Sessiz Öyküler (Öykü Derlemesi)
Bora'nın Kitabı (Roman)
Dönüş (Roman)

AYŞE KULİN

Hatice

Dönüş

Remzi Kitabevi

DÖNÜŞ / Ayşe Kulin

© Remzi Kitabevi, 2013

Her hakkı saklıdır.
Bu yapıtın aynen ya da özet olarak
hiçbir bölümü, telif hakkı sahibinin
yazılı izni alınmadan kullanılamaz.

Editör: Neclâ Feroğlu
Kapak: Ömer Erduran

ISBN 978-975-14-1562-2

BİRİNCİ BASIM: Mayıs 2013

Kitabın basımı 150.000 adet yapılmıştır.

Remzi Kitabevi A.Ş., Akmerkez E3-14, 34337 Etiler-İstanbul
Sertifika no: 10705
Tel (212) 282 2080 Faks (212) 282 2090
www.remzi.com.tr post@remzi.com.tr

Baskı ve cilt: Remzi Kitabevi A.Ş. basım tesisleri
100. Yıl Matbaacılar Sitesi, 196, Bağcılar-İstanbul
Sertifika no: 10648

Zaman okuldur biz orda öğreniriz
Zaman ateştir, içinde yanarız biz

DELMORE SCHWARTZ
(Çev. Talat Halman)

DERYA

Kaybolmak

Kayboldum!
Zeytin ağaçlarının arasında kıvrılarak akarken karşıma aniden üçe ayrılan bir çatal çıktı. Toprak yollar doğuya, batıya ve güneye doğru uzanıyordu. Civarda ne bir tabela vardı ne bir işaret, ne de gidip adres sorabileceğim evler veya insanlar! Bir köpek bile yoktu görünürde. Sadece sonbahar rüzgârının dallarda hışırdayan sesi! Hangi yöne sapmam gerektiğini bilmiyordum, tozlu yolların her birini hava kararmadan teker teker deneyecek gücüm de kalmamıştı, vaktim de. Arabadan indim, çaresizlikle dört bir yanıma bakındım. Hiç tanımadığım yörenin tozlu dağ yollarında kaybolmuştum.

Kilometrelerce ötedeki bir dünya metropolünde, tam da hayatının fırsatını yakalamışken, her şeyi tepip, düzenini bozup yollara düşen bir aptal da işte bunu hak ederdi:

Kaybolmak!

Sadece dağ yolunda değil, yanıtını bilmediği soruların, acı

veren anıların, hâkim olamadığı olayların içinde de kaybol-
mak!

Neden?

Bir şapka kutusu yüzünden!

Şu anda Ege'nin dağ yollarında kaybolmamın sebebi bir
şapka kutusudur! Her şey, gözümün o kutuya takılmasıyla baş-
ladı.

Singapur'a gitmeye hazırlanırken yolumun bambaşka bir
yöne akmasına, hasır şapkamı ezilmemesi için anneme ait bir
şapka kutusuna koymaya kalkışmamın neden olacağını; yaşa-
mımın bir yuvarlak karton kutu yüzünden seyir değiştirece-
ğini söyleseler, gülerdim herhalde. Oysa ne kadar da sık duy-
muştum aile büyüklerinden kaderimizi tesadüflerin yönlen-
dirdiğini. Başıma gelecekleri bileydim, anneannemin tekrar-
layıp durduğu sözlere saçmalık gözüyle bakar mıydım hiç!
Kaderci aileme rağmen, hedefe ulaşmayı şansa hiç bırakma-
mıştım ben!

Büyük boyutlu iki işimin Whitechapel Gallery'de sergilen-
meye değer bulunmasının tesadüfle, şansla hiç ilgisi yoktu.
Kendimi East End'deki galerilerden birine kabul ettirebilmek
için, ne gerekiyorsa yapmıştım. Fakültede ve atölyede deli gi-
bi çalışmamın yanı sıra, doğru yerlerde bulunmuş, doğru in-
sanlarla tanışmış, doğru ipleri çekmiştim. Tüm bu çabalarımın
meyvesini nihayet toplamak üzereydim.

Hayatımın fırsatı, yapıtlarımın çok önemli bir sanat eleştir-
meninin dikkatini çekmesiyle çıkmıştı önüme. Saygın bir sa-
nat dergisine sadece işimin değil, benim de farklı olduğumu
anlatan bir yazı yazmıştı adam:

"İçindeki çığlığı işine yansıtabilen çok değişik bir sanatçı bu genç kadın! Sanki büyük bir yaralı kuş, malzemeyi kanat çırpışlarıyla paramparça ediyor, sonra tekrardan birleştiriyor, bütünleştiriyor, devasa bir acı gibi dikiyor ayağa. Uzaktan bakınca *mermer dahi sanabilirsiniz yapıtını, oysa son derece hafif, kırılgan ve yırtılmaya hazır bir malzeme... kâğıt! Artistin becerisinde, çileyi asaletle çekmeyi bilen bir ırka mensup olmasının payı olduğunu düşünüyorum!"*

Hakkımdaki olumlu yazıda, çile çekmesini bilen bir ırka mensup olmamdan çok, İstanbul'un, görsel sanatta parladığı ve çeşitli başka nedenlerle pek moda olduğu bir dönemden geçiyor olmamızın payı vardı. Yüzyıllardır oburca tüketen zengin Batı ülkeleri, içine düştükleri ekonomik kriz sonucunda dünyadaki diğer ülkelerin yeraltı zenginliklerinin dışında, kültürleri bulunduğunu da fark etmişler, gözlerini bulundukları noktadan azıcık daha doğuya çevirmişler ve son yılların parlamaya başlayan yıldızını (ya da pazarını diyelim) keşfetmişlerdi. Onca zamandır görmezden geldikleri ülkenin sanatını şimdi merak ediyorlardı. Müziğimizi, resmimizi, edebiyatımızı da! Geç kalmışlardı ama olsun varsın, şikâyete hakkım yoktu çünkü benimle ilgili bu yazıdan sonra, gerisi çorap söküğü gibi gelmişti. Bugüne kadar ancak ünlü sanatçıların sergi açılışları için gittiğim galeride, yakında benim de iki ayrı işim sergilenecekti!

Steven Marking'in yazısında söz ettiği gibi, bir kuşa benzerliğim olağandı ama ilk kez kanadı kırık, aciz bir kuş değil de yükseklere doğru kanatlanmış bir kuştum!

Whitechapel'daki sergiye katılmam kesinleştiği anda, ev,

atölye ve sergi alanı arasında deli gibi koşturmaya başladım. Bana verilecek yeri görmek ve ölçmek için elimde mezurayla kimbilir kaç kere gittim galeriye. Hocalarıma akıl danışmak için kapılarını tırmaladım, yetmedi görüşüne güvendiğim sanatçı arkadaşlarıma başvurdum. Sabahları erkenden kalkıp, daha önce yapmış olduğum işlerimin önünde saatler harcadım, her açıdan resimlerini çektim. Yeni bir yapıt hazırlamak için yeterli vaktim olmadığından elimdekilerle yepyeni bir konsept yaratmalıydım. Yapıtlarımı o konsepti yansıtır hale getirmeliydim. Her an deprem bekleyen bir şehirde doğup büyüdüğüm için, bu konuda duyarlıydım. Deprem korkumu yansıtmalıydım yapıtıma. Deprem sonrasının perişanlığını, kırılganlığını... Yok, hayır! Karamsar olmamalıydı eserim. İyimser, aydınlık, sevecen olmalıydı. Anadolu'dan izler taşımalı; yüzyılların birikimini yansıtmalıydı.

Ait olduğum kimlik ilk kez köstek yerine destek olacaktı bana. Aslında o ana kadar köklerime özel bir düşkünlüğüm olmamıştı ama madem şu sıralar Doğulu kimliklerin yıldızı yükselmedeydi kibirli kıtada, elbette istifade etmeliydim Londra'da yaşayan bir Türk olmamdan!

Günlerce düşündüm, kitaplar karıştırdım, sanat sitelerinde dolandım ve sonunda buldum: UMUT! Konseptim umut olacaktı, yeniden diriliş... küllerinden doğma... asla yenik düşmeme... Tüm bu saydıklarım, doğduğum ülkenin her an deprem ve darbe beklentisiyle yaşıyor olmasına ve her deprem ve her darbe sonrasında, umutsuzluğa direnişine de uygun düşüyordu.

Benim işimi yapanlar, tanınmak isterler. Sadece yaşadıkları ülkelerde değil, çok geniş coğrafyalarda tanınmak. Kitap gibi binlerce, on binlerce, yüz binlerce satılmaz bizim ürünlerimiz. Ancak tek bir tane... üç boyutlu yapıtlar uygun bulunacağı bir alana, bir meydana, bir bahçeye, geniş tutulmuş bir bina girişine konulmak üzere satın alınır ancak! Elimize geçecek parayı iyi değerlendirebilirsek, değil aylarca, birkaç yıl dahi idare etmek mümkün olabiliyor diyordu, bilenler... Ah nerde o günler... Gücümün sadece hayalini kurmaya yettiği o mutlu günler bir gün bana da nasip olur mu diye düşünürken ve eğer bir yapıtımı satabilirsem, gelişmekte olduğunu bildiğim yeni baskı tekniklerini öğrenmek için Japonya'ya gitmeyi düşlerken, şans, parlak pullu bir balık gibi kucağıma düşmüştü. Kimbilir, belki de önemli bir galeride sadece yer almakla kalmayacaktı, satılacaktı da yapıtlarım ve işte o zaman ver elini Japonya!

Uzun süredir hiç olmadığım kadar mutluydum. Yerimde duramaz olmuştum ve son günlerin yorgunluğuna bir de yaklaşmakta olan serginin heyecanı binmişti. Açılışa kimleri çağıracağım, ne giyeceğim, saçımı kestirsem mi, çarpıcı olsun diye kızıla mı boyasam? Lisede öğrenciyken bir keresinde maviye boyamıştım saçlarımı sırf babamla annemi ifrit etmek için. Her yıkandığında rengi atan saçlarımla birkaç hafta papağan gibi dolanmıştım, hiç kızmadıklarını görünce boyadığıma pişman olmuş, bu kez kısacık kestirmiştim saçlarımı. Ergenlik dönemine giren kız çocukları neden özellikle de annelerinin canını yakmak ister illa?

Annemi kızdırmayı iş edinmekten vazgeçeli uzun zaman oldu. Hatta üzülmesin diye gayret bile sarf ediyorum artık. Babam görse ne sevinirdi. Ama babam yok ki! Esrarengiz bir şekilde kayboldu koca dünyanın içinde. Annemi ve beni terk ettiğinden beri kayıp. Önceleri canımı çok yakan bu duruma şiddetle isyan etme halim, geçti. Madem babam öyle tercih etti, ne hali varsa görsün! Böyle diyorum ama açılacak olan sergide yapıtlarımın önünde fotoğrafçılara poz verirken beni göremeyeceği için, taa en derininde kalbimin bir yer sızlıyor, ince ince! O beni, çocukluğumda sürekli sorun yaratan bir kız olarak bildi. Başarıma da şahit olsun isterdim.

Sergileyeceğim işleri tamamlayıp, açılışta giyeceğim giysiyi bulmak için kendimi sokaklara vurduğum hafta, Londra'nın meşhur yağmurları da bastırmaz mı birden. Sonbahar bütün hışmıyla geldi. Neredeyse on gün dur durak bilmedi ne rüzgâr ne de yağmur. Sonra, rüzgâr, yağmur ve ben son hızımızdayken birdenbire eşzamanlı olarak durduk.

Rüzgâr düştü.

Yağmur dindi.

Ve bilgisayarıma bir mesaj geldi yeni kocasıyla tatile gitmiş olan annemden.

Aceleyle, çalaparmak yazıldığı belli olan, savruk, telaşlı bir mesaj:

> *Deryam,*
> *Singapur'dayız. David çok hastalandı, Bali'den, Singapur'daki Tropikal Hastalıklar Hastanesi'ne naklettiler. Öldürücü bir virüs kapmış. Ateşi üç gündür kırk civarında seyrediyor. Her tarafında kırmızı lekeler var. Çıldırmak üzereyim. Çaresizim. Lütfen hemen gel!...*

Otelinin ve hastanenin adını, adresini yazmış. Şaşırdım kaldım.

Annem bu kez de Bali'de tatildeydi David'le. Zaten David'le dünyanın dört köşesini gezmek için evlenmiş gibiydi... Hep hayalini kurduğunu söylediği gibi, kocasıyla sakin bir hayatı değil, uçakları ve beş yıldızlı otelleri paylaşmaktaydı o gün bu gündür. David, bu nazlı, kırılgan ve kaprisli kadını mutlu etmek için gezegenimizi arşınlayıp duruyordu. Adamın sonunda hastalanması, bunca yol yorgunluğunu hesaba katarsak, normaldi. Daha birkaç ay önce anneme, "Abartmıyor musun bu seyahat merakını, ikinizi de bir uçak terminalinden toplayacağız bir gün," demiştim, "Uçarken geçmişi düşünmüyorum," diye yanıtlamıştı. İşte şimdi, geçmişi düşünmemek için iyi bir neden geçmişti eline, ölümün eşiğinde bir koca! Ama David gerçekten hasta mıydı acaba?

Bu haber annemin bana karşı kullandığı bitmez tükenmez duygu sömürülerinden biri olabilirdi. Belki de şu anda bilmediğim bir nedenle beni istiyordu. En büyük ihtimal, Bali'den Singapur'a geçmişlerdi ve oradaki otelde, evde kalacağından korktuğu kızına uygun bir genç adama rastlamış olmasıydı. Bir bahaneyle çöpçatanlık yapacaktı. Çöpçatanlık genleri anneme, davulun illa dengi dengine vurması gerektiğine inanan Çerkez kökenli ailesinden geçmişti. Demode inançları hâlâ şiddetle savunan tutucu anneannemin kızıydı ne de olsa. En iyi evlilikler ailelerin onayıyla yapılırmış! Madem öyleydi, kızlarının ailecek içtenlikle onayladıkları ilk evliliği neden yürümemişti o halde? Bu soruyu annem ve babamın boşanmalarının ardından ne zaman sordumsa anneanneme, duymazlığa gelip, başını öte yana çevirdi hep.

Annemin beni yanına çağırmasının bir başka nedeni, David'le baş başa kalmaktan sıkılması da olabilirdi, ne de olsa pek sık ve pek çabuk daralan bir yüreğe sahipti annem. Uzak ihtimal ama, okuma gözlüğünü ya da her gün aldığı ilaçlarından birini evde unutmuş da olabilirdi yolculuğa çıkarken. Yapmadığı şey değildi çünkü, evinde unuttuklarını, önemine göre birisi ya bulunduğu yere postalar ya bizzat götürürdü. Kısacası, annem alışmıştı şımarmaya.

Acılar kraliçesi annemin ufak tefek şeylere üzülmesine hiç izin vermezdi, karısına böylesine düşkün ama onu aldatmaktan geri kalmamış olan babam. İkinci kocası da el üstünde tuttuğuna göre onu, bir ikinci mesaj her an gelebilirdi: "Gelirken komodinin ikinci gözünde unuttuğum gözlüğümü de yanına alıver canım," gibisinden.

Bu kadar şüpheci ve kötü niyetli olmamalıydım, belki de sahiden hastalanmıştı kocası ama sırım gibi adamın ölme noktasına gelmesi inandırıcı olmaktan uzaktı. Hastalandıysa da herhalde sadece gribe yakalanmıştı David. Bu nedenle ilk işim anneme şöyle bir mail atmak oldu:

David kaldığınız lüks otelde öldürücü mikrobu nereden bulmuş?

Yanıtı birkaç dakika içinde düştü posta kutuma.

Denize girmeye gittiğimiz kumsalda sivrisinek sokmuş. Dengue virüsü kapmış. Doktoru önce ölüm tehlikesini atlattığını söyledi ama sakat kalma ihtimali varmış. Bittim ben, kızım! Mahvoldum. Beni yalnız bırakma. Geleceksin değil mi Derya?

Acele internete girip araştırdım. Aman Tanrım! Abartmamış annem, tüm yazdıkları doğru! Kendine karşı aşılanmayanlara insafsızca davranan iğrenç bir virüsmüş bu! En çok sivrisineklerle bulaşıyormuş. Ölümden sıyrtanların felçli kalma ihtimali varmış. Ürperdim. Saatime baktım. Aradaki saat farkına göre uykuda olması gerekiyordu annemin, hele de gündüz saatlerini hasta başında geçiriyorsa! Ama orada sabahın üçüyken bana posta attığına göre, ayaktaydı. Uyku tutturamıyordu demek ki. Acıdım anneme. Bir mesaj daha atarak uyanık olduğuna göre telefon etmesini istedim.

Az sonra çalan telefonumu açtım ve annemin ağlamaklı sesini duydum.

"Deryacığım…"

Konuşamadı, hıçkırmaya başladı.

"Anne… N'olursun ağlama… her şey yoluna girer, merak etme…"

"Hiçbir şey yoluna girmiyor Derya. Ben ne şanssız bir kadınım, tüm felaketler beni buluyor!"

"Böyle konuşup kötü enerjileri üstüne çekme…"

"Hayatımı tam düzene soktum diyordum, başıma gelene bak!"

"David'in son durumu nedir? Ateşi düşmedi mi hâlâ?"

"Ateşi hep yüksek ama bugün akşama doğru ilk defa kendine gelir gibi oldu. Gözlerini açtı, konuştu. Ateşi düşse bile daha en az iki-üç hafta yolculuk yasak. Kan değerlerinin yükselmesi lazımmış. Hastalığın tahribatını da henüz tam olarak bilemiyorlar. Bir sürü tahlil yapıyorlar her gün. Sen ne zamana aldın biletini? Geliyorsun değil mi?"

Bir sessizlik oldu. Anneme sergiden söz etmeyi geçirdim

aklımdan. Benim için burada bu kadar önemli bir gelişme olmaktayken, hayatımın fırsatını yakalamışken, gerçekten yanında olmam gerekiyor mu, diye sormak istedim. Yeniden ağlamaya başlayınca vazgeçtim.

"Hemen ayırtacağım yerimi. Saatini haber veririm sana."

"Sıcağa geldiğini unutma. Ona göre hazırla çantanı. Mutlaka güneş gözlüğü, hatta güneş şapkası al yanına... Neler söylüyorum ben, sen hemen gel, eksiklerin olursa alırız buradan."

Biraz daha konuşup kapattık telefonu. Ben daha fazla bilgi edinmek için yeniden internete girdim. David hâlâ hayatta olduğuna göre, ölüm tehlikesini atlatmıştı ama bundan sonrası uzun ve meşakkatli bir iyileşme süreciydi. Annemin morali sıfıra vurmuştu kesin! Yanına gitmek, onu çocuk teselli eder gibi sevgiyle sarmalamak şart olmuştu.

O sayfayı kapatıp, Singapur'a uçan havayollarına baktım bu kez. Bir gün sonrasına ancak aktarmalı bir uçak bulabildim. Yerimi ayırttım. Pazartesi sabahı uçuş, bir sonraki pazar dönüş. Benim için altın kıymetinde bir haftayı, annemin ruh sağlığına feda ediş! Fedakâr evlat, ben!

Annemin yolculuğu, evinin temizliğiyle ilgilenen İspanyol kadının da memleketine, yeğeninin düğününe gitmesine denk getirildiğinden, annem, yokluğunda evindeki çiçekleri sulamam için anahtar bırakmıştı bana. Haftada bir gün evin içindekiler, iki kere de camekânda duranlar sulanacaktı... Şimdi ben bir haftalığına gittiğime göre, hepsini tam gitmeden önce iyice sulardım, camekândaki saksıları da su dolu taslara oturturdum, bir haftacık idare ederlerdi artık. Beni arabayla havaalanına götürecek olan ev arkadaşım Linda, "Çiçeklerini bir gece önceden sula," demişti, "annenin evine gideceğiz diye yoğun trafiğe sokma beni."

Söylene söylene yatağımın altında duran valizden, yaz sonu tıkıştırdığım yazlıklarımı çıkardım. Aralarından bir yazlık pantolon, bir etek, birkaç tişört seçtim. Bumburuşuk olmuştu hepsi. Aceleyle ütüledim. Birkaç adet iç çamaşırını da yaydım yatağın üzerine. Kremlerimi, rujumu, göz kalemlerimi bir poşete doldurdum. Küçük bir valiz hazırladım. Kapının arkasında asılı duran hasır şapkamı üste koyacaktım. Sığmadı, zorlayınca kenarları kırılacak gibi oldu. Dünyanın parasını vermiştim şapkaya geçen yaz, onu koymadan kapattım valizi.

Linda kapının önünde belirdi.

"Hazırlanmışsın."

"Evet de bunu sığdıramadım, baksana."

Hasır şapka, büyük sarı bir kuş gibi azametle yatıyordu valizin üzerinde.

"Onu da elinde taşıyıver."

"Hiç sevmem salkım saçak seyahat etmeyi. Bir şapka alırım gerekirse oradan, güneş dayanılır gibi değilmiş ama odam da şapkacı dükkânına dönecek yakında."

"Hani sen çiçek sulamaya gidecektin?" diye sordu Linda.

"Beş dakikacık duramaz mısın yarın annemin evinin önünde?"

"Mesele beş dakika durmakla bitmiyor. Oraya uğrayacaksak en az kırk dakika daha erken çıkmamız lazım. Şimdi caddeler boş, atla arabaya gidiver, haydi."

Bencil İngiliz! Omuzlarıma yağmurluğumu atıp, çıktım evden, az ilerde park edilmiş arabamıza yürüdüm. İri bir fareyi andıran ikinci el koyu gri Ford'u, paralarımızı birleştirip almıştık Linda'yla. Her tarafı dökülüyordu ama hafta sonu gezmeleri ve atölyelerimize ıvır zıvırımızı taşımak için idealdi.

Işıklar içindeki Albert Bridge köprüsünden geçip annemin oturduğu mahalleye doğru yollandım. Park yeri bulmak bir bela bu şehirde. Sokaklarda dört döndükten sonra, ceza yemeyi göze alıp, bıraktım arabamı kimbilir kimin arabasının yerine. Bir koşu gidip gelecektim nasılsa. En fazla on dakika sürerdi benim yıldırım hızıyla çiçek sulamam. Fırladım arabadan, koştum annemin evine doğru. Tam kapıyı açarken hatırladım alarmı unutmamam gerektiğini. Karanlıkta el yordamıyla elektrik düğmesini yaktım, doğum yılım olan şifreyi tuşladım ve kapattım kapıyı.

Ev havasızdı. Yağmurluğumu antrede bir iskemlenin üzerine savurup mutfağa koştum. Aceleyle bir kova arandım. Bulduğum kovaya tepeleme su doldurup önce aşağı katın çiçeklerini suladım, sonra da kış bahçesindekileri. Üst kattaki camekânda duran birkaç saksı sona kaldı. Kova elimde yukarı çıktım, annemin girmekten hep çekindiğim yatak odasına girdim, ışığı yaktım ve tuhaf bir duyguyla ilk kez uzun uzun baktım David'le birlikte uyuduğu geniş yatağa. Başucundaki komodinin üzerinde kocaman bir çerçeve içindeki kardeşimle benim resmimizi görünce gülesim geldi. Her gece onları mı dikizliyoruz biz bu köşeden? David rahatsız olmuyor mu üvey çocuklarının üzerine dikilmiş bakışlarından? Gözlerimle odayı tararken, çok tanıdık geldi her şey. Neredeyse İstanbul'daki evimizin düzeninde yerleştirilmiş yatak odası. Yatağın karşısında aynalı dolap, başuçlarında birer komodin, yatağın dibinde uzun bir puf, sol tarafta annemin tuvalet masası, sağ tarafta karşılıklı iki koltuk! Hiç bu gözle bakmamışım bu odaya daha önce. Meğer yirmi yıl boyunca babamla yaşadığı İstanbul'daki yatak odasını yeniden yaratmış annem. Babam kapıdan kafa- sını uzatıverecekmiş gibi bir hisse kapıldım. Ya da ben, onlar birlikteyken hep yaptığım gibi, sabah odalarına dalıp, aralarına yatıvereceğim, kazık kadar kızken bile babam gıdıklayacak beni, kıkır kıkır güleceğim, anneme sokulup şımarıklıklar yapacağım... yaşarken kıymetini hiç bilmediğim günler! Yine yüreğimde bir yer sızladı, inceden.

Kovaya annemin banyosunda su doldurup odanın sonundaki camekâna yürüdüm, oradakileri sulamak için.

İşim bitti. On dakikayı bile bulmadı çiçek sulamam. Allah vere dedim içimden, arabama bir ceza bileti konmamış olsa.

Yatak odasının ışığını kapamadan önce odaya son bir göz atarken çarptı gözüme gardırobun üzerindeki yuvarlak şapka kutusu! Onu oradan indirsem, içindekileri boşaltıp kutuyu yanıma alsam, yarın yola çıkarken hem hasır şapkamı koyardım içine hem de el çantama sığmayan ıvır zıvırı... yolda okuyacağım kitabımı, gazetelerimi, makyaj torbamı mesela. Böylece şapkam hem ezilmezdi hem de elimde kalmazdı.

Tuvalet masasının önündeki pufu çekeleyip üzerine çıktım, uzanmaya çalıştım kutuya. Beceremedim. Bir askı aldım dolaptan, kutuyu askıyla öne çekmeye çabaladım. Kutu başımın üzerinden uçup yere düştü ve içindekiler yerlere savruldu. İndim puftan, yerdeki kargaşaya baktım... iç içe duran iki adet şapka (şu bej güllü şapkayı annem David'le evlenirken nikâhında giymişti), zarflardan fırlamış resimler ve eski mektuplar!

Çömelip toplamaya başladım yerlere saçılanları. Annem üşenmemiş, eski fotoğraflarımızı da getirmiş buraya kadar. Üzerinde adım yazılı zarftan dökülen fotoğrafları kucağımda biriktirdim ve teker teker hepsine bakmaya başladım. Ben bebekken çekilmiş fotoğraflarım, ilk adımlarım, ben anneannemin kucağında, ben büyükbabamın dizlerinde, ben yuvaya başladığım gün, ben yeni doğan kardeşimle birlikte, ben ilkokula başlarken ve yine kardeşimle birlikte çekilmiş sürüyle resim. Bazı aile resimlerinde babam da vardı. Annem olgun davranıp eski kocasının kafasını bir makasla kesip çıkartmamış fotoğraflardan. Aferin!

Babamın bulunduğu fotoğraflara uzun uzadıya baktım. Yakışıklı, güzel gözlü, aydınlık gülüşlü, Allah'ın cezası babam! Ne kadar özlemişim seni! Londra'ya ilk geldiğimiz günlerde olsaydık, annemin senin mektubunu paraladığı gibi ben de senin resimlerini paralar, ufacık parçalara bölerdim. Zaman tamir etmiş olmalı acımı, aklımdan geçirdim ama yapamadım, tersine resimleri yüreğimin üzerine bastırdım, yüzüme gözüme sürdüm. Ah baba, neredesin, hangi cehennemdesin, nasıl yok sayabildin beni! Bunu hak etmek için ben sana ne yaptım? Mızmız annemden kaçışını anlıyorum da, beni niye terk ettin? Handan cadısına sana kızını dahi unutturacak kadar mı âşık oldun! Beni aramadığına, özlemediğine göre öyle olmalı. Oysa ben sensiz geçen bunca zaman sonra dahi, bak, seni hâlâ seviyorum baba!

Resimleri aceleyle zarflara tıkıştırıp bir kenara koydum. Singapur dönüşü bir gün gelip uzun uzun bakmalıyım bu resimlere, diye düşündüm. Yere saçılmış diğer zarfları da toparlamaya başladım. Benim anneme yolculuklarımda attığım birkaç kart, bilgisayar kullanmayı bir türlü öğrenmediği için hâlâ mektupla iletişim kuran anneannemin bize yolladığı mektuplar, bayram tebrikleri...

Aaa, bunlar da ne?

Bir zarfın üzerinde babamın el yazısı... bir başka zarf daha... bir tane daha... bir tane daha... babam tarafından anneme yazılmış sürüyle mektup!

Zarfları gözlerime yaklaştırıp pullarına baktım, hepsi İstanbul'dan Penny'nin ev adresine postalanmış. Birinin damgasındaki tarih açıkça okunuyor, 2012 yılının Ocak ayında atılmış. Allah Allah! Nasıl olabilir ki? Hani bizi ne aramış ne de sormuştu babam! Hani adres olsun bırakmadan yok olmuştu! Hani ondan sadece bir mektup almıştı annem; salya sümük ağlayarak defalarca okumuştu ve sonra da ani bir kararla paramparça etmişti mektubu. Mektubu parçalamıştı ama mektubun içeriği yüreğine kazınıp kalmıştı. Öylesine kazınmıştı ki yüreğine, babam da babam, diye tutturduğum bir gün, bana ezberinden okumuştu mektubu baştan sona! Öğretmeni tarafından tahtaya şiir okumaya çağrılmış bir ilkokul öğrencisi gibi, önümde durmuş, sesi titreyerek, satırları hatırlamak için gözlerini kırpıştırarak, yutkuna yutkuna okumuştu annem, babamın yazdıklarını.

Sevgili Eda,

Sana söz verdiğim gibi, maddi bakımdan seni ve kızımı garanti altına aldım. Evin ve şirketin satışından elde edilenleri kuruşu kuruşuna hesabına yatıracağım. Şimdi aramızdaki şartları yerine getirme sırası sende. Anlaştığımız gibi, beni bundan böyle ne arayın ne de so-

run. Yeni bir hayata başlarken geçmişimle tüm bağımı koparmak istiyorum. Evet, suçluyum. Beni bağışlamayacağını da biliyorum. O yüzden en doğrusu birbirimizden tamamen kopmamız. Yarısından çoğunu yaşamış olduğum tek bir hayatım var, kalan kısmını keyfimce yaşama arzuma anlayış gösterdiğin için teşekkür ederim. Dilerim en kısa zamanda sen de kendine kıymetini bilecek birini bulur, yeni bir hayat kurarsın. Kızıma şu anda açıklama yapacak gücüm yok. İleride, onunla yüzleşme gücünü bulduğumda, beni anlayacağına eminim. Her ikinizi de hep seveceğimi bilin. Her ikinize de bütün kalbimle mutluluk diliyorum.

Tam böyle değilse de çok benzeri cümleler kurmuştu. Nihayet sustuğunda, yaşlı gözlerinde, ne diyorsun gibi bir ifadeyle yüzüme bakıyordu. Doğru olamazdı bu! Babam böyle biri değildi, inanmamıştım anneme. Mektubu görmek istemiştim.

"Söyledim ya sana, o hırsla paramparça ettim mektubu. Kâğıt bin bir küçük parça halinde uçuşup dağıldı odaya. Ondan bende hiçbir şey kalmasın istedim. Elektrik süpürgesiyle süpürdüm sağa sola saçılmış kâğıt parçalarını," demişti.

O kadar perişan görünüyordu ki, o kadar kolu kanadı kırıktı ki, yerimden fırlamış, koşup sımsıkı sarılmıştım anneme.

"Üzülme anne, iyi etmişsin. Madem öyle, cehennemin dibine kadar yolu var, o bizi istemiyorsa biz onu hiç istemeyiz!"

Sesim inandırıcı değildi. Güçlü görünmeye çalışıyordum ama aslında annemden de perişan haldeydim. Hıçkırıklar boğazıma takılıp kalmıştı. Avaz avaz ağlamak istiyordum ama sesim çıkamıyordu, boğazıma bir tıkaç tıkanmış, nefes almamı engelliyordu, tıpkı kardeşimin ölüm haberini aldığımda olduğu gibi. Ölümün soğuk eli, bir kere daha sıvazlamıştı sırtımı. Doğduğu günden öldüğü ana kadar, için için kıskanıp nefret ettiğim kardeşimin artık hayatımda hiç olmayacağını öğrendiğimde duyduğum pişmanlık ve keder nasıl dilsiz etmişse beni, nasıl nefesimi kesmişse, samimiyetle ben de ölmeyi dilemişsem, o anda da nefes almamı engelleyen bir demir pençe gırtlağımı sıkıyordu. Ölmek istiyordum. Babama yaptığım şımarıklıklar, kaprisler, tutturmalar... Ah Tanrım, zamanı geri döndürebilsem, her şeye yeniden başlayabilsem! İçim yanıyordu, bu yangını söndürecek sevdiklerim de yoktu yanımda bu kez. Hani nerede kardeşim Can'ın yokluğunda beni gecelerce koynunda, kollarında uyutan anneannem. Nerede, onun ölümünde hiçbir suçum olmadığını bana anlatabilmek için sabahlara kadar dil döken büyükbabam, babaannem. Tanrım ne kadar yalnızdım! Annem, kardeşimin ölümünde olduğu gibi paramparçaydı, beni toparlayacak, teselli edecek halde değildi ve benim yanımda şimdi, bu perişan anneden başka kimse yoktu. Sadece Penny!

Penny ne bilir ki bize dair? Bizim çektiğimiz acıdan ne anlar elin İngilizi! O, annemin gençlik arkadaşı. Babamdan çok önce girmiş hayatına annemin. Babamı az tanır, beni de öyle. O mu teselli edecek bizi, o mu toparlayacak parçalarımızı, dilimizi bile konuşamazken!

Mektuplar elimde doğruldum yerden. Annemin yatağının ucuna oturdum. "Bana yalan söylemiş annem," dedim yüksek sesle birkaç kere. Ama neden? Neden bir anne kızını babasından ayırmak ister? Kendini aldatan kocasından intikam almak için mi? Babamı haince cezalandırırken, beni de cezalandırdığının farkında değil miydi bu kadın? Ya, benim küçücük bir çocukken kardeşimin ölümüyle yaşadığım duygusal travmaya, beni babasız bırakarak eliyle bir yenisini daha eklemiş olduğunun?... Bu kadar bencil, hain ve kendine dönük olamaz annem. Bana karşı bu kadar umursamaz, bu kadar kayıtsız olamaz. Olamaz ise, babamdan geldiği besbelli bu mektuplar neyin nesi?

Londra'ya geldiğimizden beri ilk kez sırasıyla düşünmeye çalıştım yaşadıklarımızı. Nefes nefese koştururken, pek çok şeyi kaçırmışım gözden. Aslında annemin abuk subuk bahaneleriyle ilk yılımızda sık sık ev değiştirmelerimizi, yine yaz tatilini İstanbul'da geçirmemek için uydurduğu sudan sebepleri garipsemiştim ama hepsini içinde bulunduğu ruh haline vermiştim.

Birazdan mektupları okumaya başladığımda anlayacaktım asıl, çevirdiği dolapları!

Mektupları yatağın üzerine istifledim, ayakkabılarımı çıkartıp yatağa oturdum, başucu lambasını yaktım ve gerçekle yüzleşmeden önce, sırtımı annemin pufla yastıklarına yasladım.

Yine böyle yastıklara yan gelmiş yaslanmışken, hayatımın bir başka acı gerçeğini öğrendiğim an, dünmüş gibi gözümün önüne geldi. Hiç unutamadığım o günün anısı hâlâ uykularımı böler bazı geceler!

*   *   *

Annemle birlikte, Penny'nin bize zorla ikram ettiği yatak odasındaydık. Ben geniş yatağının içindeydim. Çocukluğumda tekrar tekrar anlattırdığım, eline iğnenin batmasıyla daldığı bin yıllık uykudan yeni uyanmış o saçma masalın prensesi gibi, ben de yeni uyanmıştım. Kafam kazan gibiydi, annem yatağımın ayakucunda oturmuş bana bakıyordu.

"İyi misin yavrum?" diye sormuştu annem.

"Neredeyiz biz?"

"Aaa, aşk olsun, hatırlamıyor musun?" demişti annem, "Londra'ya geldik ya... Penny'de kalıyoruz. Senin sinirlerin bozuktu biraz, uyku ilacı verdimdi sana... ama bu kadar derin uyuyacağını hiç tahmin etmedim doğrusu."

Kafamdaki sis yavaştan dağılıyordu. İstanbul'da uçağa gidişimizi hatırlıyordum hayal meyal. Annemin beni çekiştire çekiştire, nerdeyse sürükleyerek havaalanının uzun koridorlarında yürüttüğünü, uçağa yetişmek için kuyruktakilerden izin isteyerek öne geçişimizi, "Kızım biraz rahatsız da efendim, lütfen efendim..." gibisinden gereksiz açıklamalarını, yerimize yerleşmemizi, telefonları kapatmamızı ihtar eden anonsu dinlerken, "Telefonumu kapatmayı unuttum anne. Yukarı kaldırdın çantamı, telefon çantamda kaldı," deyişimi, annemin oflaya poflaya çantamı raftan indirişini ve ben çantamın içinde asla bulamayacağım telefonumu ararken onun hiç telaşlanmadan, sabırla bekleyişini anımsıyordum. İşte şimdi anlam kazanıyordu her şey!

"Telefonum yok!" demiştim dehşetle.

"Telaştan evde unutmuşsundur."

"Unutmadım anne, attım çantama. İyi biliyorum, attım."

"Demek ki atmamışsın. Boş ver, alırız sana bir yeni telefon."

"Aaa, olur mu! Mesele telefon değil, bütün numaralarım ordaydı. Ben nereden bulacağım o numaraları şimdi?"

"Bütün derdin o olsun. Haydi kızım, taksana emniyet kemerini."

"Anne, telefonum yok diyorum sana."

"Belki valizindedir."

"Valizleri sen toplandın! Çantamdan alıp, valize mi koydun?"

"Yok canım! Niye alayım senin telefonunu çantandan? Londra'ya varınca bakarız, hatırlamıyorum şimdi."

"Ama ben hatırlıyorum! Telefonu koydum çantama ben!"

"Niye yok o halde? Demek evde unutmuşsun. Hem çok uykuluydun sen, yanlış hatırlıyorsundur."

Bir daha karıştırmıştım çantayı, sonra kucağıma boşaltmıştım.

"Yok işte!"

"Yetti ama bu telefon işi. Bak oturunca kalkmam bir daha, çantan kucağında kalır yol boyunca."

"Tamam, anne. Valizden de çıkmazsa, babama söyleriz, postayla yollar, değil mi?"

Beni yanıtlamayan anneme çantamı uzatmıştım başüstü rafına kaldırması için. Ben pencere kenarında oturuyordum, başımı cama dayamıştım. Uykum vardı, sık sık sıçrayıp uyanarak, karmakarışık rüyalar görerek kuş uykusuna dalmıştım. Uyandıkça anneme bakıyordum, yanımdaki koltukta gözlerini kapatmış, usul usul ağlıyordu. Yaşlar ip gibi iniyordu yanaklarından. Alışıktım annemin gözyaşlarına. Annem en mutlu anlarında bile bazen ağlayıverirdi. Babamla bakışır, annemin gözyaşlarını fark etmemiş gibi yapardık. O kadar alışmıştı ki ağlamaya annem, zaman içinde her şeye gözyaşı döker olmuştu. Bana gücendiğinde, evde çalışan kadına sinirlendiğinde, dizi izlediğinde ağlayan annemin bazen gülerken dahi yanaklarına yaşlar düşerdi. "Senin göz musluğun yalama olmuş," diye dalga geçerdim onunla. Yanımda sessizce ağlayan anneme yan gözle bakmış ve babamla yine kavga etmişlerdir, diye düşünmüştüm, o da babama ceza olsun diye para harcamaya gidiyor Londra'ya. Aniden gidiyor. Esintiliydi ya... Öyle demişti bana zaten, aniden karar verdim, demişti. Kimbilir neye kızmıştı, kırılmıştı hassas kalbi!

Haydi hakkını teslim edeyim, durup dururken böyle olmamıştı annem. Huyunun değişmesi, göz musluğunun ayarının bozulması hep evlat acısı çekmiş olmasındandı. Kardeşimin ölümünden sonra fena dağıtmıştı kendini. Toparlanması uzun sürdü. Dengesi yine bozulmasın diye, kimse üstüne varmadı, sonradan. Her istediğini yapmaya çalıştılar, ailecek. Çünkü bu ölüm en şiddetle onu vurmuştu. Babamın hayatını dolduran, severek yaptığı bir işi vardı her zaman. Annemin de meşgul olmak için çocukları vardı; biri öldü, diğeri çocukluktan çıktı, benim gibi bir nankör kıza dönüştü. Ne yapsın zavallı kadın! Böyle ani seyahatlere çıkmasın da ne yapsın! Ne kadar acırdım keder simgesi gibi ortalıkta gözleri hep yaşlı dolanan ve şu anda telefonumu İstanbul ile iletişim kurmayayım diye çantamdan yürüttüğüne emin olduğum anneme.

Londra'ya ilk geldiğimiz günlerde bir elinde bir bardak su, diğerinde bir hapla başucumda belirivermeleri de geliyordu gözümün önüne. Babamla irtibat kurmayayım diye, günlerce uyku ilaçları, sakinleştiriciler yutturmuş demek ki bana. Ama Allah'ın işine bakın ki, kurnaz tilki annemin bana yutturduğu sakinleştiricilere rağmen o ani yolculuğun her bir anı ve Londra'daki ilk haftamız ayrıntılarıyla gözlerimin önünde şimdi. İlaçları içip sersemlemiş olabilirim ama bana her ne unutturmaya çalıştıysa, başaramadı işte! An geldi, uyandım! Ve çok şeyi hatırladım.

Penny'i hatırlıyorum mesela, alanda bizi karşılarken. Bana sımsıkı sarılırken (bu ne samimiyet demiştim içimden), valizlerimizi arabasına yerleştirirken, çiseleyen yağmurda aynasından sık sık bana bakışlar atarak, araba kullanırken.

Onun evine gelmiştik... Penny odasında kalmamız için ısrar ediyordu. Ben odasındaki kocaman yatağa yatmıştım hemen, annem bir ilaç daha içirmişti bana, Penny üstümü örtmüştü. Annem sinirli sinirli dolanıyordu odada. Fısır fısır konuşuyorlardı, uyku ile uyanıklık arasında olduğumdan, anlamıyordum söylediklerini. Benim uykum vardı. Çok uykum vardı. Sonra ben uyudum... uyudum... uyudum... o kadar derin uyudum ki, ertesi gün, uykuya iyice doymuş olarak öğleye doğru uyandığımda, günlerce, aylarca uyumuşum gibi geldi... Annem yatağımın ucunda oturuyordu.

"Şimdi söyle bakalım anne sultan! Neden aniden kalktık geldik buraya?" diye sormuştum.

"Anne sultan değil valide sultan denir ona."

"Lafı değiştirme anne. Niye kaçarcasına geldik? Dökül bakalım."

"Sinirlerim bozuktu. Bir değişiklik iyi gelir diye düşündüm."

"Niye bozuktu sinirlerin?"

"Ay sana ne kızım, bazı sorunlar vardı."

"Ben hatırlamıyorum... Ofiste mi bir sorun olmuştu?"

"Yok ofiste değil... evde."

"Babamla mı kavga ettiniz? Hiç duymadım."

"Sen o kulaklıkları takınca hiçbir şey duymuyorsun ki zaten, deli müziğinden başka! Babanla bir süredir uzaktık birbirimize..."

"Ben fark etmemişim. Küs müydünüz? Yok, değildiniz, daha geçen hafta hep birlikte yemeğe çıkmadık mı! Anne, niye uyku ilacı verdin bana yahu? Zombi gibi oldum... Ha, telefonumu bulamamıştım ya, valize baktın mı anne?"

"Yok, bakmadım daha."

"Bütün arkadaşlarımın numaraları oradaydı. Valizde değilse ben ne yapacağım şimdi? Hay Allah yahu! Valizi boşaltmadın mı daha? Ben bakarım hemen..."

Yataktan kalkmaya davrandım.

"Şimdi daha önemli bir mesele var, Bırak telefonu..."

"Daha önemli ne olabilir ki? Hayatım kayar yanıma almadımsa..."

"Sana bir şey söyleyeceğim Derya."

"Tamam, ben telefonu ararken söyle işte."

Annem beni yatağa itti, ben de onun kolunu ittim sinirlenerek.

"Bıraksana anne! Birkaç gün kalacağız şurada, kavga etmeyelim lütfen."

"Evet, etmeyelim. Birbirimize iyice kenetlenelim çünkü biz bize kaldık kızım. Yapayalnız kaldık."

Saçmaladığını düşündüğüm anneme baktım.

"Yalnız mı kaldık? Durmadan peşimizde dolanan Penny neci? Senin en azından bir Penny'nin var ama ben telefonumu bulamazsam, işte o zaman kimsesiz kalırım çünkü hiçbir arkadaşımı arayamayacağım. Burada uzun kalmayız o zaman, tamam mı? Sen alışverişini yaparsın, hemen döneriz evimize hafta sonu."

"Dönemeyiz!"

"Nedenmiş?"

"Çünkü... Çünkü... Derya, söylemeye çalışıyorum ama dinlemiyorsun ki!"

Bir yaş tanesi, sürekli dolu duran göz pınarlarından ipini koparıp burnunun kenarından çenesine doğru süzülmeye başlamıştı annemin.

"Dönmeyeceğiz, çünkü dönecek yerimiz yok!"

"NE!"

"Baban bizi terk etti. Seni ve beni hayatında istemiyor artık."

Bir anda tüm sersemliğim geçti. Fal taşı gibi açıldı gözlerim. Gürültüsü giderek artan bir vantilatör sesi gibi vınlayarak anlatıyordu annem. Babamın yıllardan beri ortağı olan Handan'dan söz ediyordu. Söylediklerini bazen yakalıyordum, anlıyordum, hatta gözümün önüne tuhaf sahneler geliyordu... Handan'ın son yıl içinde aşırı şuhlaşması, şıklaşması, kilo vermesi, büroda sık sık babamın odasına dalıvermesi, bizim evimizde hiç olmadığı kadar çok boy göstermesi ve benimle yakınlaşma çabaları... Bazen kopuyor, annemin anlattıklarını duymaz oluyordum. Bazen kulak kesiliyordum. Bir labirentte kaybolmuşum da, oraya buraya çarparak yolumu bulmaya çalışıyordum sanki.

"...bu kadının son bir iki yıldır bin bir bahaneyle evimin

içine kadar girmesinin, benimle yakınlaşmasının nedeni varmış meğer. Akşam yemeklerine davet etmeler, sinemalara biletler almalar... Yılan beslemişim koynumda!"

Ben de fark etmiş ama hiç böyle yorumlamamıştım. Çok yalnız bir kadının bizim aileye yamanma çabası olarak görmüştüm. Uzaklarda yaşarken, aramıza dönmüş bir akrabaydı sanki! Tatlı tatlı konuşarak laf alırmış meğer ağzımdan, casus karı! Bunları anımsadıkça, anlıyordum ki uydurmuyordu annem. Abartmıyordu. Yaşlar gözlerinden süzülürken, sesi hıçkırıklarla kesilirken yalan söylemiyordu. Babamın sinir olduğunu sandığım Handan, o iriyarı kadana... Yok olamaz demek istiyordum, bir kötü rüya bu; ama yatağın ucuna ilişmiş annem o kadar gerçekti ki!

Yataktan çıkmış, sendeleyerek dolanmıştım odada. Bir kâbus görmediğimi anlamak için, eşyalara dokunmuştum, baş ucumdaki komodine, ötedeki iskemleye... başım dönüyordu. Handan'ı gözümün önüne getirmiş, ondan nefret etmeye çalışmıştım. Bana ne kadar iyi davranmıştı oysa. Tıpkı şefkatli bir abla gibi. Annemi çekiştirirdim ona, annemin kırılganlığından, her şeyime karışmasından şikâyet ederdim. Gamlı Kuğu derdik anneme aramızda. Gamlı Kuğu bu işe ne der? Gamlı Kuğuyu kim ikna edecek? Gamlı Kuğu yine çok kızgın! Gamlı Kuğunun hallerine gülerdik birlikte.

Aman Tanrım, ben ne yapmışım! Babamı ayarlarken beni anneme karşı kullanmış cadı!

"Sen yüzleştin mi Handan'la anne? O yüzden mi gittik Bora'nın evine dün gece?"

"Evet, evet."

"Eee, anlatsana! Ne oldu orada? Kavga mı ettiniz?"

"Kavga etmedik."

"Nasıl etmediniz, ben yukarı geldiğimde kıyamet kopuyordu odada."

"Biraz bir şeyler oldu işte... Aman kızım, hatırlatma bana o geceyi, n'olur."

"Tamam ama sen de anlat bana. Niye oradaydı Handan, niye gittik oraya? Bora bu işin neresinde? Bak sen anlatmazsan, ben de Bora'ya sorarım dönünce."

Annemin yüzü karışmıştı. Bir an dudaklarını ısırmış, ne diyeceğini bilemiyormuş gibi susmuş, sonra konuşmuştu.

"Ben... ben çoktan fark etmiştim ilişkilerini ama baban inkâr eder sandım. Etseydi, ona inanmış gibi yapacaktım. Yuvamı yıkmak istemiyordum. Ama o teyit edince, deliye döndüm. Kavga ettik, baban vurdu kapıyı çıktı. Ben de hemen Handan'la yüzleşmek istedim. Öğrendim ki Handan Bora'nın evinde. Tamam, dedim, Bora da duysun, Handan cadısının ne mal olduğunu Bora da görsün! O anda çıldırmış gibiydim Derya, yanlış yaptım bazı şeyleri ama olan oldu. Baban öyle söyleyiverince pervasızca, aklımı kaçırdım herhalde... Sana beni aşağıda beklemeni söylemiştim oraya vardığımızda, hatırladın mı?"

"Hı hı. Yukarıda olanları anlat sen! Handan itiraf etti mi?"

"Eder mi hiç o ahlaksız! Avaz avaz bağırdı, beni suçladı. Madem öyle düşünmüyormuşum, kocama sahip çıksaymışım, kadınlığımı bileymişim; daha ne laflar... Ben de kendimi kaybettim işte, birbirimize girdik. Bora'nın bir arkadaşı da vardı evde, onlar bizi ayırmaya çalışıyorlardı. İşte o sırada sen geldin, seni görünce aklım başıma geldi, ne halleri varsa görsünler, diye düşündüm. İkisine de lanet olsun, dedim. Kaptığım gibi seni çıkardım oradan. Bir taksiye atlayıp döndük evimize. Ertesi gün Londra'ya uçtuk zaten."

"Bana niye uyku ilacı içirdin o gece?"

"Uyku ilacı değil, sakinleştirici verdim. Bizi öyle saç saça baş başa görünce, çok üzülmüştün bebeğim. Tir tir titriyordun. Kabahat benim, seni peşime takmamalıydım ama o kadar kötüydüm ki öğrendiğimde, ne yaptığımı bilmiyordum o an. İnsanın ilk hırsı geçince aklı başına geliyor tabii. Eve dönünce sana da kendime birer tane hap... tabii sen benim gibi alışık değilsin, çarptı seni."

Çarpmıştı gerçekten. Beni bir kere içmekle bu hale getiren ilacı, annem kardeşimin ölümünde avuç avuç nasıl yutmuştu da yine de ayakta kalabilmişti? Demek ben ilaçlara karşı dirençsiz biriydim.

Hatırlamaya çalıştım yaşadıklarımızı.

Akmerkez'deki sinemadan çıkınca eve dönmüştüm. Annem bana Bora'nın evinin adresini sormuştu. Çok sinirli görünüyordu.

Açık adresi bilmiyordum ama yerini tarif edebilirdim.

"Neden istiyorsun?" diye sormuştum.

"Çok önemli bir durum var. Konuşmam lazım Bora'yla."

"Bana da söyle."

"Özel. Babanla ilgili."

"İşle mi ilgili?"

"Evet, evet."

"Ben orada çalışıyorum anne. Benden gizli değil herhalde."

"Kızım, uzatma."

Bora'yı tekrar göreceğim için sevinmiştim. Annem gitmekten vazgeçer diye korkup, uzatmadım. Bir taksiye atlayıp gitmiştik. Cihangir'deki evi şoföre ben tarif etmiştim. Yol boyu sormama rağmen hiçbir şey söylememişti annem. Evin önünde inmiştik. Sen burada bekle demişti annem, sakın yukarı çıkma, ben hemen geleceğim. Suratındaki ifadeden, sesindeki tınıdan korkmuş, ısrar edememiştim. Beklemiştim apartmanın karanlık holünde. Nasılsa Bora sonra anlatırdı bana, ne konuştuklarını. Otomatik pek çok kere sönmüştü, her seferinde ben yeniden basmıştım. Loş apartman holü bir aydınlık, bir karanlık... bir aydınlık, bir karanlık! Bir zaman sonra sıkılıp yukarı çıkmıştım. Annem öldürecek değildi ya...

Bora'nın daire kapısı açıktı. İçeri girmiştim. Arkada bir yerden sesler geliyordu. Yürümüştüm koridorda, yatak odası olduğunu tahmin ettiğim odaya girmiştim. Balkonda birileri vardı, itişip kakışıyor, bağrışıyorlardı. Yürüdüm onlara doğru. Balkona çıkmak üzereyken, aralarından biri balkon demirlerinden aşağı uçtu gibi geldi. Çığlık attığımı hatırlıyorum. Sonra annem beni çekeleyerek çıkardı oradan, merdivenlerden koşarak indik. Bir taksi mi durdurdu, yoksa taksi orada mıydı, hatırlayamıyorum. Bir taksiye bindik. "Biri balkondan düştü," diyordum ben, sürekli.

"Kimse düşmedi, sana öyle gelmiş."

"Düştü."

"Saçmalama Derya, ben oradaydım, balkondaydım. Olmadı öyle bir şey!"

Gözleriyle şoförü işaret edip, elimi sıkınca susmuştum.

Annem evde hemen yatağıma yatırmıştı beni, bir bardak suyla bir hap içirmişti, başımda durup. "Uyu kızım," demişti, "uyku en iyi ilaçtır, her şeye iyi gelir."

Uyumuştum. Derin çok derin uyumuştum. Bu uzun uykuda, gördüğüm kâbusların arasında, benim İstanbul'da unuttuğum cep telefonum ile annemin evde unuttuğu bilgisayarım, annemin bana, güya babamın yazdığı mektubu ezbere okuması da vardı, Londra'da üst üste üç ev değiştirmemiz de!

İşte şimdi, nihayet uyanıyordum gaflet uykumdan!

Babamın mektuplarını annemin yatağına bırakıp telefonu sessize aldım. Okumaya başladığımda hiçbir şey bölmemeli beni... ne telefon sesi, ne çiş, ne başka bir şey! Bu nedenle de banyoya yürüdüm. Oturdum tuvalete, içimden bir ırmak aktı sanki. Bitmek bilmeyen bir çiş! Sanki bedenim beni mektupları okumaktan alıkoymak istiyor. Elinden geleni yapıyor, içeri geçip zarfları açmamı engellemek için. Nihayet tuvaletten doğrulunca karşımdaki aynada yüzümü gördüm!

Tanrım, bu gözlerinin altına halkalar inmiş, şaşkın, bitkin yüz benim miydi? Benimdi evet, üstelik bu korkunç yüzü bir başka aynada görmüşlüğüm vardı.

Annemi yatağın ayakucunda bir keder anıtı gibi bırakıp tuvalete gitmiştim. Yüzümü yıkamış, aynadaki şaşkın, mutsuz, bitkin yüzüme bakmıştım, kaderime lanet ederek. Kardeşimin ölümüyle kaybettiğim annemden sonra, şimdi de babamı kaybediyordum ebediyen! Üstelik onu benden çalan bir ölü değil, kanlı canlı bir kadındı! Kardeşimin ölümünde olduğu gibi, yasını bitirip, bana dönüşü yoktu yani babamın. Çıkmıştım tuvaletten, ev sessizdi. Penny belli ki evde değildi. Memnun olmuştum Penny'nin evde olmamasına. O anda kimseyi görmeye tahammülüm yoktu çünkü. Hele de Penny'i. Çünkü şimdi anlıyordum niye hiç adeti olmadığı, İngiliz karakterine hiç uymadığı halde bana sevgi gösterilerinde bulunup durduğunu, sımsıkı sarılmasını, üstümü örtmesini, aşırı ilgisini. Penny acıyordu bana. Ben acınmaktan nefret ederdim. Oysa annem mutlaka telefonda anlatmıştı ona olanları, o da soğuk İngiliz kalbinin müsaade ettiği kadar şefkatli davranmaktaydı bana.

Yatak odamıza geri döndüm. Annem yatağı düzeltiyordu. "Üzerine bir şey al, üşüyeceksin öyle," dedi çocukluğumdan beri sürekli üşümemden korkan annem. Gülümsedim. Pencerenin önünde ayakta durmuş, şehrin kasvetli gri fonuna yaslanmış kırmızı damlarına bakıyordum. Her ikimizin de ruhuyla ne kadar uyumlu bir görüntüydü. Sadece yüzyılları değil, İkinci Dünya Savaşı'nın bombardımanlarını dahi göğüslemiş, kırmızı tuğladan örülmüş, kederli duruşlu İngiliz evleri! Annem ve ben, kendi ateşlerimizde değişik biçimlerde yanarak, ölüm acısı göğüslemiştik, aldatılma ve terk edilme acısına mı dayanamayacaktık!

"Ne yapacağız biz Derya?" demişti, sırf benim için dik durmaya çalıştığını bildiğim annem, birden çözülerek.

"Güçlü olacağız anne. Her şeyin üstesinden geleceğiz."

Yatağa ilişip, anneme sarıldım, öyle birbirimize sarılmış halde ağladık biraz. Sonra annem gayrete geldi;

"Haydi bakalım, madem öyle, iş başına!" dedi, "Önce İstanbul'la konuşup para işlerimizi halledelim, sonra da gideceğin fakülteyi bulalım."

İtiraz etmedim. Ne yapmamı istiyorsa onu yapacaktım. Okulsa okul, işse iş! Her işte bir hayır vardı. Böylece beni sevmeyen, istemeyen Bora'yı da çıkartmayı öğrenecektim kalbimden. Sevgime cevap vermeyen ilk aşkım! Hüsranım! Sanırım evli bir kadınla ilişkisi vardı. Hiç açığa çıkarmadığına göre sevgilisini, sevgilisi evliydi kesin. Bir keresinde az daha basıyordum onları. Nasıl telaşlanmıştı yatak odasına girip göreceğim kadını diye! O kadar korkmuştu ki, acaba yayınevinde bizle birlikte çalışanlardan biri mi diye düşünmüştüm. Handan bile ihtimallerin arasındaydı. Ertesi günü ve bir hafta boyunca dikmiştim antenlerimi ama sonunda bizim ofisten biri olmadığına karar vermiştim. Her neyse, Bu Londra faslı, iyi gelecekti bana. Bora'yı unutmama yardımcı olacaktı!

Penny'nin evinde geçirdiğimiz ilk haftalar, hayatımın annemle en iyi geçindiğim dönemiydi. Babamdan geldiğini söylediği mektubu ezbere okuması da, benim babamı bulmak, hesap sormak için ısrarcı olduğum o günlerden birine rastlar işte! Bu acıları çekmiş anneciğimi bir de ben üzmemek için, kendimi aşarak elimden geleni yapmış, yumuşak başlı bir evlat olmuştum, birkaç ay boyunca..

O evde daha en az bir ay geçireceğimiz belli olunca, karşı koymasına aldırmadan ev sahibimizin odasından çıkıp, yandaki küçük odaya yerleşmiştik. Evin bu küçük odasını anakız iki ay boyunca paylaşmıştık. Annem açılır kapanır bir somya satın alıp eve yollatmıştı. Odada zaten var olan çekyatta annem, kapıdan zar zor soktuğumuz somyada ben yatmıştım. Eşyalarımızı valizlerimizin içinde tutmuştuk. Küçük bir pansiyon odasını bölüşen iki parasız öğrenci gibiydik.

Sadece parasız mı, hayatında ilk kez yurtdışına çıkmış, ne yapacağını bilemeyen iki ürkek kız çocuğuyduk sanki. Ev sahibimizi rahatsız etmemek için parmak uçlarımızda yürüyor, evde kendimizi görünmez etmeye çalışıyorduk. Yemek saatlerinde dışarı süzülüp, karşıdaki kahvede alelacele bir şeyler atıştırıyorduk. Eve her gelişimizde, Penny'e teşekkür etmek adına, meyve, bisküvi paketleri ya da taze çiçekler oluyordu ellerimizde. Ama ne yaparsak yapalım, bir başkasının evinde sığıntıydık işte! Penny kendimizi kötü hissetmememiz için iki de bir, ben de sizin evinizde az kalmadım hayatım boyunca, deyip duruyordu. Aslında ben pek hatırlamıyordum gelip bizde kaldığını. Annem evlenmeden önce okullar kapanır kapanmaz gelir, yazı anneannemlerde geçirirmiş. Şimdi işte o kalışlarının karşılığını vermeye çalışıyordu gerçekten zor durumda olan anneme. Aslında orta halli bir oteli ya da kiralayacağı küçük bir evi ödeyemez halde değildi ama, yalnız kalmaktan korkuyordu annem. Ben biricik evladı olduğum halde, elimden geleni yapsam da annemin ihtiyacı olduğu şefkati ve dayanışmayı vermekten acizdim. Ömür boyu didişip durmuştum onunla. Şimdi pişmandım ama geç kalmıştım köprüleri yeni baştan inşa etmeye. Bana içini dökemiyordu, benim önümde ağlayıp dövünemiyordu, bana güçsüzlüğünü göstermek de istemiyordu; beni üzmemek için. Bense, elimden geleni yapıyordum ama ona destek olmakta başarısızdım. İşte bu yüzden, eski arkadaşı Penny'nin küçük evine sığınmış, kadına verdiğimiz rahatsızlığı görmezden gelerek ama onu tedirgin etmemeye gereken özeni göstererek, yatılı okulda okuyan ilkokul öğrencileri gibi sessiz ve intizamlı, yaşamaya çabalıyorduk.

Benim kasım sonunda tüm kayıtlar kapandıktan sonra herhangi bir üniversiteye girebilmeme imkân yoktu. İmdada yine Penny yetişmiş, geçici olarak tasarım ve dekorasyon öğreten özel bir okula yazılmamı önermiş, kayıt ücretini ilerde paramız gelince geri almak üzere, o ödemişti. Ana-kız hiç beklenmedik bir anda babamdan yediğimiz darbeden dolayı birer zombiye dönüşmüş olduğumuzdan, biri tarafından güdülmeye ihtiyacımız vardı ve bu işi, ruhunda çobanlık olan Penny seve seve üstlenmişti.

Hayatımız bir rutine oturmuştu. Ben her sabah erkenden Belgravia'daki Incbald School of Design'a gidiyor, okuldan çıkınca da metroya binerek şehrin doğu yakasına geçip, bir heykel atölyesindeki kurslara katılıyordum. Günün tüm saatlerini doldurup düşünmeye vakit bırakmamak, ayrıca annemin duruşuna, sesine yansıttığı kederini mümkün olduğunca az görmek istiyordum. Dersten çıkınca ev yerine kursa koşturmak bana iyi geliyordu.

Annem de boş durmuyordu. Sabahları Penny işine ben de okula gittikten sonra, hayatında ilk defa ev temizliyor, yatakları yapıyor, bize yemek pişiriyordu. Bu işlerden hiç gocunmuyormuş gibi yapsa da, ben ev işlerinden nefret ettiğini iyi biliyordum. Yarısı da bu yüzden, annem her fırsatta babama saydırıyordu ama onun şirketini satınca parasını yollayacağından zerre kadar şüphe etmiyordu. Zaten kıt kanaat geçindiğimiz parayı da babam göndermekteydi, Londra'ya geldiğimizden beri. Annemin umutsuzluğa kapılmadan beklediği o gün nihayet geldi. Londra'ya gelişimizin ikinci ayında, bir gün geç vakit eve döndüğümde, onu heyecanla beni beklerken buldum.

"Bütün gün seni aradım, telefonun hep kapalıydı?" dedi, ben eve girer girmez. Elbette Londra'da almış olduğum yeni telefonumu kastediyordu.

"Derse girerken hep sessize alıyorum, çoğu zaman da yeniden açmayı unutuyorum. Hayırdır? Bir şey mi oldu?"

"Telefonun sessizde olmasaydı sana müjde verecektim."

"Ne müjdesi?"

"Baban şirketi satışa çıkarmıştı ya, satmış sonunda, parayı da transfer etmiş. Sabah sen çıktıktan sonra geldi haberi. Yarın taşınabileceğimiz bir yer bakmaya başlayacağım, bu civarda."

"Babamla mı konuştun?"

"Babanla konuşulamadığını bilmiyor musun Derya? Avukatı aradı, ondan öğrendim."

"Babam neredeymiş? Ne iş yapacakmış bundan sonra?"

"Bize ne kızım. Ne hali varsa görsün!"

"Avukatla ben de konuşmak istiyorum."

"Ne yapacaksın konuşup? Ben hallediyorum işte. Babanı soracaksan, boşuna zahmet etme. İstanbul dışına çıkmış, nereye gittiğini söylemiyor avukat."

"Sordun mu?"

"Sormaz olur muyum! Sırf senin için sordum. Onun bir kızı var, hiç olmazsa bir telefon numarası bulunsun kızında, ölümlü dünyada bakarsınız lazım olur, dedim. 'Gerekirse o arar kızını, ben talimatın dışına çıkamam,' dedi."

Londra'ya gittikten sonra, babamı defalarca aramıştım. Evi cevap vermemişti. Henüz evini de boşalttığından ve satışa çıkardığından haberim yoktu. Cebi hep kapalı çıkıyordu.

Ofisindeki telefonu sekreteri Nadide Hanım açmış, uzun bir süre için İstanbul dışına çıkmış olduğunu söylemişti. Ne zaman döneceğini bilmiyordu. Ortağı Handan'ı sormuştum. O da yoktu. Onun da ne zaman döneceği belli değildi. Beraber mi gitmişlerdi? Sanmıyorum, demişti Nadide Hanım. Hayır diyememişti, yalan söylemeyi sevmezdi. Evet de diyememişti, beni üzmemek için. Ne yapsın zavallı kadın! O da bu durum karşısında şaşırmış olmalıydı. Babamın çıldırdığını düşünüyordu herhalde.

"Baban bir buhran geçiriyor, onu anlamaya çalış," demişti bana "ve ona biraz zaman ver, iyileşince seni mutlaka arayacaktır Derya."

Yıllar önce, kardeşimin ölümü sırasında babam soğukkanlılığını muhafaza ederken, çıldıran annem olmuştu. Demek babam sırasını savmak için bu yılı beklemiş, diye düşünmüştüm. Bu gecikmiş çılgınlık ve erkeklerin orta yaşlarda yaşadıkları söylenen andropoz aynı yıla denk gelecekmiş meğer. Zavallı, zavallı babam!

Bora'yı da sormuştum Nadide Hanım'a.

"Bilmiyor musun?" demişti Nadide Hanım.

"Neyi?"

Bir sessizlik olmuştu. "Bora ayrıldı işten," demişti ardından, titrek bir sesle.

"Neden?"

"Yavrum... şirket el değiştirdi. Herkes ayrıldı, başka firmalara geçtiler."

"Bora nerede şimdi? Kiminle çalışıyor?"

"Memleketine gitmiş."

"Allah Allah! Hiç öyle bir niyeti yoktu."

"Bir hastalık olmuş galiba ailesinde."

"Ona ulaşabilir miyim?"

"Bende adresi yok."

"Siz ne yapıyorsunuz orada?"

"Ben satış tamamlanana kadar burada kalmaya söz vermiştim babana. Telefonlara cevap veriyorum. Evrakı toparlıyorum, yakında benim işim de bitecek."

"Ne yapacaksınız sonra?"

"Zaten emeklilik yaşım gelmişti Derya. Çalışmak istemiyorum artık. Herhalde emekliye ayrılırım."

"Hay Allah! Çok üzüldüm."

İçini çekti sekreter.

"Bora gerçekten adres bırakmadı mı?"

"Hiçbir adres bırakmadı."

"Telefonu da cevap vermiyor da… Nerededir, ne yapar? Nasıl ulaşırım ona acaba?"

"Bilmiyorum canım. Gerçekten."

"Ya babam? Onun telefonu…"

"Söyledim ya, baban İstanbul'da değil. Bir süre arama bence. O sonra, müsait olduğunda seni nasılsa arar Derya."

"Karı kocalar boşanır da, bir baba boşanır mı çocuğundan? Babamın beni görmek istemediğine inanamıyorum. Size hiçbir şey söylemedi mi?"

"Söylemedi. Zaten İstanbul'da değil kendisi. Haber alamıyorum."

"Konuşmayacaksınız yani… siz de annem gibisiniz."

"Gün gelir, her şey yoluna girer. Sen orada mutlu olmaya bak yavrum, üniversiteni bitir. Burada bir fırtına esti…

Şimdilik senin uzakta olman daha iyi," dedi Nadide Hanım, "her şey geçer Derya ve her şey biz insanlar içindir! Güle güle güzel kızım."

Kapatmıştık telefonu. Kırıktım. Yaralı bir kuş gibiydim. Babasının istemediği kızdım. İçimden ağlamak geliyordu ama hayata uzun süre küs kalmak için de çok gençtim. Günler akmaya başladı, hızla. Okuldan atölyeye, atölyeden eve koştururken yeni arkadaşlıklar kurdum, bir arkadaş çevrem oldu, geceleri de çıkmaya başladım, Bora'yı unuttum zaman içinde. Sevgililer edindim, hem de kaç tane!

Yumuşacık yastıklara gömülmüş düşünürken uyku bastırdı. Burada uyur kalırsam şimdi, uçağı kaçırırım yarın sabah. Toparlandım, yatağın üzerindeki zarflardan rastgele birinin mektubunu çektim içinden.

20 Ocak 2012

Eda,

Özgürlüğüme kavuşur kavuşmaz ilk işim seni aramak oldu...

Ne özgürlüğü yahu? Handan babamı bir eve hapsetmedi ya? Hapis! Babam hapse mi girdi yoksa? Vergi borcundan, belki evrakta sahtecilikten? Yok, yapmaz benim babam öyle şeyler! Vergisini zamanında öder, borçlu kalmaya tenezzül etmez. Birini dövmüş, yumruklamış ve Allah korusun kazayla öldürmüş olmasın? Mümkün değil! En fazla küfür sallar... İyi de hapse düşmediyse ne özgürlüğü bu? Aşkın zincirlerinden kurtulmayı mı kastediyor acaba? Allahım, hiçbir şey bilmiyorum, neler olup bittiğine dair hiçbir fikrim yok! Nasıl bu kadar kayıtsız kalabildim geride bıraktığım hayatıma.

Telaşla okudum geri kalanını mektubun.

Telefonların cevap vermiyor. Mail adresini değiştirmişsin. Adresine yolladığım mektuplar geri geldi. Allah bilir, ev değiştirdin. Penny'nin adresine, son bir ümitle yazıyorum sana. Bu mektup da cevapsız kalmasın, yalvarırım. Benim, mahkeme bitene kadar yurtdışına çıkışım yasaklandı. Yoksa hemen gelecektim yanınıza. Bu mektup sana ulaşırsa bana yanıt ver. En azından bir mail adresi gönder. Ben her türlü cezayı hak ediyorum. Bana ne istersen yap. Ama yalvarırım kızımı da benimle birlikte cezalandırma. Ona da ödetme benim suçumun vebalini. Bu işe onu karıştırma. Babasız bırakma Derya'yı! Kızımı görmek istiyorum Eda. Sesini duymak istiyorum. Senin senaryona sadık kalmaya söz veriyorum, ne istersen onu söyleyeceğim ama lütfen çocuğum bilsin onu terk etmediğimi. Bu konuda annen bile bana hak veriyor. Aklı başında, vicdan sahibi her insan bana hak veriyor Eda...

Bıraktım mektubu. Boğazıma bir lokma oturdu, yutkunmakta zorlanmaya başladım. Babam doğru bilmiş, durmadan adres değiştirmiştik Londra'daki ilk yılımızda. Penny'nin evinden ayrılıp kiraladığımız evimize yerleştikten birkaç ay sonra bir başka eve, birkaç hafta sonra bir başkasına... Annem her seferinde kaldığımız evde bir kusur bulmuştu! Kimi metroya uzaktı, kimi rutubet kokuyordu, kimi yeterince emniyetli değildi. Ev değiştirme maratonu, ben ayrı eve çıkınca sona ermişti! Meğer aynı evde uzun süre oturmamamızın bir nedeni varmış, babam adresi bulacak olursa, bana ulaşmasını engellemek!

Bir başka zarfa uzandım.

3 Şubat, 2012

Eda,

Bu işler başıma daha önce geleydi, mahkemeye başvurur, kızımı görme hakkımı söke söke alırdım. Ama ne yazık ki Derya on sekiz yaşını geçti, babalık haklarım için kanuna da başvuramıyorum. Yalvarıyorum sana; bana adres, telefon, e-posta, ne olursa olsun bir bağlantı adresi ver. Susma! Bu intikam ne zaman bitecek Eda? Nereye kadar saklanacaksın benden? Bir gün gerçeği öğrenmeyecek mi çocuğumuz? Seni suçlamayacak mı? Lütfen makul ol! Sen benden nefret et ama kızım kendi karar versin ne yapacağına. O da yüzümü görmek istemez ise, kabul edeceğim. Ama bu kararı o vermeli, onun yerine sen değil. Eda, sana yalvarıyorum, önce de yazdım, annen bile bana hak veriyor bu konuda...

Kızının yalanına ortak olan anneannem madem hak veriyordu babama, neden doğruları anlatmadı, yazmadı bana? Haydi annem aldatılmanın acısıyla delirdi diyelim, ya anneannem, o akıllı, o cin fikirli kadın nasıl dümen suyundan gitti annemin? O gözünden hiçbir şey kaçmayan, kurnaz tilki, çok bilmiş anneannem, babama kızını aldattığı için hemen düşman olurken beni hiç düşünmedi mi? Kocası tarafından bir tek onun kızı mı aldatıldı bu koca dünyada? Şimdi ona hesap sorsam, 'Babamın beni aradığını neden bana haber vermedin?' desem, yanıtının, 'Seni korumak için söylemedim,' olacağını biliyorum. Ben on sekizini çoktan devirmiş bir ergen olarak o kadar mı çıt kırıldım biriydim ki, korunmam gerekti babam ile sevgilisinden. Deli miydi bunlar, ana kız?

Ellerimin titremesinden yazıyı kolayca okuyamıyordum. Ama okuduklarımdan çıkarabildiğim şuydu: Annem bana yalan söylemiş! Bunca yıl kocaman bir yalanın içinde çalkalanmışım! Ağlak suratı gözümün önüne geliyor annemin, sesi kulaklarımda.

"Sorup durma artık, baban bizi terk etti! O iğrenç kadın için hem de! Bir daha görmek istemiyorsa ne seni ne de beni, ben ne yapabilirim ki?"

"Anne, anlamıyor musun, hesap sormak istiyorum babama."

"Yepyeni bir hayata başlamak, geçmişine bir sünger çekmek isteyen insana ne hesabı soracaksın? O bizi istemiyorsa, biz de onu görmek istemiyoruz, işte bu kadar! Bırakalım ne hali varsa görsün."

Kaç konuşma bu şekilde, kaç ısrar, kaç yalvarma! Yalancının mumu yatsıya kadarsa, anneminki de işte buraya kadar!

Anneanneme de soracağım bu yalanların hesabını! Yalancı kızının tepkisinden korkmuş ve kurduğu kumpasa ortak olmuş. Babası tarafından terk edilmiş, zavallı çocuk kimliğini reva görmüş bana! Tavşan boku, korkak kadın!

Başka bir zarf çekip aldım.

*   *   *

Tarihine bakılırsa bu, babamın anneme yazdığı ilk mektup olmalıydı.

Okudum.

Edacığım, sevgili karım,

Bana konuşma fırsatı tanısaydın, eminim anlayacak-tın duygularımı. Ama bunda ısrarcı değilim. Beni bağış-lamayacağını biliyorum çünkü. Görüşme isteğim beni bağışlaman için değil, kızımız hakkında sağlıklı bir ka-rara varmamız için. Yalvarırım bu işi avukatlara bırakma-yalım. Biz halledelim. Her şeyim senin olsun, şirket, evi-miz, araba, bankadaki tüm hesabım. Benim yüzümü ya-şadığın müddetçe görmek istememeni de anlıyorum Eda. Ama kızımı bırakmamı isteme. Onu görme hakkım var, ben onun babasıyım ve sana diyorum ki...

Kulaklarım çınlamaya başladı. Mektup kaydı ellerimden, ben de yataktan kaydım, usulca uzandım halıya, ne kadar öyle kaldım bilemiyorum. Bayılmış olmalıyım.

Kendime geldiğimde halıda fetüs pozisyonunda yatıyor-dum, yüzüm ıslaktı. Bacaklarım sırılsıklamdı, işemiştim. Hiçbir tarafım tutmuyordu, felç inmiş gibi, o kadar bitkin-dim.

Zar zor kalktım halıdan, yatağa tırmandım, annemin yata-ğının başucundaki telefona uzandım, evi çevirdim. Allahım ne olur evde ol Linda, evde ol! Açıldı telefon.

"Linda, bir taksiye bin, annemin evine gel," dedim, "çabuk ol! Hemen!"

"Aman Allahım! Hırsız mı vardı evde? Ne oldu söylesene?"

"Hemen gel Linda! Ben araba kullanacak vaziyette değilim."

"Derya! Ne oldu sana? Neyin var?"

Ne diyeceğim şimdi ben buna, nereden başlayacağım anlatmaya? Bunca yaşantıyı bir iki cümleye sığdırmak mümkün değil, üstelik konuşmaya mecalim yok.

"Düştüm," dedim, "Hemen gel."

"Ambülansa haber vereyim, açık adres neydi?"

"Sakın! Sakın öyle bir şey yapma. Ayaktayım ben, korkma. Sadece gel!"

Kapattım telefonu. Etrafımda mektuplar, yığıldım kaldım yatağın üzerinde.

O gece sabahın erken saatlerine kadar her şeyi benim için Linda yaptı. Önce hıçkırıklarımla yer yer kesilen hikâyemi dinledi, sonra beni annemin banyosuna sokup zorla yıkadı, bana annemin temiz çamaşırlarını giydirdi. Arabayı kapının önüne kadar getirdi, beni evimize götürdü. Eve girer girmez, bir gün sonraki Singapur uçağımı iptal edip Türk Hava Yolları'nda bana bir yer ayırttı. İçine bal damlattığı çayı zorla içirdikten sonra da;

"Şimdi otur, düşün bakalım," dedi, "babanın adresini kim biliyordur?"

Elime tutuşturduğu çayı içerken, aklımda kalan bölük pörçük bilgiyi değerlendirmeye çalıştım. Bora'yı Facebook'ta aradık, bulamadık. Babamın yayınevinde çalışmış olan diğer kişile-

rin adlarını girdim. Bazılarına ulaşabildim, zaten bambaşka iş-
lerde çalışıyorlardı artık. Gaye büyük bir reklamcının yanında
metin yazarlığı, Ersin bir spor gazetesinde mizanpaj hazırlıyor,
staj yapıyormuş. Kısacası kimse babamın adresini bilmiyordu. 51

"Onlarla uğraşacağına anneanneni arasana," dedi Linda.

"Annemle ağızbirliği yaptı bana bunca zaman. Ne zaman
babamın lafını edecek olsam, her seferinde bana babandan sa-
kın bahsetme, ben çoktan sildim o adamı defterimden diyen
biri, yerini yurdunu bilse bile dünyada vermez bana adresini.
Annemden korkar."

"Babanın adını verip telefon istihbaratına soralım."

"İyi fikir!" dedim.

Yaptık. Babamın adına İstanbul'da bir kayıt görünmüyor-
du.

"Facebook'ta babanın sevgilisini arasana," dedi Linda.

"Handan'ı mı?"

"Adı her neyse…"

"Tut ki buldum. Ben onunla yazışamam ki."

"Ben yazışırım. Hele sen bir bul."

Handan'ı aradık Facebook'ta. Bulduk. Amerika'ya karde-
şinin yanına gitmiş. Allah Allah! Babamla ayrıldılar mı acaba?
Bizim evde çalışan kadının bir türküsü vardı, 'çok sevgi tez ay-
rılık getirir' gibisinden bir şeyler söylerdi. Türküdeki gibi sev-
giden bunalıp ayrıldılarsa hiç şaşmam. Babam fazla üstüne dü-
şülmesinden hoşlanmaz çünkü.

Bir ihtimal daha vardı ki korkunçtu benim için, ya babam
onunla birlikte gitmişse! Belki de taa oralarda olduğu için gö-
rüşmemizi istemiyordu. Dünyanın parasına patlardı benim
onu görmeye gitmem ya da onun Atlantik'i aşıp bana gelmesi.

Tüm malını mülkünü anneme ve bana devrettiğine göre, kızını görmek için Handan'dan para isteyecek hali yoktu herhalde, gururlu adamdı benim babam.

Bu endişelerimi paylaşmadım Linda'yla, Sadece, "Ben bir de Nadide Hanım'ı arayacağım," dedim.

"O kim?"

"Babamın sekreteriydi. Babamı da, beni de çok severdi. Belki nerede olduğunu öğrenmiştir."

"Telefonu var mı?"

"Yok ama mail adresi çok kolaydı. Aklımda kalmış: nadide@nadide.com."

"Mail at, hemen."

Attım, babamın adresini biliyorsa bana bildirmesi için yalvar yakar oldum, elini ayağını öptüm. "Nadide abla," dedim, "bu böyle hayat boyu devam edemez. Ben onun kızıyım. Ona ulaşmak istiyorum, Allah rızası için bir şey biliyorsan bana yardım et."

"Gelecek yanıta göre uçağını değiştirelim mi?" diye sordu Linda.

"Değiştirme. Tut ki bana geri dönmedi ya da bir adres vermedi, ben yine de gideceğim Türkiye'ye. Her kapıyı çalacağım babamı bulmak için."

"Nerede kalacaksın? Anneannende mi?"

"Çaresiz kalırsam ona da giderim ama annemle ağız birliği ettiğine göre bunca zaman, bana mani olmaya çalışacaktır. Enerjimi kavgaya harcamak istemiyorum. Otelde kalırım."

"Paran yetecek mi bari?"

"İdareli kullanacağım. Belki bu ayki kirayı yatıramam. Borçlanırım sana."

"Kirayı düşünme," dedi Linda, "Sen önce babanı bul."

Ben yeniden bir valiz hazırladım kendime. Türkiye kışa girmeye hazırlanıyordu. Yazlıkları, birkaç kazak ve kışlık kalın pantolonla değiştirdim, valizi kapattım.

Linda'yla yataklarımıza girdiğimizde sabah olmak üzereydi.

"Bir saat için bile olsa, lütfen uyu, kendine gel," dedi Linda, "Ben alarmı kurdum, uyuyup kalmazsın, merak etme."

Gözlerim yorgunluktan kapanıyordu. Saatin birazdan çalacağını bile bile kendimi uykunun kollarına bıraktım, karmakarışık rüyalar gördüm. Çok dalgalı bir denizde zorlukla yüzüyor, önüme çıkan her tekneye tırmanıp, babamı arıyordum. Çalan saati duymamışım. Rüya işte, bir yolcu vapurundan sallanan ip merdivene tırmanmaya çalışırken, Linda uyandırdı beni. Tuvalete bile gitmeden, ilk işim bilgisayara girip maillerime bakmak oldu.

Ah evet! Ben uyurken gelen birkaç mail vardı. Açtım. Aralarından sadece Nadide Hanım'dan gelen mesajı okudum:

Sevgili Deryacığım, canım kızım,

Babanın adresini bilsem senden gizler miyim! Tek bildiğim, Urla civarında bir dağ köyünde şarapçılık yaptığı. Köyün adı Yağcılar mı, Balcılar mı yoksa Arıcılar mı... öyle bir şeydi. Birkaç ay önce, bir dergide şarap uzmanı birinin şarapçılıkla ilgili yazdığı bir yazıda adına rastlamış, şaşırmıştım. Köyün adını tam çıkaramıyorum fakat Urla'yı, oradaki bir huzurevinde yakın bir dostum kaldığı için, net hatırlıyorum. Senin mailini alınca, derginin adını hatırlamaya çalıştım. Dişçinin bekleme oda-

sında sıramı beklerken okuduğum için, hangi dergiydi, adına bakmamışım. Şu kurumsal dergiler var ya firmaların tanıtım için çıkardıkları, onlardan biriydi. İstersen sen Urla'ya git, orada bir soruşturma yap. Gerçekten şarapçılık yapıyorsa, babanı er geç bulursun, zira Urla küçük yerdir, şarap yapan yerler de, büyük küçük bağlar da bellidir...

Gerisini okumadım. "Lindaaaa!" diye bağırdım mutfakta kahve yapan arkadaşıma, "babamı buldum! BULDUM!"

Koşarak geldi. Nadide'nin mailini tercüme ettim ona.

"Babanı bulmadın, sadece bir ipucu buldun. Urla'ya nasıl gideceksin?" diye sordu.

"Uçakla."

"Oraya uçak var mı?"

"Bilmiyorum! Bodrum'a filan var, oraya da vardır herhalde. Ben giyinirken baksana haritada Urla İzmir'e mi yakın?"

"Nasıl yazılıyor bu Urla?" dedi.

Söyledim. Sonra odama koştum aceleyle.

Giyinmiş, hazırlanmış olarak mutfağa girdiğimde, Linda yüzünde zafer ifadesiyle, "Urla İzmir'in elli kilometre batısındaymış" dedi, "İstanbul'da birkaç gün kalır, anneanneni filan görür, İzmir'e geçersin."

"İstanbul'a uğramayacağım Linda," dedim, kararlı bir sesle. "Havaalanından doğruca İzmir'e uçacağım. Oradan bir araba kiralar Urla'ya giderim."

"Yolu biliyor musun?

"Harita diye bir şey var."

"İstanbul'dan İzmir'e uçacaksın, İzmir'de araba kiralaya-

caksın, babanı bulana kadar Urla'da bir otelde kalacaksın...
tüm bunları karşılayacak paran var mı?"

"Param yok ama kredi kartım var," dedim, "Allah onu icat
edenden razı olsun!"

"Sonunda o kredi kartını ödeyecek olan sensin."

"Onu da vakti geldiğinde düşünürüm. Şu anda önceliğim
babamı bulmak!"

"Tamam ama toparlan artık," dedi Linda, "çıkmamız lazım."
Bilgisayarımı kapatıp çantama yerleştirmeden önce, anne-
me acele bir mail attım.

> Anne,
> Beni bekleme, Singapur'a gelmiyorum. Çevirdiğin do-
> lapları öğrendim. İğrenç yalanlarla benden ayırdığın ba-
> bamı bulmaya gidiyorum. Kocana tek başına bakacaksın
> artık, tabii eğer David gerçekten hastaysa!
> Derya

Sonra da aynen planladığım gibi yaptım. Linda beni uça-
ğa götürdü. Önce İstanbul'a, İstanbul'dan bir başka uçak-
la İzmir'e uçtum. İzmir havaalanında bir araba kiraladım ve
Urla'ya gittim. Urla'ya gitmek kolaydı çünkü paralı otoyola
girdikten sonra, üç şeritli muhteşem bir şose ta Urla'ya kadar
uçuruyordu arabaları.

Urla çarşısında bir park yerine arabamı park ettim.
Değnekçiye buralarda iyi bir otel var mı diye sorarken, tam ya-
nıma park edilmiş arabasına binmek üzere olan bir kadın, ko-
nuşmamıza kulak misafiri oldu.

"Buranın yabancısı olmalısınız..."

"İlk defa geliyorum. Otel için…"

"Limana gidin, Seferidis'in evi olan binayı otel yaptılar. Çok şeker bir butik otel oldu," diye akıl verdi.

Teşekkür ettim, arabayı park etmekten vazgeçip, limana indim, bana tarif ettiği oteli buldum. Limon ağaçlarının mis gibi kokuttuğu avluda bir kahve içtikten sonra, içinde kocaman bir pirinç karyola olan ve bahçeye bakan odama yerleştim.

Babamın kasabasındaydım, nihayet. Limanda dolaşmaya çıksam, rastlar mıydım ona? Balıkçılık yapıyor olaydı, belki ama babam şarapçılık yapıyordu. Yatağa uzanıp, kafamı toparlamaya çalıştım. Urla'nın hangi köylerinde şarap üzümü yetişiyor, önce bunu öğrenmeliydim.

Otelin lobisindeki bilgisayardan internete girerek Urla'daki şarapçıları aradım. Bulabildiklerimin adreslerini bir kâğıda kaydettim. İşim rast gidiyordu ama bir gün öncesinin bitkinliği ele geçirmeye başlamıştı bedenimi. Otelin avlusuna hazırlanmış küçük kafede bir şeyler atıştırıp, erkenden yattım, tuhaf rüyalar görerek, sık sık sıçrayıp uyanarak sabahı ettim.

Sabah yatakta uzun kalamadım, içim içime sığmıyordu. Giyindim, avluya kurulmuş büfede ev yapımı reçellerle harika bir kahvaltı yaptım. Sıra resepsiyondaki genç kıza civardaki şarapçılarla ilgili sorular sormaya geldi. Bir gece önce listesini yaptığım bağların adreslerini kıza tarif ettirirken, resepsiyona genç bir adam geldi. Konuşmalarımıza kulak kabartmış olmalı, kızdan bir kâğıt kalem istedi ve bana bir yol krokisi çizdi.

"Sizin aradığınız şarapçıların çoğu aynı yörededir, bakın bu çizdiğim yolu takip ederseniz, zorluk çekmeden bağların bulunduğu bölgeye gidersiniz," dedi.

Şansıma inanamıyordum. İstanbul'a indiğim andan itibaren, her şey yolunda gidiyordu. İzmir'e kalkmak üzere olan uçakta kolayca yer bulmuştum. İzmir'den Urla'ya kaybolmadan gelmiştim, sempatik bir otele yerleşmem için, Allah park yerinde önüme bir kadın çıkarmıştı. Şimdi de pek yakışıklı bir genç adam, kendiliğinden bana bir yol haritası çizmişti.

Her şey ve herkes beni babama doğru yönlendirmekteydi. O sabah, otelin resepsiyonunda bağların bulunduğu yere doğru yola çıkmadan önce, şansımın yaver gittiğini sanıyordum!

Elime tutuşturulan krokiye güvenerek yola düştüm. Sekiz -dokuz kilometre yokuş yukarı vurup, dağlara tırmandım, bir ormanın içinden geçtim, evlerinin damları demir filizli köyleri aştım ve yeniden denizi gördüm. Denize doğru gittim, yol düzleşti, yeniden yokuşa vurdu, denizi kaybettim. Birkaç kilometre daha direksiyon salladım zeytin ağaçlarının, makiliklerin arasında. Evler, damlar görünmez oldu, benzin azaldı. Elimdeki uyduruk kroki, içinde bulunduğum araziye uymuyordu, etrafta benzinci gözükmüyordu ve ben Londra'da en önemli galerilerden birinin karma sergisine katılma şansına sırtımı dönmüş, Nadide Hanım'dan aldığım ipuçlarıyla, Ege'nin denize bakan tepelerinde, tabelaya göre Yağcılar köyü civarında bir toprak yolda kaybolmuş, saman içinde iğne arar gibi iki yıldır görmediğim babamı arıyordum.

EDA

Kaçış

David, hastalandığından beri ilk kez çıkarıldığı, koridorda üç dakikalık bacaklarını güçlendirme yürüyüşünü tamamlayıp, hemşirenin kolunda, odanın kapısında belirince, gözlerimi elimdeki telefondan kaldırıp, ona baktım.

"Ne oldu, ne bu halin?" diye sordu titrek sesiyle.

Yaşlar sessizce gözpınarlarımdan çeneme doğru süzülüyorlardı. Hıçkırmaya başlamaktan korktuğum için yanıt veremedim.

"Ben odadan çıkarken her şey yolundaydı Eda, kızın geliyor diye mutluluktan uçuyordun. Üç dakikada ne değişti?"

Ayağa kalkıp, hemşirenin kocamı yatağına yerleştirmesine yardım ettim, yastıklarını kabarttım. Hemşire David'i yatağına yatırdıktan sonra gitti.

"Derya gelmiyor," dedim, "gelmekten vazgeçmiş!"

Yüzüne bir gölge düştü, "Hay Allah!" dedi, "senin için iyi olacaktı gelseydi. Benim yüzümden çok yıprandım sevgilim. Katılacağı bir sergiden bahsediyordu, o yüzden mi gelemiyor?"

"Hayır."

"Niye gelemiyormuş?"

"Kimbilir!"

"Gelmesin! Bu kadar üzülecek ne var bunda? Hani ben öl-seydim, sen de cenazemle baş başa kalsaydın, biri gerekirdi yanında, anlardım üzülmeni ama..."

"Allah korusun, böyle şeyler söyleme!"

"Ben biraz güçlenince, otelimize çıkarız, sen de kurtulursun hastane odasından."

"Hastane odasından şikâyetçi değilim ben. Üzüntümün nedeni başka. Kızımı bekliyordum ben... ben... ben..."

Nihayet boşalıverdi tutmaya çabaladığım hıçkırıklar.

David, beyaz yastıklara gömülmüş sapsarı yüzünde mor halkalı gözleriyle, şaşkın bakıyor bana. Anlayamıyor niye bu halde olduğumu.

Nasıl anlasın ki, o bir İngiliz! Ayrıca, onun toplumunda ne kızların hastalanan ana/babalarının başını beklemek gibi görünmez bir kural var, ne de benim niye böyle paramparça olduğumun esas sebebini biliyor. Onun gözünde ben, heyecanla kızının gelişini beklerken, kız fikir değiştirip gelemediği için hayal kırıklığına uğramış bir anneyim. Biraz söylenip unutmam gereken bir olay bu. Önemsiz, sıradan.

Derya'nın bana attığı mailden de haberi yok. Öz çocuğumun anasına reva gördüğü iki cümleyi okusa ne düşünür acaba? Abartıyorsun mu der? Boş ver, şimdiki gençler böyle mi, der? Yoksa, acır mı bana?

Herhalde acır. Çünkü bizim ilişkimizdeki en baskın duygu şefkat nedense! Tuhaf bir önseziyle, benim çok hırpalanmış olduğumu biliyor ve bu yüzden beni kadife eldivenlerle

tutmaya çalışıyor yeni kocam; incitmekten, örselemekten sa-
kınıyor.

Bizi tanıştırdığında, Penny'e hakkımda ona neler anlattı-
ğını sormuş hatta yemin ettirmiştim doğruyu söylemesi için.
Penny İngiliz olduğu için, bizim gibi kolayca yalan söyleyemez.
Beyaz yalanı bile rahatlıkla söylemeyi beceremez İngilizler.
Onların kültüründe yalan çok ayıptır. Ne hin oğlu hinlikleri
vardır, Osmanlıdan arta kalan Ortadoğu'yu mesela harita üze-
rinde cetvelle çıkarlarına göre bölmüş, hallaç pamuğu gibi at-
tırmış, halkların canına okumuşlardır; böl ve yönet de acıma-
sız bir İngiliz metodudur, iti ite kırdırırlar derdi babam onlar
için ama kendi aralarında yalana yer yoktur, bilirim. Bu yüz-
den bana, "Senin hakkında, çok eski bir arkadaşım olduğunun
dışında hiçbir şey söylemedim," dediğinde, inandım ona.

Geçekten de çok eski bir arkadaşımdı Penny!

İlkokulu bitirdiğim yıl, İngilizcemi ilerletmem için beş haf-
talığına Londra'nın biraz dışında bir yaz okuluna yollandığım-
da tanışmıştık. Okulu yöneten karı-kocanın kızıydı, benden
sadece ay farkıyla büyüktü ama boyu bir karış daha uzundu.
Bu nedenle de hep küçük kardeş muamelesi, akıl hocalığı yap-
tı bana.

Penny İngilizce öğrenmeye gelmiş yabancı çocuklarla elbet-
te İngilizce derslerine girmiyordu ama koruda yürüyüşe çık-
mak, nehirde yüzmek ve yelken yapmak gibi spor etkinlikle-
rine katılıyordu bizlerle. Çok iyi arkadaş olmuştuk. Bir sonra-
ki yazı bizimle geçirmesi için İstanbul'a davet etmiştim onu.
Sadece bir yazı da değil, yıllarca yaz tatillerinin bir kısmını bi-
zimle geçirdi. Güney sahillerine tatile gittiğimizde de katılırdı
bize. Ben de Londra'ya her gittiğimde onlarda kalırdım.

Ben evlendikten sonra daha az görüşür olduk ama dostluğumuz hiç yıpranmadı. Birbirimizi hep aradık, sorduk, hayatlarımızdan haberdar olduk. Penny kısa süren bir evlilik yaptı. Çocuğu olmadı. Bir mühendislik bürosunun araştırma bölümünde önemli bir eleman olarak iyi para kazanırken, Londra'nın gözde semtlerinden birinde küçük ama güzel bir daire satın aldı, iş arkadaşlarından biriyle evlendi, üç yıl sonra boşandılar ve bir daha hiç oturmadı nikâh masasına. Yaz aylarını da, bekâr bir kadın olarak, artık çoluk çocuğa karışmış bir kız arkadaşla geçireceğine, daha egzotik ülkelerde sevgilileriyle geçirmeyi tercih etti. Bense, evlendikten sonra bile, Londra'ya tek başıma gidişlerimde hep onda kaldım. Yıllar aktıkça yaşam tarzlarımız değiştiği için giderek daha az görüşür olmuştuk ama dostluğumuz hep aynı sıcaklıkta sürdü.

Aldatıldığımı, hem de ne biçim aldatıldığımı öğrenip kızımı bu skandaldan yara almadan kaçırmaya karar verdiğimde, elbette hemen Penny'i aradım. Beni yarı yolda bırakmayacağını biliyordum.

Beni ve kızımı bağrına bastı Penny.

Kendimize bir ev tutacak para elimize geçene kadar, onun evine sığındık ana-kız! İki ay boyunca her şeyimizi Penny ayarladı, bizi teselli etti, Derya'ya okul buldu ve beni David'le tanıştırdı... Bana, dokunduğunda kırılıverecek değerli bir kristal muamelesi yapan David'le.

Düşünüyorum da, Penny ona başıma gelenleri anlatmadığına göre, ya David inanılmaz sevecen bir insan ya da benim duruşumda acınası bir naiflik var. Çünkü David bana hayatım hakkında hiçbir şey sormadı, ona söylediklerimle yetindi ve beni hep el üstünde tuttu.

Ben ne yaptım?

Bu ihtimama zaman zaman sinir oldum! Bana acıdığını farz edip, için için kızdım David'e. Ama, artık kimseye kızmam bana acıdıkları için, çünkü kızımın bana yolladığı mail, keskin bıçaklar gibi batıyor yüreğime, canımı yakıyor. Gerçekten acınacak durumdayım! Şefkate, ihtimama, teselliye ihtiyacım var!

Kızımın bana uçağın varış saatini bildirdiğini düşünerek baktım maillerime bugün. Sandım ki, uçağın kalkışı gecikti, o da bana havaalanından mesaj atarak gecikmeyi haber veriyor, merakta kalmayayım diye. Okudum.

Anne,

Beni bekleme, Singapur'a gelmiyorum. Çevirdiğin dolapları öğrendim. İğrenç yalanlarla benden ayırdığın babamı bulmaya gidiyorum. Kocana tek başına bakacaksın artık, tabii eğer David gerçekten hastaysa!

Derya

Doğru mu görüyorum diye şüpheye düşüp, birkaç kere üst üste okudum. "David gerçekten hastaysa!" diye yazmış.

Zavallının hastalığına bile inanmamış Derya!

O kadar nefret ediyor demek ki benden.

Oysa gelseydi, ben ona şu karşımdaki yatakta yatan adamın nasıl ölümle yaşamın arasına gerili o incecik ipte, geceler boyu asılı kaldığını, ipin bir o tarafına, bir bu tarafına sarktığını, kalbinin kâh delice bir hızla çarpıp kâh durma noktasına geldiğini ve nihayet neredeyse mucize denilecek bir şekilde yaşamdan yana karar kıldığında kendi ruhumda yaşadığım değişimi anlatacaktım. Kızımla birlikte kocamın yaşama dönüşünü kutlayacaktım. Gerçek iki arkadaş olabilmek için hâlâ geç kalmamıştık, hasretle bekliyordum kızımı; neler çektiğimi de, mutluluğumu da paylaşmak için.

Bekleyişlerin en korkuncu, ölümün başını beklemektir, ki ölümün başında ilk bekleyişim değildi bu!

Ölüm çocuğuma musallat olduğu zaman da ben böyle beklemiştim, elini sımsıkı tutarak, iki de bir yüzünü gözünü öperek, Allah'a, benim hayatımdan onunkine eklemesi için hiç durmadan dua ederek. Yaşam savaşını duayla, yalvara yakara kazanmaya çalışıyordum.

Ben o savaşı kaybettim.

Çocuğumla birlikte ruhumu, varlığımı, aklımı, neşemi, neyim var neyim yok her şeyimi kaybedip, yıllarca sırf bir beden olarak dolandım bu dünyada. İki bacak, iki kol, boş bakan iki göz!

Ne nasihat fayda etmişti bana ne ilaç ne terapi.

Bir çocuğun daha var, demişlerdi, bir kocan var düşünmen gereken, anan var, baban var...

Bir süre hiç kimse umurumda olmadı. İlaçlanmış bir zombi gibi geçirdim koca bir yılı.

Onu yok saydığım o günlerin intikamını mı alıyor benden şimdi Derya? Oysa geleydi, ona içimi dökebileydim, günah çıkaracaktım kızıma.

Can'ın ölümünden sonraki ilk yıl, onu ihmal ettiğim için ilk kez gerçekten bütün samimiyetimle özür dileyecektim.

Derya beni geçmişime takılıp kalmakla suçlardı.

Hayatı kaçırıyormuşum. Hayatı kaçırdığım için, sevdiklerimi de kaçırıyormuşum. Londra'da baş başa kaldığımızda, belki de ondan başka dayanağım kalmadığından, her söylediğini çok ciddiye almıştım, ilk kez. O kadar ciddiye almıştım ki, hayatı, dolayısıyla onu kaçırmamak için, David'in evlenme teklifini kabul etmiştim.

Gelmiş olsaydı, ona, "Dünyada hiç kimse beni inandıra- mazdı, senden gayrı birinin başında oturup, yaşaması için kendimden geçerek dua edebileceğime," diyecektim. "Ama ettim Derya! David'in elini tutmadım, yüzünü gözünü öpmedim ama, yoğun bakımdayken cam bölmenin gerisinde, odasına çıktıktan sonra da yatağın başında bir iskemlede, geceler boyu onunla ruhsal bir bağlantı kurmaya çalıştım. Yüreğimden geçenleri hissedeceğini umarak, ona sevgi veremediğim için özür diledim, benimle kalmayı seçerse, kendimi bağışlatmak için elimden geleni yapacağımı vaat ettim. David'in hayatın kıyısına asılıp kaldığı o birkaç gün boyunca, kendi ömrüm aktı gitti gözlerimin önünden. Hatalarımla yüzleştim ilk kez. Ah ne kadar yandım ne çok şeye! Kayıp giden günlerime ne kadar hayıflandım! Babanla ayrılmamızda bana düşen hataları tarttım. Az değillerdi. Hepsini kabulleniyorum! Bu muhasebeyi yapabildiğime göre, demek ki ben bu kez gerçekten iyileşmişim, kızım," diyecektim.

"Demek ki iyileşmek için kendimle yüzleşmem, kendimle yüzleşebilmek için de bir felaket yaşamam gerekiyormuş," diyecektim. Ona hiçbir şeyin sağlıklı yaşamdan daha önemli olmadığını nihayet anladığımı söyleyecektim. Sonra, belki başka şeyler de anlatmaya cesaret edecektim kızıma. Ondan özür dileyecektim, beyaz, siyah tüm yalanlarım için. Kızımı korumaktan, çocuk yerine koymaktan vazgeçip, onu aklı başında bir ergen olarak kabul etmenin zamanının geldiğini ve hatta neredeyse geçtiğini idrak ettiğimi de söyleyecektim.

Ama gelmiyor Derya!

Beni suçluyor, benden nefret ediyor, yalancı diyor bana!

Evet, yalancıyım!

O iğrendiği yalanları sırf onu korumak için, o üzülmesin diye söylediğimi bilse, bağışlar mı beni?

O mahcup olmasın, o depresyonlara girmesin, o babasından utanmasın, nefret etmesin diye, çirkin gerçeği asla bilmesin diye, hayatının ilk aşkı ölüme atlarken aynı odada olduğunu asla öğrenmesin diye Ali'nin külahını Veli'ye giydirdiğimi, üzülebileceği her şeyden onu uzakta tutmak için yerimi yurdumu bir gün içinde terk edip, cebimdeki azıcık parayla, yabancı bir ülkede tutunmaya çalıştığımı bilmiyor ki, hak versin bana.

Sanıyor ki, babası beni aldattığı için kaçtım İstanbul'dan. Sanıyor ki yalnız kalma korkusuyla onu da sürükledim yanımda.

Elbette bencillik de var onun için yaptıklarımda, iki evladından birini kaybetmiş bir anneyim ben! Bana kalan yegâne evladıma can simidine yapışır gibi yapışmam, onu her türlü tehlikeden, musibetten, kötülükten, utançtan, acıdan uzak tutmak istemem, suç mu?

Şu karşımda sapsarı suratıyla hasta yatağında yatan adamla evlenmem bile onun iyiliği içindi. Hem kaybettiği sıcak yuvayı ona yeniden kurmak için hem de hayatı boyunca benim sorumluluğumu ağır bir yük gibi sırtında hissetmesin diye evlendim ben. O, benim de bir hayatım olsun istediği için! Bir de zaman zaman nöbet gibi gelen, babasıyla barışayım diye İstanbul'a dönelim ısrarlarından kurtulmak için.

Her şeyi Derya için yaptım! Derya bunu bilmiyor!

Attığım mesajlara yanıt vermiyor, telefonu kapalı. Evini arıyorum açan yok. Bana en yakın olması gereken biricik kızım, düşmanım oldu adeta! Allahım, neden tutunduğum her bir dal, kuruyor, ufalanıp gidiyor elimden?

"Eda, seni bu kadar üzen her neyse ben de bilmek istiyorum."

İrkildim, sıçradım adeta, düşüncelerimden sıyrılıp, sesin geldiği yöne baktım. David, eliyle yatağı işaret ediyordu, gidip yanına oturmam için. Sesi o kadar zayıf çıkıyor ki, onu yormamak için ikiletmedim dediğini, koltuğumdan kalktım, gidip ayakucuna iliştim.

"Sen yorma kendini, dinlenmene bak. Biraz daha güçlenince anlatacağım her şeyi," dedim.

"Sadece şunu söyle, Derya niye gelmedi?"

"Nedenini kesin olarak bilmiyorum ama tahmin ediyorum ki bana çok kızgın."

"Neden?"

"Çok uzun bir hikâye. Senin dinlemeye, benim anlatmaya mecalim yetmez. Hele bir iyileş ... sonra."

"Seni ağlatan nedir merak ediyorum Eda."

"Her ikimiz de biraz toparlanalım, anlatırım."

"Şimdi kesin gelmiyor Derya, öyle mi?"

"Öyle anlaşılıyor."

"Penny'e haber ver, o gelsin. Ben öderim yol ücretini. Oteldeki odamız zaten iki kişilik, benim yerimde o yatsın, sana refakat etsin. Yalnız kalma sen..."

Kestim sözünü, "Penny çalışıyor, öyle keyfine göre kalkıp gelemez ki."

"Kız kardeşimi çağıralım ya da anneni."

"Neden illa birini çağırmamı istiyorsun?"

"Sana eşlik etsinler diye."

"Ben çocuk muyum?"

"Çocuk değilsin ama bazen bir çocuk gibi kırılgansın, şu anda olduğun gibi. Derya belli ki çok üzmüş seni."

"Kırılganlığımdan bıktın mı?"

"Ben seni o kırılgan halinle sevdim," dedi David, "kar altında kalmış bir serçe gibi, insanda koruma duyguları uyandırıyordun."

Ah David, diye düşündüm, koruma güdüsü ne kadar da tehlikeli bir tuzak. Hepimiz aynı tuzağa düşüyoruz anlaşılan. Ben kızımı korumak için ne hallere geldim, sen de beni korumak için başına püsküllü bir bela aldın. İyi niyetle söylediği yalanlarının içinden çıkamayan, yaralı ve gözü yaşlı bir bela kadın!

"Konuşma sevgilim. Yoruyorsun kendini. Doktorlar ne dedi? En iyi ilaç dinlenmek dediler. Eski gücüne ancak iyi dinlenerek kavuşacaksın."

"Pekiyi, ben hiç soru sormayacağım, hep sen anlat. Zaten şu odada zaman zor geçiyor. Okuyacak, konuşacak gücüm yok ama dinlemek pasif bir eylem, yormaz beni. Anlat bana kızınla olan sorunu. Haydi Eda, sana da iyi gelecek bu."

Nereden başlasam?

Can'ın ölümünden mi?

Yok, onu biliyor David. Bir gece gözyaşları içinde çocuğumu nasıl kaybettiğimi anlatmıştım ona. O da beni gözleri dolarak dinlemiş, sonra bana sımsıkı sarılmıştı. Öylece saatlerce oturmuştuk o ve ben, aynı acıyı tatmış iki insan.

Bana karısı ile kızının yıllar önce bir uçak kazasında öldüklerini David söylememişti. Ben o acı olayı Penny'den öğrenmiştim. David eski İngiliz sömürgelerinden bir Afrika ülkesinde çalışırken, karısı ile kızını, kızın okul tatilinde yanına getirtmek istemiş. Bindikleri uçak düşünce, kendini suçlamış uzun süre. Bana illa birini ayarlamakla sorumlu olduğunu düşündüğü için, beni gençliğimizden beri onlarca bekâr erkeğe tanıştırmış olan Penny, David'le tanıştırırken, kulağıma eğilmiş, *Birds of feather flock together*, diye fısıldamıştı, yüzünde bilgiç bir ifadeyle.

"Neden aynı cinsten kuşlarmışız biz?" diye sormuştum.

"Kanadı kırık kuşlarsınız ikiniz de. Sonra anlatırım sana."

Penny vakit kaybetmeden anlatmıştı ve bu kez başarmıştı doğrusu! Bu ek bilgi benim David'e sempati duymamı sağlamıştı. Fakat nedense David bana hiç söz etmedi karısıyla kızından. Ben ona oğlumun ölümünü anlattığım gün dahi, açmadı bu konuyu. Geçmişine dair sadece, "Bir zamanlar ben de evliydim, dokuz yıldır bekârım," demekle yetindi. Tuhaf bir adamdı, açıkçası. Sakin, nazik, düşünceli ve iyi bir insandı. Her buluşmamızda bir başka hoş yönünü keşfediyordum. Müthiş bir mizah yeteneği vardı, beni o İngilizlere has espri anlayışıyla çok eğlendiriyordu. Kültürlüydü, filozoftu. Giderek daha çok ısınıyordum bu uzun boylu adama. Derya ile de sağlam bir iletişim kurmuştu. Mimar olduğu için, Derya'nın sanata olan düşkünlüğünü benden çok daha iyi değerlendirebiliyordu. Ödevleriyle ilgileniyor, yaptığı işleri eleştiriyor, onunla birlikte sergileri geziyor, çağdaş sanatı takip ediyordu. Araları çok iyiydi. O kadar ki, bana evlenme teklifini bile kızımın önünde yapmıştı.

Bir akşam yemeğinde, "Annene evlenme teklif edeceğim, ne dersin?" diye sormuştu Derya'ya.

"Verdim gitti, deriz biz Türkler," demişti Derya, "annemi bundan böyle sen taşı!"

"Aşk olsun! Ben sana ağır mı geliyorum," demiştim.

"Ağır değil de fazla geliyorsun anne," demişti Derya, "ben tek kişi olmak istiyorum, sen varken bu mümkün değil."

"Nasıl yani?" demiştim sesim biraz kırık.

"Şöyle, bir yere mi gideceğim tatil için, annem ben yokken ne yapar, bana ihtiyacı olur mu? Yapayalnız kalır mı? Üzülür mü? Sıkılır mı? Oysa sen evlenirsen, bu yükler benim sırtımdan inecek. Ben sadece kendimi düşüneceğim."

"Madem öyle, evleneyim bari de sen rahat et kızım," demiştim.

"Ama anne, David seni ben rahat edeyim diye istemiyor ki?"

David'e dönüp sormuştum:

"David, niye evlenmek istiyorsun benimle?"

"Elbette Derya rahat etsin diye."

Derya gülüyordu, David gülüyordu. Ben incinmiş olduğumu belli etmemeye çalışıyordum.

"Anlaşıldı," demişti Derya, "ben bu masadan kalkıp, evime dönüyorum. Siz kocaman insanlar oldunuz, eminim birbirinizle evlenmek için benden daha iyi bir nedeniniz vardır. Mesela birbirinizden hoşlanmak veya yatakta iyi anlaşıyor olmak gibi..."

"Derya! Bu nasıl söz!" demiştim kıpkırmızı kesilerek.

"Bence bu çok geçerli bir neden," demişti David.

Derya, "Dilerim annemin kurallarına uygun, mazbut bir

geçerli neden daha bulursun David," diyerek çekip gittikten sonra, David'e bir kere daha sormuştum,

"David gerçekten, niye evlenmek istiyorsun benimle?"

"Çünkü sana âşık oldum," demişti.

"Ben kolay lokma değilim. Kocamdan niye ayrıldığımı biliyorsun, anlatmıştım sana. Yaralı yürekleri taşımak kolay değildir."

"Bence her ikimiz de geriye hiç bakmayalım Eda. Geriye bakmazsak, kırık yüreklerimiz mazide kalır. Birlikte çok mutlu olacağımız bir yaşam kuralım. Sıfırdan, yepyeni, keyifli bir yaşam! Bol bol seyahat edelim, dünyanın görmediğimiz yerlerini birlikte keşfedelim, tatmadığımız tatları tadalım, duymadığımız müzikleri dinleyelim. İkimize ait bir dünyamız olsun. Ben bir ömür at gibi çalıştım. Şimdi sevdiğim kadınla hayatın tadını çıkarmak istiyorum. Ne dersin?"

"Bana düşünecek zaman tanı."

"İstediğin kadar düşün. Evlenmek istemezsen, ısrar etmem ama bil ki seni yanımda karım olarak görmek bana onur verecek."

Âşık olmadan evet dediğim ve her geçen gün giderek daha çok sevmeye başladığım bu insanı, birkaç gün öncesine kadar kaybetme ihtimalim vardı ama demek dank etmemiş kafama doktorun söyledikleri. Hep aynı duyguydu içimdeki, oğlum gitmiş benim, canımın parçası gitmiş! Bundan sonra ölüm beni acıtmaz!

Yanılmışım!

O kadar korktum ki David ölecek diye!

Sonra doktor karşıma geçmiş, demişti ki, "Müjdem var, ölüm tehlikesini atlattı kocanız. Tedavi süreci uzun. Güçlenmesi vakit alacak. Belki bir kolu azıcık güçsüz kalabilir ama fizik tedaviyle üstesinden gelinebilir."

Doktoru dehşetle dinlemiş, bu sefer de, ben ne yaparım sakat bir adamla diye düşünmüştüm. Yaşadığı için sevinmemi kursağımda bırakan hain doktora kızdım en çok. Evet, iflahı mümkün olmayan bir bencilim ben!

Henüz Derya'nın gelmeyeceğini bilmiyordum. Geldiğinde sevincimi paylaşacaktım önce ama sonra da kızıma sızlanmaya hazırlanıyordum. Mutsuz olmaya alışmışım bir kere! Tıpkı sigara gibi kötü bir alışkanlık mutsuzluk; tuhaf bir keyif veriyor tiryakisine, hayatını sinsi sinsi yiyerek, damarlarını tıkayarak öldürürken!

Kocamın kıymetini anlamam için mi sınadı yine beni Tanrı? Önce David'siz kalma ihtimalini gösterdi, sonra da Derya'sız bıraktı. Ben bıktım bu sınavlardan! Bıktım, usandım!

Tanrı'nın bilmediğim bir hesabı olmalı benimle. Sevindirirken üzüyor. Hiçbir zaman gölgesiz, lekesiz bir mutluluğa layık göremedi beni!

Neler geliyordu aklıma: Acaba Derya yalanlarımı öğrendiğinde, David ölmüş olsaydı, gelir miydi yanıma? 'Annemi bir felaketin eşiğinde yapayalnız bırakmamalıyım,' der miydi? Hiç sanmıyorum! Ben bilirim kızımı. Kızgınlığı geçene kadar sesimi duymak istemeyecektir. Kızgınlığı nasıl geçer, hiçbir fikrim yok. Ama kendini yalnız hissettiğinden eminim. Kanadı kırık kuş gibidir şimdi. Yaralıdır, mahzundur. Keşke ona ulaşmanın bir yolunu bulabilsem.

Kızımın beni terk ettiği şu anda, benim de David'ten başka dalım kalmadı tutunacak. Bir kolu değil, iki kolu sakat kalsa, hiç yürüyemese de razıyım, yeter ki bana anlayışlı gözleriyle baksın, arkamda olduğunu, sevgisini, dostluğunu hissedeyim. Ve şimdi o, gözlerini yüzüme dikmiş, benden açıklama bekliyor. Ne söyleyeceğim ona? Gerçeği mi, yoksa bir başka beyaz yalan mı?

"Seni dinliyorum Eda."

"Tamam, anlatıyorum işte! Bizim Derya ile İstanbul'dan akşam uçağına binerek Penny'nin evine geldiğimiz gün var ya David, ben o gün Derya'ya bir yalan söyledim... ben kızımın iyiliği için yaptım bunu... onu korumak adına."

Yüzüme bakıyor David, boş gözlerle.

"Çünkü... çünkü... Londra'ya gitmeden bir gün önce, kocamın yayınevi çalışanlarından birinin evinde bir kaza oldu. Birileri itişip kakışırlarken, ev sahibi balkondan düştü. Derya da oradaydı. Son anda gelmişti, kazayı gördü mü görmedi mi, inan bilmiyorum ama ben bu kazaya adı karışmasın, soruşturmalara filan bulaşmasın diye, onu ertesi gün hemen Londra'ya getirdim. Kazayı gizledim ondan."

David'in gözlerine bakamadığım için, pencereden dışarı baktım.

"Keşke gizlemeseydin Eda! Kazalar da hayatın bir parçasıdır. Sonra böyle zor durumlarda kalırsın işte!"

"Derya zaten zedelenmiş bir çocuktu, kardeşini kaybetmişti. Sen, birkaç yıl boyunca babasını ve annesini de kaybetmiş gibi düşün onu. Onunla meşgul olamadık. Kendi acımızdan, onun ıstırabını göremedik. Bizim, hele de benim oğlumun ölümü kabullenmem çok zaman aldı. Kızım yapayalnız kaldı bu arada. Ayrıca Derya'yı evdeki kederden uzak tutmak için, önce onu büyükannelerinin evine sonra da İngiltere'de okula yolladık. Kendini dışlanmış hissettiğini fark edemedik karı-koca. Ergenlik çağını biraz zor geçirdi Derya. Tam kendini toparlamış, yönünü tayin etmişti ki, bu sefer de ailemiz parçalandı. Ben kocamın beni aldattığını öğrenince boşanmak istedim elbette! Aynı günlerde bu korkunç olay oldu... yani bu Allah'ın cezası kaza! Kız zaten boşanacağımız için perişan olacaktı, bir de kazanın soruşturma sürecinde yıpranmasını, ruhsal dengesinin tekrardan bozulmasını istemedim. Onu kaçırdım resmen. Londra'ya böyle geldik biz. "

"Derya'nın kazayı görmediğine emin misin?"

"Ertesi gün bir şey sormadığına göre görmemiş olmalı. Yoksa sorardı, kim düştü, düşene ne oldu öğrenmek isterdi."

"Belki kafasının bir yerine gömmüştür gördüklerini. İnsanlar kaldıramayacakları acıları hatırlamak istemedikleri zaman, bilinçaltına itiyorlar, hiç olmamış gibi yapabiliyorlar."

"Yok, hayır! Bora'yı ben gördüm balkondan düşerken, çünkü ben balkondaydım ama Derya odadaydı. Şimdi yine düşünüyorum da, görmüş olamaz. O sadece bağırtıları duydu. Ne olduğunu anlayamadan hemen çıktık o evden, koşa koşa uzaklaştık, taksiye binip kendi evimize geldik. Ben uyku ilacı verdim Derya'ya. Uyusun, sakinleşsin, hiçbir şey hatırlamasın istedim."

"Keşke kızının büyüdüğünü ve güçlü bir insan olduğunu kabul edebilsen Eda. Keşke kazayı anlatsaydın, paylaşsaydın. Şimdi ömür boyu, Derya ya gerçeği öğrenirse korkusuyla yaşayacaksın."

"Anlatamadım işte. Çünkü David... o balkondan düşen çocuk var ya, Bora, Derya Bora'ya çok âşıktı. Bora hiç oralı değildi ama, Derya tutulmuştu ona, tanıştıkları günden beri gönlünü kazanmaya çalışıyordu…"

"Yine de anlatsaydın. Senin için de daha kolay olurdu o geceyi taşımak."

Derya'ya anlatsaymışım, kolay olurmuş o geceyi taşımak! İlahi David! Benim için o geceyi taşımak ne yaparsam yapayım kolay olamazdı! O gece bir karabasandı! Bir kâbustu!

Her bir anı tüm ayrıntılarıyla kazınmış hafızama. Gözlerimin önünden gitmeyen, olur olmaz yerlerde aklıma düşen, uykularımı bölen, hiç unutamadığım o cehennem gecesi!

Bora'nın evinden çıkar çıkmaz, bir taksiye atlayıp eve gelmiştik.

Derya şoktaydı. Tir tir titriyor, bomboş bakıyor ve konuşamıyordu. Eve gelince ona bir tokat attım, hiç tepki vermedi. Duşa soktum zorla, soğuk su akıttım üstüne, büsbütün titremeye başladı. Hastalanacak diye korktum bu sefer, kuruladım, geceliğini giydirdim, yatağına yatırdım, kendi ilaçlarımdan ağır bir doz verdim uyuması için. Kızım facianın ne kadarını görmüştü, ancak uyandığında anlayabilecektim. Ertesi sabah Bora ölü ya da yaralı bulunduğunda bir soruşturma başlayacaktı. Derya'yı bu soruşturmanın çok uzağında tutmalıydım. Tek düşünebildiğim buydu; Derya'yı korumak!

O gece Derya uyuduktan sonra kendime acı bir kahve yaptım kafamı toplayabilmek için, kahve elimde mutfak masasında otururken, kahvesini hep mutfak masasının başında oturarak içen Penny'i hatırladım. İyi ki hatırlamışım. İngiltere'de çok geç bir saatti ama Penny, günün her saatinde arayabileceğim bir arkadaştı. Beşinci çalışta telefonu açtı Penny ve ben daha alo diyemeden, uykulu ve telaşlı sesiyle, "Hayrola anne, Babama mı bir şey oldu!" dedi.

Zavallıcık babasına bir şey olduğunu zannetmiş, telefonu o saatte çalınca. Öyle utandım ki!

"Babana değil ama arkadaşına bir şey oldu Penny," dedim, "yarın Derya'yla birlikte kapının önünde bitsem, beni bir süre misafir edebilir misin?"

"Eda! Aman Allahım! Bu saatte beni aradığına göre, kötü bir şey olmalı... Elbette ederim. Ne oldu?"

"Gelince anlatırım. Uçakta yer ayırıp sana geliş saatimizi bildireceğim."

"Tamam. İyi misin sen?"

"Değilim Penny," dedim, "ama şimdi bırak da uçağı ayarlayayım. Az sonra ararım seni ya da sabah makul bir saatte."

"Ettin zaten uykumun içine. Yerini ayırtınca hemen ara. Merakta bırakma beni."

Kapattım telefonu, internete girdim, ertesi gün akşamüstüne turist mevkide yer kalmadığı için bussiness classta iki yer ayırttım. Ücreti, İlhami'yle müşterek kullandığımız kredi kartıyla ödedim ve yine hemen Penny'i aradım. Uçağın iniş saatini söyledim.

"Ne olduğunu söylemeyecek misin? Gelince mi anlatmak istiyorsun?" diye sordu.

"İlhami beni aldattı, Penny," dedim, "onu terk ediyorum."

Penny, benim sıkça kullandığım, bize özgü bazı tabirleri öğrenmişti ve kullanırdı.

"Her genç kızın başına gelir," dedi, "aldırma, dünya erkek dolu."

"Benim başıma gelen her genç kızın başına gelen türden değil. Ayrıntıları gelince anlatırım."

"Sizi karşılayacağım..."

"Sakın gelme, bir arabaya atlar geliriz biz."

"Karşılayacağım! Gecikme olursa mesaj at."

Mücadele edemedim. Teşekkür edip kapattım.

Sonra kocam eve döndü. O gün beni aldattığını öğrendiğim kocam, hiç utanmadan sabaha karşı anahtarıyla kapıyı açıp girdi, pervasızca neden hâlâ yatmadığımı sordu. Katiller neden bazen cezalarında indirimi hak ederler, o an anladım işte. İnsanların kaldırabileceklerinin bir haddi var. Had aşılınca, katil olmak kolaylaşıyormuş! Kocamı öldürmek istedim. Kafasına ağır bir şeyle vurayım, gebersin! Çıksın gitsin hayatımızdan! Yok olsun! Hiç yaşamamış gibi...

Sanırım, ona bağırdım, hem de avazım çıktığı kadar. Sonra odama gittim, terden sırılsıklamdım, titriyordum. Yine de gayret edip valizlerimizi hazırlamaya başladım. İlhami odaya geldi peşimden. Ertesi gün kızımla birlikte Londra'ya gideceğimizi, gitmeden avukata boşanmak için vekâlet vereceğimi söyledim. Benim onu dinlememi istiyordu ama dinlemek ne kazandıracaktı bana, yeni yalanlardan başka!

İlhami'yi son görüşümdü bu. Bir daha karşılaşmadık kocamla.

Ertesi sabah erkenden İlhami'nin en sadık, en eski elemanı olan sekreteri Nadide Hanım'ı aradım evinden. İşe gitmeden önce, onu evinde ziyaret etmek istediğimi söyledim. Şaşırdı kadın. "Saat sekizde sizde olurum, dokuzda sizi arabamla büroya bırakırım," dedim. Ne desin zavallı, kabul etti. Arnavutköy'ün sırtlarında bir ahşap Rum evinde, bize yakın bir yerde oturuyordu. Yıllar önce, annesini kaybettiğinde baş sağlığına gitmiştik İlhami'yle.

Arabama atladım, evine gittim. Kapıyı açtı, burnuma taze çay ve kızarmış ekmek kokusu çarptı. Çay demlemiş, kahvaltı sofrası kurmuştu bana.

"Hayrola Eda Hanım," dedi, "evime gelerek şeref verdiniz ama, çok ani oldu, heyecanlandım biraz. Aaa, sizin haliniz ne böyle? Ne oldu, kötü bir haber mi?"

İçeri girdim, hole kurduğu sofranın başına çöktüm, karşıma oturdu.

"Evet, çok kötü bir haber için buradayım Nadide Hanım," dedim.

"Ben bugün akşam uçağı ile Derya'yı alıp Londra'ya gidiyorum. Çok uzun bir zaman dönmeyeceğim. İlhami'yle boşanıyoruz."

"Ne diyorsunuz!" diye fırladı yerinden. "Nasıl olur Eda Hanım!"

"Oldu işte. İlhami'nin bir sevgilisi var. Söylemek bana düşmez, zaman içinde siz de belki duyar, öğrenirsiniz. Derya'yı bir an önce uzaklaştırıyorum, dedikodular kulağına ulaşmadan... Nadide Hanım, tek güvendiğim insan sizsiniz. Derya'nın hatırı için bana yardım eder misiniz?"

"Ben ne yapabilirim ki?"

Dudakları titriyordu.

"Kızımın çirkin gerçeği öğrenmemesi için bana yardımcı olun."

"Nasıl?"

"Sizi arayacaktır eminim. Sizin vasıtanızla babasına ulaşmak isteyecektir. Bir süre, her şey yatışana kadar, İstanbul'da kimseyle temas etmesini istemiyorum."

"Neden ama?"

"Birkaç gün içinde sizi şoke edecek pek çok şey öğreneceksiniz. Onların hiçbiri Derya'nın kulağına ulaşmasın. Lütfen. Yoksa perişan olur. Onu toparlayamam. Nadide Hanım, kızımı kaybetmekten çok korkuyorum."

"Allah korusun Eda Hanım. Niye kaybedesiniz, anası babası boşanan ilk çocuk o değil ki. Üstelik çocuk da değil artık, koca kız oldu."

"Şu anda size her şeyi anlatmama imkân yok. Vaktim çok az, yapmam gereken çok fazla iş var. Daha avukata boşanmak için vekâlet vereceğim, veda için anneme, kayınvalideme uğrayacağım. Onların hiçbiri gidişimizin esas nedenini bilmiyor. Derya'yı istediği yüksekokula nihayet kabul ettirebildiğimiz için, aniden gidiyoruz dedim onlara, bu sabah telefonda. Zaman içinde gerçeği öğrenmelerine mani olamam tabii ama şimdilik hiçbir şey bilmesinler."

"Nedir bu gerçek, bana söylemeyecek misiniz?"

"Bakın, gün içinde çok şey öğreneceksiniz. Ben Derya'ya sadece babasının Handan yüzünden bizi terk ettiğini söyleyeceğim..."

Lafımı kesti. "Aman Allahım! Aman Allahım, bizim Handan Hanım mı? Olamaz!"

"Derya size sorarsa teyit edin. Evet, öyle deyin."

"Öyle mi sahiden?"

"Bilmiyorum. Ama siz öyle olduğunu söyleyin. Derya için, öyle zannetmesi daha hayırlı, inanın bana."

"Ne diyorsunuz Eda Hanım!"

"Nadide Hanım, sizin sağduyunuza güveniyorum. Derya'nın neleri bilmemesi gerektiğine siz karar vereceksiniz. Onu utandıracak, üzecek, mahvedecek gerçekleri ondan saklamamda bana hep yardımcı olun emi!"

"Hiçbir şey anlamıyorum dediklerinizden."

"Gün ilerledikçe anlamaya başlayacaksınız. Bir sırrımı daha paylaşacağım sizinle, Derya Bora'ya âşık, biliyor musunuz?"

"Ben onları çok yakın arkadaş sanıyordum. Sevgili mi olmuşlar?"

"Hayır, olamadılar, hep arkadaş kaldılar çünkü Bora kızımın aşkına kayıtsız kaldı. Onun sevdiği başkasıymış."

"Allah Allah, kimmiş?"

"Kızım Bora'ya âşık olduğu için, Bora'ya dair üzücü haberlerden de koruyalım Derya'yı, olur mu? "

"Bilmece gibi konuşmayın ne olur. Ne söyleyecekseniz, açık açık söyleyin Eda Hanım."

"Söyleyemiyorum çünkü ben de gerçeği tam olarak bilemiyorum. Her şeyi zaman gösterecek bize. Ama bilmeniz gereken tek gerçek şu, benim sizden başka dayanağım yok ve kızımın ruh sağlığı sizin benimle işbirliği yapmanıza bağlı. Size güvenebilir miyim?"

Ayağa kalktım. Gözlerimden yaşlar süzülüyordu.

"Bir çay içeydiniz."

"Keşke ama vaktim yok."

Nadide Hanım'a sarılınca, bir hıçkırık koptu boğazımdan.

"Eda Hanım, beni perişan ettiniz. Farkındayım ki İlhami Bey'le iyi gitmeyen bir şeyler var. Gerisini hiç anlamadım. Ama sizi çok severim bilirsiniz, çok da acı çektiniz… kolay değil evlat acısı. Elbette ne isterseniz yapacağım. Sizin ve Derya'nın iyiliği için elimden geleni yaparım da keşke daha açık olsaydınız," dedi. O da bana sımsıkı sarılmıştı, bir eliyle saçımı, diğeriyle sırtımı okşuyordu.

Kapıya yürüdüm;

"Anlayacaksınız, merak etmeyin," dedim, "ve o zaman hak vereceksiniz bana. Ben size mail atacağım, telefon edeceğim Londra'dan. Burada olup bitenleri sizden öğreneceğim. Unutmayın, benim tek bağlantım siz olacaksınız."

"Yolunuz açık olsun," dedi.

Nadide Hanım'ın dostum olduğu inancıyla çıktım evinden.

Aynı akşam saat on bir sularında, kendimi ve kızımı Penny'nin ellerine teslim etmiştim.

Hayatımın değişeceğini biliyordum. Ufkumda karanlıktan, acıdan başka hiçbir şey görünmüyordu. Birkaç gün içinde, artık Londra'da da olsam, aileme ve arkadaşlarıma bu gidişin açıklamasını yapmalıydım. Doğruyu sadece anneme söyleme kararı aldım. Diğerlerinin gözünde kocasının ihanetine abartılı tepki göstermiş, aşırı gururlu bir kadın olacaktım.

İlhami'nin ailesi de böyle bildiği için, beni oğullarını affedemeyip, ailesini toparlayamayan bir beceriksiz olarak belledi, ve hep kızdı bana. Herkes beni suçladı.

Olsun! Benim bir genç kızım vardı, laf ona geleceğine bana gelsin diye düşünmüştüm. Bir gün evlenirken, bilmem nenin kızı demesinler yavruma. Boşanmış bir çiftin kızı olarak kalsın ki, o bile yeteri kadar acı zaten çünkü benim gözümde, yıkılmış yuvaların çocukları bir taraflarıyla eksik kalır hep, travmalı insanlar olur. Hayatım boyunca duymuşluğum vardır, boşanmış ailelerin çocuklarına dair küçültücü sıfatları! İki ev arasında git-gel; terbiyeleri eksik kalır, yalana alışırlar, kompleksli olurlar, analı babalı çocuklara karşı haset dolar yüreklerine... Derya da onlardan biri oluyordu böylece! Zavallı yavrum!

İlhami'yle boşanma davamız, ben Londra'dayken sonuçlandı. Hiçbir talebime itiraz etmedi, her şeyini kızına ve bana bırakıp, arkasına bakmadan gitti, nereye gittiyse. Yok, tam öyle olmadı, hakkını yememeliyim, önceleri benimle temas etmeye, Derya'yı görmeye çok çalıştı ama başaramadı. Ben sıkı durdum, adresimi gizledim ondan. Bize erişemeyince kesti ilgisini. Nadide Hanım da sır saklamasını bildi, Derya babasının Handan'la gittiğini sanıyor hâlâ. Gerçeği sadece ben biliyorum.

Ben bu hikâyenin can alıcı kısmını, hep yapmış olduğum gibi kendime saklayarak David'e aktarırken, yüzüme öyle bir ifadeyle bakıyor ki David, içimden suratına haykırmak geliyor.

"Sen benim o gecenin izlerini kızımın hafızasından silebilmek için ne kadar çok uğraştığımı biliyor musun? Sana itiraf etmesem de hep o ihtimalin kâbusuyla yaşadım ben. Acaba kızım balkondan birinin aşağı uçtuğunu gerçekten gördü mü? Gördüyse düşenin kim olduğunu anladı mı? Yoksa o da beni korumak için mi sustu?

Derya'nın bilmediğine kani olunca, aylar sonra ancak rahatladım. İlk derin uykumu uyuduğumda, nerdeyse altı ay geçmişti aradan. "Gözlerinde küçümser bir ifadeyle öyle bakıp durma bana David, bu herhangi bir kaza değildi!" diye bağırmak istiyorum.

"Sizin ne işiniz vardı kaza olan o evde?" diye sordu David.

"Ben kocamın beni aldattığı kişiyle konuşmaya gitmiştim. İnsan bazen yüzleşmek isteyebiliyor şeytanıyla. Deliye dönmüştüm David. Gitmemeliydim ama gittim işte! O evde başkaları da vardı. Kavga ettik. Avaz avaz bağrıştık. Derya'yı yukarıya eve çıkarmadım, beni apartmanın holünde bekleyecekti ama Derya bu! Dinlemedi lafımı, aksi gibi tam kaza anında geldi."

"Sırf bu yüzden mi Londra'ya taşındınız? Soruşturmadan kaçmak için?"

"Olur mu David? Sana kaç kere söyledim, kocam beni aldattı diye. Onun yaşadığı evde, mahallede hatta şehirde olmak istemedim. Bir gün sokakta karşı karşıya gelmek... bir lokantada yan masaya düşmek, selamlaşmak, konuşmak zorunda kalmak... Tüm bunları bertaraf etmek, bir defteri tamamen kapatmak için taşındım memleketimden."

"Bir sayfası açık kalmış olmalı Eda, sana bu kadar acı veriyorsa eski kocanla karşılaşmak, demek tamamen kapanmamış bu defter."

"Ne biçim laf bu şimdi!"

"Kusura bakma, ben içinden çıkamadım, kaza yüzünden mi yoksa kocan yüzünden mi kaçtın İstanbul'dan?"

"Evliliğim güzelce yürüyor olaydı, bir kaza oldu, adamın biri balkondan düştü diye şehrimi terk edecek değildim herhalde. Aldatıldığımı öğrenmek ve kaza, aynı zamana denk geldi. Kaldıramadım. Ani bir kararla uzağa kaçtım. Sen benim hâlâ İlhami'yi sevdiğimi mi ima ediyorsun?"

"Hayır. Sadece ondan kurtulamadığını söylüyorum."

"Doğru değil bu. Ondan nefret ediyorum. Kızımdan da benden de uzak dursun!"

"İlhami seni aldattığı için senden uzak dursun da, kızından niye uzak dursun Eda? Bugüne kadar sormadım, sizin özel hayatınızdır diye ama merak etmiyor da değilim."

"Doğru yapmışsın, etme merak! Seni ilgilendirmez onların ilişkisi."

"Beni onların ilişkisi değil, senin kızınla aranda olan ilgilendiriyor. Niye gelmekten vazgeçti Derya? Sen neden perişan oldun o gelmiyor diye? Benim öğrenmek istediğim sadece bunlar."

"Bazen doğruyu söylemek zordur," dedim.

"Gerçek acı verse de yalandan iyidir.."

"Sadece acı olsa başa çıkabilirim. Ben ihtisas yaptım o konuda. Benim gerçeğim utanç da veriyor, ayrıca."

"Söyleyip rahatlamak istemez misin?"

"Hayır."

Gözlerini yumdu David. Bu konuşmadan dolayı çok yorulmuştu. Yüzü daha da solmuştu. Kayan çarşafını göğsünün üzerine çektim,

"Uyu, dinlen biraz," dedim.

Klima fazla esiyordu üstüne, soğuk havayı azalttım duvardaki aletten. Ayaklarımı altıma alarak, koltuğa oturdum. Ben de yorulmuştum, David'le konuşurken. Başım ağrımaya başlamıştı. Öylece otururken, içim mi geçti, rüya mı gördüm, geçmişe mi daldım, bilemiyorum. Bir ara gözlerimi açtım ve David'i bana bakarken buldum.

"Eda, bana söylemek istediğin her şeyi söylediğinden emin

misin?" diye sordu. Elbette söylemedim her şeyi. Nasıl söylerim? Söylenecek şey mi ki! David, gözlerini bana dikmiş, bekliyordu. İçimden odadan dışarı kaçmak geliyordu. Kocama "Sana ne be, ne kurcalayıp duruyorsun, beni rahat bırak!" diye bağırmak istiyordum. Ağlamak istiyordum. Evime dönmek, istiyordum. Şehrime... Ülkeme... Kızımı istiyordum. Annemi istiyordum. Onlara sarılmak, göğüslerine başımı gömmek... kollarında kalmak... oğlumun mezarının toprağına avuçlarımı dayamak... Hayatımı geri istiyordum.

Birden çok ama çok yorulduğumu fark ettim. Belki de sırtımdaki yükün bir kısmını azaltma vakti gelmişti. Fazla düşünmedim. Doğruldum, bacaklarımı indirip ayaklarımı yere bastım, kalktım koltuktan. Üç adımda David'in yanındaydım. Gözlerinin içine baktım kocamın.

"İlhami beni bir kadınla değil, bir erkekle aldattı. Anladın mı şimdi neden bu kadar acı çektiğimi, itiraf etmeye utandığımı, kızım öğrenecek diye korktuğumu! Derya'ya onca yalanı, bu gerçeği ondan gizleyebilmek için söyledim."

David de doğruldu yatağında, gözlerimin içine bakıyordu.

"Hepsi bu mu?"

"Daha ne olsun!"

"Kendini boşuna harap etmişsin. Ne olmuş kocan seni bir kadınla değil de bir erkekle aldattıysa! İngiltere'de binlerce kadının başına gelen bir şey bu."

"Orası İngiltere! Ben Türk'üm."

"İnsanın aşk konularında Türk'ü, İngiliz'i olmaz. İnsan insandır."

"Karın seni bir kadınla aldatacak olsa, iki misli ağrına gitmez mi?"

"Karımın beni kiminle aldattığı değil, aldatmış olması canımı yakar. Beni sakın aldatma, olur mu?"

"David, bana söylediklerin doğru mu gerçekten? Ben mi abarttım yoksa sen mi azımsıyorsun başıma geleni?"

"Ben İngiliz'im sen Türk'sün Eda, aramızda İ ve T harfi kadar bir fark olacak çaresiz," dedi David, "Kocanı terk etme sebebini öğrenmiş oldum ama ben hâlâ Derya'nın gelmekten vazgeçmesinin esas nedenini bilmiyorum."

"Sanırım o da nihayet gerçeği öğrendi, babasını aramaya Türkiye'ye gidiyor."

"Bence geç bile kalmış."

"Kızmaz mı babasına… yani… üzülmez mi?"

"Derya'nın kuşağı seni dehşete düşüren durumu çok daha anlayışla karşılayacak bir kuşak."

"Bana da çok kızgın gerçeği ondan sakladığım için."

"Demedim mi sana gerçeği keşke daha önce söyleseydin diye. Gerçek er veya geç meydana çıkar çünkü Eda."

"Benim üzüntüm, kızımın ona yalan söyledim diye bana arkasını dönmesi. Asla bağışlamayacak beni."

"Şu an yapabileceğin bir şey yok," dedi David, "zamana bırak. Zaman çok şeyi halleder."

"Haydi sen de uyu biraz," dedim, "uyu ki ben de otelime dönüp, uzanayım biraz."

"Otele gitme, buranın dükkânları meşhurdur, alışveriş merkezlerinde dolaş, dükkânları gez, oyala kendini. Beni sakın merak etme, bir şeye ihtiyacım olursa zile basarım, gelirler."

"İyi fikir," dedim, "bir iki saate kalmaz, dönerim. Bir şeye ihtiyacın olursa ara beni, telefonunu başucuna bırakıyorum."

David'e elimle öpücük yollayıp çıktım odadan. Koridorda

yürüdüm, asansörlerin bulunduğu yere geldim. Düğmeye basıp asansörü bekledim. Üzerimde bir bitkinlik vardı ama ferahlamış da hissediyordum kendimi, içimi boşalttıktan sonra. Ne var ki, kocama gerçeğin ancak yarısını anlatmıştım. Ona, Derya'yı o gün bu gündür babasından uzak tutmayı yalanlarla başardığımı ve Derya'nın bunu öğrendiği için gelmekten vazgeçtiğini söyleyememiştim. Benim iyi niyetimi asla anlayamazdı, çünkü. Zaten şu anda aklım sadece, iki yıl boyunca yalanlarla oyaladığım kızımdaydı. Babasını nerelerde arayacaktı? Kimse yerini yurdunu bilmiyordu ki İlhami'nin! Mülklerinin satışını, firmasının devrini tamamladıktan sonra yer yarılmış içine girmişti sanki. Muhtemelen şu anda İstanbul'a uçuyordu Derya, babasını bulmak için gidebileceği tek adres, babaannesinin eviydi. Ara sıra konuşuyordum İlhami'nin annesi eski kayınvalidemle, oğlunun nerede olduğunu bilmemekten yakınıyor, "Ayda birkaç kere telefonda görüşüyoruz, nerede olduğunu söylemiyor," diyordu. Doğru mu söylüyordu acaba bana? Eğer annesi bile gerçekten bilmiyorsa oğlunun kaldığı yeri, babasını nasıl bulacaktı Derya?

Tuhaf şeydi annelik! Benim yalanlarımı nasıl öğrendiğini değil babasını nasıl bulacağını merak ediyordum kızımın. Babasını ararken çile çekecek diye üzülüyordum. Onun izini sürerken tehlikeye düşerse diye endişe ediyordum.

Alışveriş merkezlerinde biraz dolandıktan sonra, hastaneye gitmeden otele dönecek, İstanbul'da saat kaç olursa olsun, eski kayınvalideme telefon edecektim, Derya size mi geldi diye soracaktım.

Hastanenin önünde birilerini indiren taksiye işaret ettim. Yaklaştı şoför, adresi içeri girmeden söyledim, bindim taksiye.

"Nankör kızım benim," diye geçirdim içimden, arka koltuğa yerleştikten sonra, "neredesin şu anda? Ne haldesin? Ne durumdasın? Ne yapıyorsun acaba Deryam?"

DERYA-HAKAN

Karşılaşma

Yaklaşık bir saattir sürdüğüm arabayı yolun kenarına çektim, durdurup, indim. Çaresizlikle sağıma soluma bakındım. Ne yapacağımı bilemiyordum. Şansımı denemiş, önümde üçe ayrılan çataldan ortadaki yola sapmış, az gitmiş, uz gitmiş, bir kır kahvesinden başka ne bir eve ne bir dükkâna rastlamıştım. Kır kahvesi de kapalıydı zaten. Yapabileceğim tek şey, çatala geri dönmek, diğer iki seçeneği denemekti.

Tekrar bindim arabaya, çatala geri döndüm. Durdurdum motoru, bana doğru istikameti gösterecek bir işareti etrafımda boşuna aradım.

Anneannem, içine ilk doğan duygu, en doğru olandır, derdi. Gözlerimi kapadım, iç sesimi dinledim. Sağa sapan yolu denemek, içime doğan ilk duyguydu. Sağa uzanan yolu takip etmek üzere motoru çalıştırdım ama benzin ihtar ışığı yanmaz mı!

Yine kilometrelerce hiçbir şeye rastlamadan gitmekten korktum. Yan yollarda şansımı deneyeceğim yerde, daha fazla aracın geçtiği anayolda beklemeye ve ilk gelen arabadan yardım istemeye karar verdim. Hangi yönden gelirse gelsin, ilk aracı durduracak, beni benzinciye atmasını rica edecektim. Elbette bu yolların birinde bir benzin istasyonu vardı. Benzinimi aldıktan sonra, diğer sapakları teker teker dener, olmadı Urla'ya geri döner, bir gün sonra dolu depoyla yeniden denerdim şansımı.

Yolun kenarına çektiğim arabadan çıktım, gelip geçen araçları kaçırmamak için dikkat kesilip, beklemeye başladım.

Önce, her tarafı dökülen bir kamyonet geldi. Durmasını işaret ettim ama salladığım ellerimi kollarımı görmezden gelip, geçti gitti. Kamyonetin ardından gelen araba yavaşladı, yanına koştum, sürücü durdu, penceresini indirdi, ona benzinimin bittiğini söyledim, yardım istedim.

"Benim gittiğim yönde benzinci yok," dedi arabayı kullanan şişman adam, "ters yöne gideceksiniz. Beş-altı kilometre ötede bir benzinci var."

"Size taksi parası ödesem acaba beni benzinciye kadar…"

"Kusura bakma kardeş, acelem var."

"Bu sizinki, meşhur Türk yardımseverliği olmalı!" dedim.

"Sizinki de Türk aptallığı!" dedi. "Benzinsin yola çıkmasaydınız!"

Bastı gaza, gözden kayboldu.

Madem benzinci ters yöndeydi, ben de ters tarafa giden bir arabayı durdururdum. Yolun karşı tarafına geçip, yere çömeldim, beklemeye başladım. Bir on beş dakika daha geçti. Umudumu kaybetmiyordum ama giderek telaşlanıyordum. Bir araba sesi daha duyuldu uzaktan. Ayağa fırladım. Siyah bir cip, şansa bakın ki, bu kez diğer istikametten geliyordu. Beni geçti, yine de yavaşladı, durdu, geri geri geldi ve tam önümde stop etti. Yolun karşısına geçtim, sürücü camını indirdi. Bu, sabah otelde bana yolu tarif eden adam değil miymiş; hani resepsiyonda karşılaştığım o genç adam!

"Nasıl bir tarif verdiniz bana! Kaybolayım istediniz herhalde!" dedim hırsla.

İndi arabasından, yanıma geldi.

"Niye isteyeyim ki öyle bir şey?"

"Sizin çizdiğiniz tarif yüzünden kayboldum."

Arabama yürüdüm, yan koltukta duran krokiyi getirip eline tutuşturdum.

Elindeki plana baktı, evirdi, çevirdi bir daha baktı.

"Kendi hatalarınız için başkalarını mı suçlarsınız hep?"

"Pardon?"

"Bakın, belli ki benim söylediğim yerden değil, bir sonraki sapaktan sağa sapmışsınız. Kaybolursunuz tabii! Şimdi geri gidin ve doğru yerden sapın."

"Yapamam çünkü benzinim kalmadı."

Karşılıklı bakıştık bir süre.

"Beni benzinciye kadar götürür müsünüz?"

"Benzinci ters yönde ve yakın değil. Daha iyisini yapacağım ve sizi aradığınız adrese götüreceğim."

"Teşekkür ederim ama benzinim yok dedim ya."

"Arabayı bırakın burada. Sizi ben götüreceğim. Nasılsa gideceğiniz yerde bir araba mutlaka vardır. Döneceğiniz vakit sizi onlar önce benzin almaya götürürler sonra da arabanıza bırakırlar."

"Araba emanet yani kiralık. Bırakamam. Çalınır, malınır!"

"Hiçbir şey olmaz. Çalınması uzak ihtimal ama çalınırsa da sigortası vardır. Geliyor musunuz?"

"Başka seçeneğim yok ki," dedim, "mecburen geliyorum. İzin verin de arabayı iyice kenara çekeyim."

Kimse gelip arkadan vurmasın diye, arabamı çimenlerin üzerine çıkardım. Arka koltuktaki çantamı aldım, kapıları kilitledim, kontrol ettim. Cipin kapısını kibarca açtı bana, kurtarıcım.

"Bu arada ben Hakan," dedi.

"Ben de Derya."

"Nihayet tanıştığımıza memnun oldum."

Girdim arabaya, yerime oturunca kemerimi bağladım. Yan gözle baktı.

"İstanbullusunuz siz."

"Evet de, nereden anladınız?"

"İstanbul dışındakiler kemer bağlamayı pek sevmez. İkaz edilmeden bağlamazlar."

Ses etmedim.

"İstanbul'da mı oturuyorsunuz?"

"Londra'da."

"Ne yapıyorsunuz orada? Üniversite mi?"

"Evet."

"Ne okuduğunuzu sorabilir miyim?"

"Grafik tasarım."

Gülümsedi, "İşletme demediğinize memnun oldum," dedi.

"Neden?"

"Şimdiki gençler nedense hep işletme okuyor, oysa dünyaya başka meslekler de lazım."

Beni gençler grubuna soktuğuna göre, kendini iyice yaşlı sanıyor, diye düşündüm.

"Siz hangi yararlı meslek dalını seçtiniz?

"Ben mimarım."

Yan gözle bakıyordum sürücüye. Gür saçları vardı, arkaya doğru taranmış. Üzerinde bir lacivert kazak, bir blucin, ayaklarında yürüyüş botları. Hoş bir adamdı. Dün gece de dikkatimi çekmişti zaten otelin lobisinde gördüğümde.

"Buraları iyi biliyorsunuz. Buralı mısınız?"

"Hayır," dedi "ama bu kışı buralarda geçireceğim."

Neden diye sormak istedim, meraklı görünmemek için tuttum kendimi. Bir süre hiç konuşmadan gittik. İlk konuşan yine o oldu;

"Müzik çalsam rahatsız olur musunuz?"

"Hayır."

"Nasıl müzik seversiniz?"

"Ne varsa onu dinlerim."

Düğmeye bastı. Adele'in su şırıltısını andıran güçlü sesi doldu arabaya. Kulaklarıma inanamadım. *We Could Have Had It All!* En sevdiğim şarkısı üstelik!

"Adele bu!" dedim.

"Sever misiniz?"

"Sevmek ne kelime, çıldırırım! Onu Albert Hall'da konserinde dinledim. Canlı canlı! Bu şarkısını da tabii. Harikaydı."

"İyi, bilet bulabilmişsiniz. Ben Londra'dayken de konseri vardı, çok uğraştım ama bilet bulamadım ki o zaman henüz bütün bu ödülleri almamıştı bile."

"Bu yıl, o bir ödül canavarı oldu! Oscar, Grammy, Brit!"

"Hepsini hak ediyor. Müthiş bir ses ama, değil mi?"

"Müthiş! Bir de... şimdi söyleyeceğime inanmayacaksınız... Tıpkı annemin gençliği. Annemin onun yaşında çekilmiş resimleri var, aynı saçlar, aynı makyaj, takma kirpikler, hatta aynı elbise; öyle siyah, dantel kollu filan. Annem bu kızı görünce nostalji denize dalıyor, balıklama."

"Sarışın mı anneniz?"

Birden buraya annemin yüzünden geldiğimi, onun güzelliğini övme değil ona kızma konumunda olmam gerektiğini hatırladım ve sinirlendim gevezeliğime.

"Hı hı…"

Adele ikinci şarkısına geçti: *Some One Like You.* Hakan ıslıkla ben mırıldanarak eşlik ediyorduk ki;

"Aaa, geri mi dönüyoruz?" diye bağırdım, genişçe bir alanda manevra yapmaya başlayınca.

"Söyledim size ya, yanlış yola sapmışsınız."

"Dalgınlık işte. Yorgunum da ondan."

"İyi uyuyamadınız mı dün gece?" diye sordu, "odalar çok nostaljikti ama karyolalar rahat değildi otelde. Ya nostalji ya konfor. İkisi birlikte zor; nostaljinin her zaman bir bedeli var."

"İyi uyumadım ama yataktan değil."

"O zaman kafanızın içi dolu. Dolu kafa, dolu mideden beterdir. Hiç uyutmaz."

"Bilmez miyim."

Döndük, hızla geldiğimiz yolun ters yönüne gitmeye başladık.

"Size yolunuzu değiştirttim, özür dilerim."

"Hiç önemli değil. Burada zamandan bol ne var ki?"

"Bilemem. Buralı değilim. Benim yaşadığım şehirde zaman ve para nerdeyse eşdeğerdedir. Bu yüzden çok teşekkür ederim yardımınız için."

"İyi ki sizin şehirde yaşamıyorum o halde."

"Para ve zamanın değeri yok mudur gözünüzde?"

"Bu sorunun yanıtı parayı da zamanı da harcadığınız şeye bağlı."

O şey nedir diye sormadım. Ne felsefe yapacak durumdaydım ne de arabayı kullanan yabancıyla içli dışlı olmak istiyordum. Sonuçta laf dönüp dolaşıp kimi niye aradığıma gelirse, babasının adresini bilemeyen bir evlat olarak zorlanacağımın farkındaydım. En iyisi fazla samimi olmamaktı. Ama hesabım tutmadı. Biraz daha gittikten sonra sürücüm, adresi sordu.

"Aradığınız şarapçının adı neydi? Urla Şarapları mı?"

"Bilmiyorum vallahi. Ben sadece bağ sahibinin adını biliyorum."

"Biz şarap üreticisi mi arıyoruz, bağ mı?"

"Bağ... yani bir bağ sahibini arıyorum."

"Öğrenci olduğunuzu öğrenene kadar, bir dergi için şarapçılıkla ilgili bir yazı hazırlamaya geldiğinizi sanıyordum."

"Buraya birini bulmaya geldim. Tek ipucum, buralarda küçük bir bağı olduğu."

"Sizi buraya bir erkek sürükledi yani."

"Evet."

"Şöyle diyebilir miyiz, ondan ayrıldınız, Londra'ya okumaya gittiniz. O da buralara acısını unutup kendini bulmaya geldi, şarapçı oldu. Ama herkes mutsuz. Siz eğitimi yarıda kesip, onu bulmaya buraya kadar geldiniz. Senaryo nasıl?"

"Tamamen değilse de kısmen doğru."

"Senaryoyu biraz daha geliştirelim o halde. Bu büyük bir aşk olmalı. O da, bu aşkı hak eden müthiş bir adam!"

"Hem doğru hem yanlış tahmin! Eğitimi kesip buraya gelen öğrenci, şarapçılığa soyunan müthiş bir adam ve bu işlere sebep olan bir aşk var ama hiçbiri tahmin ettiğiniz gibi değil."

"Çok bilinmeyenli bir denklem gibi bu. Neyse, dilerim aradığınız kişiyi bulursunuz Derya. Ama adres namına tek bildiğiniz bir küçük bağ ise, işiniz zor!"

"Tek bildiğim bu."

"Biraz daha belirleyici olur musunuz? Burada birkaç tane şarap yapan yer var, bir de bağlar var irili ufaklı."

"İşte o bağlardan biri olmalı. Ufaklarından biri."

"Adı?"

"İlhami."

"Bağın adı mı?"

"Bağ sahibinin."

"İlhami Bey'in bağını arayacağız yani."

"Evet. Lütfen."

"İnşallah tüm bu zahmete değecek biridir bu İlhami Bey."

Aradığımın babam olduğunu zaten söylemeyecektim ama o kişinin sevgilim olduğunu varsayması hoşuma gitti nedense. Öğrenciyim diye beni ana kuzusu zannetmesin istedim. Düzeltmedim yanlışını.

Doğru ipuçlarından yola çıkmış, yanlış tahminler yapmıştı. Kimbilir neler düşünüyordu hakkımda! Âşık bir kızdım besbelli gözünde. Keşke ama nerede o günler!

Esasta, aşkı arayan, yanlış kişilere âşık olan, aptal bir kızdım!

Çok büyük bir aşk yaşamanın bana nasip olmayacağını nereden bilsin elin adamı! Anlatsam anlar mı acaba aşktan yana şansımın olmadığını. Ne derdi dedem hep, "Başlangıçlar önemlidir. Düzgün başlayan bir iş iyi gider. Tıpkı yapılar gibidir ilişkiler de. Temeller sağlam atılmalı!"

Ah dedeciğim, iyi de, benim ilk aşkım hüsran!

Çok büyük bir aşkla sevdiğime inandığım, beni seveceği günü sabırla beklediğim ilk aşkım, bana yüz vermedi. İlk aşk hüsran olunca, dedemin teorisine göre, artık tüm aşklar hüsran!

Bu "hüsran", anneannemin lafıdır. H ile başlayan birçok sözcük, "hüzün", "hazin", "hüsran", "hicran", "hazan" ve şu anda aklıma gelmeyen diğerleri de anneannemin sözcükleridir, hepsini ondan öğrendim. Başka kimselerin ağzından da hiç duymadım. Babaannem bile pek kullanmazdı bu sözleri. "Hazan hüznü çöktü yine," demişti anneannem bir keresinde. Galiba dokuz-on yaşlarındaydım. "Hazan ne? Hüsnü kim?" diye sormuştum. Benimle o kadar çok dalga geçmişlerdi ki evin ihtiyarları, ben de kendimi o kadar cahil hissetmiştim ki, bu demode kelimeleri tek tek söyletip, hepsini ezberlemiştim, bir daha alay konusu olmamak için.

"Hüsran"ı da hiç unutmamışımdır!

Annemle Londra'ya yerleşmemizin ardından anneannemin bizi görmeye ilk gelişinde, yatağımdan kalkıp çıplak ayakla mutfağa yürümüştüm bir sabah. Annemle kahvaltı masasında konuşuyorlardı. Anneannem;

"... babasının ihaneti yetmezmiş gibi, zavallı Deryacığımın ilk aşkı da hüsranla son buldu," diyordu anneme. İkisi de mutfağa girdiğimi duymadılar.

Beni görünce bir çığlık atmıştı anneannem.

"Ne zaman geldin sen yanımıza, öyle kedi gibi usulca?" diye sordu annem, "bizi mi dinledin sen?"

"Hüsran ne demekti anneanne?" dedim.

"Sonu mutsuz biten şeyler için, 'Hüsranla bitti,' denir. Hayal kırıklığı gibi bir şey yani."

"Biz ana-kız, hüsran denizinde iki mutsuz balığız, desene."

"Ben tamam da, sana ne oluyor?" dedi annem.

"Bora'yı kastettim anne. Aşkımı karşılıksız bırakan Bora'yı."

Anneannem, "Yani o kadar emin konuşma, nereden biliyorsun, belki de karşılık verecekti, Bora şey olunca..." diye gevelerken atılmıştı annem hemen, "Bora senin sevgine kayıtsız kaldıysa, aptallığına doymasın! İyi oldu aslında başlamadan bitmesi, çok farklı ortamlarda yetişmiş insanlar birlikte uzun süre mutlu olamazlar."

"Ama hiç olmazsa ben âşık olduğum biriyle sevişirdim ilk seferinde. İlişkim kısa da sürse razıydım."

"Tövbeler olsun! Bu kuşak bayağı terbiyesiz oldu ayol!" dedi anneannem, "büyüklerle böyle yüzgöz olunmaz Derya! Hem kızım, evlenmeden yatağa girilir mi hiç! Senin de karşına çıkacak bir gün, büyüklerinin de onayladığı, mutlu olacağın biri, evleneceksin, ancak o zaman. Ayrıca kimin ilk aşkı mutlu sonla bitmiş ki..."

"Aaa anneanne, dedem senin ilk aşkın değil miydi yoksa?"

"Değildi vallahi. Ben Ziya Paşaların ortanca torununa âşık olmuştum on beş yaşındayken. Komşusunun kızıyla evlendi, gitti. Haberi bile olmadı benim aşkımdan. Neden sonra nasip oldu deden bana. On sekiz yaşındaydım ona vardığımda, neredeyse tohuma kaçıyordum."

Gülmeye başlamıştık annemle. On sekizinde tohuma kaçmak!

Ben yirmiyi geçtiğime göre, çoktan tohum olmuş, evde kalmıştım anneannemin gözünde.

"Bir-iki sene daha bu kafayla gidersen, sahiden evde kalacaksın," demişti bana anneannem, o gün.

* * *

İngiltere'de ve özellikle Avrupa'nın kuzey ülkelerinde "evde kalmak" tabiri, oralarda giderek demode olmaya başlayan evlilik kurumuna değil, sevgili bulamayana işaret ediyordu ve ben Bora "hüsran"ımdan sonra, Londra'da nice aşklar yaşamıştım, kendimce! Burada, evde kalmışlığım söz konusu değildi. Anneanneme söylemedim bunu, yüreğine inmesin diye! Ama tüm aşklarımın sonu anneannemin H'leriyle geldi... hüsranlı, hüzünlü, hazin sonlar. Hiçbiri uzun sürmediği gibi büyük aşk da değildi. Aşklarımı büyütemiyordum. Geliştiremiyor, olgunlaştıramıyordum. Hep bir korku vardı içimde. İlişki biraz ciddileşmeye başladığında, ben yan çiziyordum.

Benim aşklarım ile annemin evleri, başlayıp bitmede yarış halindeydi. Annem durmadan ev, ben sevgili değiştirmiştik, Londra'daki ilk yılımızda. Penny'nin evi hariç, toplam dört ev, beş sevgili! Birincisi Penny'de kaldığımız günlerimizde başlamak üzere, her yaşadığımız evle birlikte, bir yeni ilişki nasip oldu bana!

Haydi itiraf edeyim, hepsini ben bırakmadım. Öpüşmekten öte gidemediğim için, beni bırakanlar da oldu arada.

Sonra, genlerime sinmiş o mahalle baskısını yenmeyi, kafamın içinde bir yerden anneannemin kendine has tonlamasıyla sürekli kulağıma fısıldayan, "İyi kızlar evlenmeden yatmaz," klişesini susturmayı becerdim. Çünkü sadece sevgililerim değil, arkadaşlarım da bende fizyolojik ya da psikolojik bir rahatsızlık olduğunu düşünmeye başlamıştı.

Becerdim de ne oldu?

Hiçbir şey değişmedi! Ben yine sürdüremedim ilişkilerimi.

İyi de, neden böyle oldu benim aşklarım.

Erkekler aldatır, erkekler yüzüstü bırakır, erkekten yar olmaz, onlar beni üzmeden, ben onları bırakayım duygusu ağır basmış, belli ki!

Bir de geri tepen ilk aşkım var. İçime işlemiş kendimi Bora'ya sevdirememem.

İçime işlemiş babamın beni terk edişi. Annemi aldatması da cabası!

Ama ben de az gayret sarf etmedim sevgililerimi mutsuz etmek için.

Sanki kendime ve anneme yapılan haksızlıkların intikamını almak, üstüme vazife olmuş gibiydi. Kimini hiç takmadım sevgililerimin, kimiyle çok eğlendim, kimini de sevdim. Biri vardı ki, ayrılırken benim de canım yanmıştı.

Böyle yemyeşil doğanın içinde, şu anda olduğu gibi, yumuşak, güzel bir müzik dinleyerek gidiyorduk Peter bana ilişkimizin kalıcı olmasını istediğini ima ettiğinde. Aylardır birlikteydik, çok güzel anlaşıyor, çok güzel sevişiyorduk ve o hafta sonu beni götürdüğü yerin, şehir dışındaki lokanta değil de anne ve babasının evi olduğunu öğrendiğimde, deliye dönmüştüm arabada.

"Ne var bunda, ailemi tanımanın sana ne gibi bir zararı dokunur?" diye sormuştu.

"Ben evlilik meraklısı değilim."

"Ben sana yarın gidip evlenelim demedim ki."

"Aileler işin içine girince, o gün ister istemez gelir bulur bizi."

"Bir gün… çok ilerde bir gün."

"Ne ileride, ne çok ileride. Lütfen benden bir evcil hayvan yaratmaya çalışma Peter!"

Kavga ettik. Yoldan geri döndük. Beni evime bıraktı ve bir

daha aramadı. Hüsranla biten bir hafta sonu, hüsranla biten bir ilişki daha.

Yakınlaşmanın dozu artınca, iki kişilik mutluluğa dayanamayan aykırı hatta hasta bir ruh var bende! Hicran, hüzün gibi anneanne sözcükleriyle örülmüş mutsuzluklardan beslenen, başka bir çağa ait, tuhaf bir mahlukum ben!

"Dalıp gittiniz. Üzülmeyin bu kadar. Bakın, o bağ bu köydeyse mutlaka buluruz," dedi Hakan.

Düşüncelerimden kopup, arabaya, Hakan'a döndüm ama cevap vermedim. Nadide Hanım'ın yazdığı mailde üç değişik köyün adı daha vardı. Acaba söylese miydim, bundan başka iki köye daha bakma ihtimalini?

Yanımdaki adamın düzgün profiline çaktırmadan göz attım. Yok, uslu durayım, gözünü korkutmadan. Sırası gelince söylerim; icap ederse.

Müzik değişmişti kendiliğinden. Albinoni'nin Adaggio'su çalmaya başlamıştı. Müzikle birlikte su gibi akıyorduk inanılmaz güzellikte bir pastoral manzaranın içinde. Ben, şoförümün her telden çalan, her müzik türünü seven, çok boyutlu bir insan olduğunu düşünüyordum, "Buluruz da, inşallah tüm bu çabaya değiyordur aradığımız kişi. Nasıl biridir bu İlhami?" dedi benden ses çıkmayınca.

"Neden öğrenmek istiyorsunuz bunu?"

"Merak."

"İngilizlerde bir söz vardır, kediyi merak öldürür, derler."

"Merakı tatmin için, bazen ölüm göze alınmalı."

"Benim burada kimi aradığımı öğrenmek için ölmeye değmez!"

Bu kez o bir şey söylemedi. Biraz daha gittik, sanırım benim kaçırdığım yola, sola doğru saptık.

"Bir soru da benden olsun. Siz bir mimar olarak ne arıyorsunuz buralarda, bu mevsimde?" diye sordum.

"Benim sırrım yok, o yüzden hemen yanıt vereyim. Bu civarda bir yere bir villa konduracağım. Doğayla tanışmak için geldim."

"Doğa evin sahibinin adı mı?"

"Doğa derken tabiatı kastetmiştim."

"Nasıl tanışacaksınız doğayla?"

"Güneşin mevsimine göre doğduğu-battığı noktalar, evin bulunduğu mevkide rüzgârın hangi yönden estiği, arsadaki ağaç sayısı ve cinsi, yakınında akan derelerin sayısı, civardaki hayvanların türü, tilki, sansar var mı? Bölge kuşları hangileri filan ve tabii manzaranın en güzel göründüğü taraf! Bunları bilmeden çizemem evi. Evi yapacağım yerde birkaç gün geçirmem lazım ki doğa bana bütün bunları fısıldasın."

"Doğayla dedikodu yapacaksınız yani?"

"Aynen."

"Ya burada bir ev yapılmasını istemiyorum, çek git derse doğa."

"Çeker giderim."

"Evi kendinize mi yapıyorsunuz?"

"Kediyi merak öldürür."

"Hak ettim bu lafı! Sorumu geri alıyorum."

Güldü, "Şaka söyledim. Evi kendime değil, müşteriye yapıyorum."

"Siz de buralı değilsiniz yani?"

"Değilim," dedi.

Yine meraklı görünmemek için sormadım nereli olduğunu. Belki konuşma sırasında kendim çıkarırdım. Müziği dinleyerek biraz daha yol aldık. Sonra, gittiğimiz yol bir tepeye doğru yükselince, ilk kez aşağıda uzanan bağları gördüm. Kalbim çarpmaya başladı.

"Geliyoruz, bağlar göründü!" diye bağırdım heyecanla..

"Bağların olduğu alana geliyoruz ama sizin bağı elimizle koymuş gibi bulamayabiliriz."

"Sora sora buluruz. Hatta isterseniz siz beni bırakın bağların başladığı yerde, ben kendi işimi halledeyim."

"Bu bağlar kaç kilometre uzanır böyle, haberiniz var mı?"

Ses etmedim. Biraz daha gittik.

"Adresi bilmediğinize göre, gittiğiniz yerde beklenmiyorsunuz değil mi?" diye sordu.

"Hayır. Tam bir sürpriz olacak gelişim."

"Madem sizi yemeğe bekleyen yok, acıktınızsa, birer gözleme yiyelim mi? Şu dönemece saparsak, orada bir gözlemeci var."

"Siz acıktınız mı?"

"Kurt gibi."

"Tamam," dedim.

Dönemece girdi, biraz gittikten sonra gözlemecinin tabelasını gördük.

Arabayı, daha önce park etmiş bir başka arabanın yanına çekti. İndik, önümüzdeki birkaç basamak merdiveni çıkıp, geniş bir bahçeye girdik. Bahçenin sağ yanındaki evin önünde, başını beyaz uzun bir tülbent örtmüş yaşlı bir kadın, yere bağdaş kurmuş, açtığı hamurları incecik yaptıktan sonra, ortalarına otlu peynir koyarak kızgın sacın üzerinde pişiriyordu.

Bahçede bizden başka çoluklu çocuklu iki aile daha vardı gözleme yemeye gelmiş.

Koşarak yanımıza gelen genç bir çocuk bizi çınar ağacının altındaki masaya yönlendirdi. Oturduk.

"Abi, ayran?"

"İki kupa getiriver," dedi Hakan, "ikişer tane de peynirli gözleme söyle bize."

"Tamam abi!" Oğlan gitti.

"Siz buranın devamlı müşterisisiniz galiba?" dedim.

"Birkaç kere geldim."

"Dün geceki otelde mi kalıyorsunuz hep?"

"Evet. Ama inşaata başlamadan, buralarda bir ev tutacağım. Bak ne diyeceğim, bu 'siz' muhabbetini kaldıralım mı? Sen diyebilir miyiz birbirimize?"

"Ah evet! Siz demek benim için de çok yorucu."

Bir sessizlik oldu, sonra ben;

"Çok güzel yerler buraları," dedim.

"Ege güzeldir."

"Ben Bodrum'u ve Marmaris'i bilirim. Küçükken mavi yolculuklara çıkardık ailemle."

"Ailenle mi yaşıyorsun Londra'da Derya?"

"Hayır. Bir arkadaşımla paylaşıyorum evimi."

"Arkadaşın kız mı, erkek mi?"

"Kız. Daha önceki evimizde üç kız bir erkektik. Annem ne mesele yapmıştı, ev arkadaşlarımdan biri erkek diye. Yaz başında ben ve Linda ayrı eve çıktık. Bizim atölyeye yakın. Kolay oluyor gidip gelmek."

"Atölyede ne yapıyorsun?"

"Üç boyutlu yapıt, enstalasyon, heykel... modern sanat işte."

"Heykel de mi yapıyorsun sen?"

"Okuldan arta kalan zamanda. Aslında hep sanatla uğraşsam, keşke. Bu yılın sonunda, Royal Academy of Art'a yatay geçiş yapmaya çalışacağım. Yakında iki yapıtım çok önemli bir galeride sergilenecek. Bu, fakülteye girme şansımı artıracak, biliyor musun..."

Çenem düştü ve hayatımdaki son gelişmeleri bir çırpıda anlattım, mimar olduğu için, başarılarımı takdir edebileceğini düşündüğüm yol arkadaşıma.

Sesini çıkarmadan dinledi. Birkaç övgü sözünü boşuna bekledim.

"Whitechapelle Gallery'i biliyorsun herhalde değil mi? Hani, East End'de, çok önemli bir galeridir."

"Biliyorum," demekle yetindi.

İçimden belki de bilmiyordur diye geçirdim, herkesin Londra'yı avucunun içi gibi bilmesini bekleyemem ya! Bilse, etkilenirdi, bir şey söyleme ihtiyacı hissederdi. Onu yeterince etkileyememiş olmama canım sıkıldı. Belki de etkilenmişti ama renk vermiyordu.

"Londra'yı iyi bilir misin?" diye sordum.

"Evet."

"Ne kadar iyi?"

"Yüksek lisansımı orada yaptım."

Aldım mı cevabımı!

Acaba üvey babamın da mimar olduğunu söylese miydim. Belki de aynı okulda okumuşlardı. Ama hemen vazgeçtim, tanımadığım birini kendime dair bilgilendirmek istemedim.

Başka soru sormadım Hakan'a.

Yemek boyunca yöredeki doğal zenginlikleri anlattı bana.

Çeşitli otlardan, o otlarla pişirilen Ege yemeklerinden söz etti. Beni ilgilendiren konular değildi ama, babamı bulana kadar ayıya dayı diyecektim, sabırla dinledim anlattıklarını. Ara sıra ayıp olmasın diye bir iki de soru sordum.

Gözlemeler bitince hesabı istedi.

"Ben ödeyebilir miyim?" dedim, "beni arabana almana karşılık..."

"Hayır. Bu memlekette hesabı erkekler öder."

"Kendi payımı ödeyeyim bari. Ben İngiltere'de yaşıyorum, o memlekette de hesap paylaşılır, bilirsin."

"Orada bir gün yemek yersek, paylaşırız."

"Teşekkür ederim," dedim, çaresiz, "ama olmadı bu!"

"O kadar üzülme canım, akşama döneceksin değil mi otele?"

"Elbette."

"Bana bir kahve ısmarlarsın, ödeşiriz."

Gelen hesabı ödedi, ayağa kalkıp kapıya yürüdük.

"Bu adamlara sorsak bilirler mi acaba?" dedim.

"Neyi?"

"Aradığım bağı."

"Sanmıyorum. Bu insanların şarapla arası olmaz ama deneyelim," dedi. Kapının önünde, bizi geçiren oğlana sordu.

"Buralarda İlhami Bey'in bağı varmış, duydunuz mu hiç?"

"Duymadım," dedi çocuk, "Şu ilerde İzmirlilerin bağları vardı... onlara sorun."

İndik merdivenlerden, ben yerime geçtim. Kemerimi bağlarken gülümsedi yine.

"Aferin Londralı," dedi, "kemer terbiyen biraz da oradan geliyor sanırım."

"Bizim Türkler neden sevmez kemer takmayı acaba?"

"Ölmeyi seven insanlardır Türkler. Maça bile 'ölmeye' giderler ya!"

"Öyle mi yaparlar?"

"Maçla aran yok galiba."

"Hiç."

"Urlalı şarapçı da meraklı değildi anlaşılan."

"Hayır," dedim babamı özleyerek.

Yola koyulduk. Bağların bulunduğu yöne saptık. Birkaç kilometre boyunca uzanan ilk bağın giriş kapısını zor bulduk.

"Bak tabela var kapıda, burası değil herhalde," dedim.

"Soracağım yine de. Bakarsın bilirler İlhami'nin bağını."

Hakan durdurdu arabayı, indi, demir kapının zilini çaldı, bekledi, konuştu, geri geldi.

"Bilmiyorlar. Ama başka bir şey öğrendim, sıradaki üç bağın hiçbiri, aradığımız değilmiş."

"Ne yapacağız şimdi?"

"Sıradaki üç bağı geçtikten sonra, sormaya başlayacağız."

"Tamam."

"Kusura bakma ama Derya, neden doğru dürüst adres almadın?

"Sürpriz yapmak istedim."

"Buraya kadar gelmişsin ta Londra'dan, sürprizin dörtte üçünü yaptın sayılır, telefonunu biliyorsan arayıp sorsana adresi."

"Telefonunu bilsem aramaz mıyım!"

Tellerle ayrılmış yan yana parsellere dizilmiş, üç ayrı kişiye veya kuruma ait bağları geçtikten sonra, İlhami Bey'in bağının adresini sormak için dura kalka ilerlemeye başladık.

Önünde ilk durduğumuz bağın bekçisi böyle birini duymamıştı. İkinci bağda bize yanıt verecek kimseyi bulamadık. Üç, dört beş... kiminde zil, kiminde çıngırak çaldık, kiminin içine daldık. Kimse bilmiyordu. Umudumu kaybetmeye başlıyordum. Son girdiğimiz bağda, iki bekçiden biri, "Bizim Recep'in bağından söz ediyorlar galiba," dedi.

"Recep değil, İlhami," diye atıldım.

"Kızım, bağın bekçisinin adı Recep," dedi adamlardan yaşlı olanı.

"Haa, şu suratsız adamın bağı mı?" diye sordu diğeri.

"Suratsız değil de, pek gözükmez ortalarda," dedi yaşlı bekçi.

"Uzun boylu biri, açık renk gözleri var sahibinin, öyle değil mi amca?" diye sordum.

"Odur, odur! İlhami dedin, değil mi?"

Kalbim küt küt atmaya, yanaklarım yanmaya başladı.

"Bağın yerini tarif et amca. Haydi, hemen tarif et."

"Nah şu yolu tepeye kadar çıkacaksınız. Tepeden sola kıvrılın. Dar bir keçi yolu var. Sizin araba sığmaz belki. Sığmazsa, yürürsünüz. Yürü, yürü, o keçi yolunun sonuna git. Köşeyi dönünce karşına çıkan ev. Başka da ev yok zati oralarda. Bağ, evin arkasında kalıyor."

Yaşlı adamın söylediklerini tekrar ettim, aklımda kalması için.

"Ben söylemiş olayım size, içeri filan almazlarsa şaşırmayın. Kimseyle görüşmezler o evde. Geleni gideni hiç olmaz. Ne misafir gidilir oraya, ne onlar gelir. Bayramlaşma bile yok. Yabani insanlar."

"Tamam amca. Teşekkür ederim," dedim

"Bak kızım, bekçi Recep olmasa, sanırsın hayaletler yaşıyor orada. O kadar yani. İstersen vakitlice vazgeç, geri dön."

Bir kere daha teşekkür ettim her iki adama da. Babamı bulmuşlardı bana! Boyunlarına sarılıp öpmek istiyordum ikisini de ama tuttum kendimi.

Ben koşarak, Hakan yürüyerek, arabaya gittik. Yerlerimize oturduk. Çalıştırdı motoru.

"Haydi hayırlısı," dedi, "galiba bulundu esrarengiz İlhami Bey."

"İnşallah," dedim.

"Derya, ben bekleyeyim mi seni? Ya da bir iki saat sonra geleyim mi almaya."

"Hiç gerek yok. Beni buraya kadar getirmen bile büyük incelik."

"Sen bir kere daha düşün! Ya seni geri döndürecek arabaları yoksa? Baksana anlatılanlara!"

"Vardır herhalde. Dağın tepesinde arabasız yaşayamazlar ki!"

"En azından telefonumu kaydet. Gerekirse ararsın."

"Bak bu çok iyi fikir," dedim, "durduğumuzda beni bir çaldır da numaran geçsin."

"Bu işi hemen yapalım," dedi, blucininin cebinden telefonu çıkararak.

"Söyle numaranı Derya."

Söyledim. Tuşladı, çaldı telefonum. Çantamdan çıkartıp, adını kaydederken sordum yine, "Soyadın var mı?"

"Mecburen var bir tane, yaz: Seymen."

Benim soyadımı sormadı. Bozuldum biraz ama oralı olmamış gibi yaptım.

Yaşlı bekçinin tarif ettiği yolu yavaş yavaş tırmandık, tepeye gelince sola kıvrıldık, hiçbir evin, damın, bağın, bahçenin gözükmediği bir keçi yoluna zar zor sığarak, yolun iki yanındaki çalılara ve ağaçlara takılarak, gitmeye başladık.

Bir ara, aracın çiziliyor, gitme istersen, geri kalan yolu ben yürürüm demek geldi içimden ama ya kabul ederse diye korkup, sustum.

O anda sadece bir an önce babama kavuşmayı diliyordum. Heyecandan elim ayağım titriyordu. Karnım gurluyor, sesi kulağıma geliyordu.

"Bu yolda boşuna gidiyoruz gibi bir his var içimde," dedi Hakan, "yol o kadar dar ki, manevra da yapamayız dönmek için. İnşallah bizimle dalga geçmedi o iki bekçi."

"Sanmıyorum."

"Araba sığmazsa, yürüyün dediler. Yarım saattir gidiyoruz. Yürünecek yol mu bu?"

"Sen dönmek istiyorsan beni bırak, ben yürürüm."

"Bak Derya, birkaç kilometre daha giderim ama yol genişler genişlemez geri döneceğim. Seni de bırakmam dağ başında. Bu işin sonu yok galiba. Kim oturur burada!"

"Haklısın," dedim kırık bir sesle.

Dar yolda sola sapıp, akmaya devam ettik. Gittik, gittik, gittik. Yol ne bitiyor ne genişliyordu. Umudumuzu kaybetmek üzereyken, demir kapı birdenbire çıktı önümüze. Frene bastı Hakan. Durduk.

"Gizli evin ziyaretçisi, galiba geldin istediğin yere," dedi alaylı bir sesle. Atladım cipten, kapıya koştum.

"Kapı açılınca, içerde manevra yaparsın," dedim, demir kapıya takılı çıngırağı çalarken.

"Kapı açılırsa..." dedi.

Bekledim biraz. Ses çıkmayınca, bu sefer elimle vurmaya başladım, sonra da avazım çıktığı kadar bağırdım.

"Kimse yok muuu? Evde kimse yok muuu?"

"Sesin kısılacak," dedi Hakan.

Araziyi çevreleyen duvar çok yüksek değildi ama duvarın arkasını göremiyordum.

"Hakan, sen benden uzunsun, inip bir baksana duvarın arkasında ne var?" dedim en tatlı sesimle. Hakan cipten indi, yerden iri bir taş alıp üzerine çıktı ve duvarın ardına baktı.

"Güzel bir bahçe var. Ev biraz ötede, ağaçlardan gözükmüyor. Damını görebildim ancak."

"Bağ nerede?"

"Evin arkasında olmalı."

Hakan bana bahçeyi tarif ederken, ben hâlâ bir yandan çıngırağı çalıyor, bir yandan da kapıya vuruyordum.

"Etrafta hiç insan yok mu, bekçi filan?"

"Yok valla! Terk edilmiş de diyemiyorum, bahçe bakımlı çünkü... Dur, dur, dur, bir çocuk gözüktü, koşuyor kapıya doğru."

"Çocuk mu? Eyvah! Yanlış yerdeyiz!"

Hakan indi üstüne bastığı taştan, yanıma geldi. Ayak sesleri duyduk kapının gerisinde. Sonra da bir erkek sesi;

"Ne istiyorsunuz? Kimsiniz?" diye sordu.

"Açar mısınız kapıyı?" dedim, "lütfen."

"Yanlış geldiniz herhalde hanım."

"Bu Ege değil, doğu aksanı," diye fısıldadı Hakan.

"Çocuk sesi de değil," diye fısıldadım, ben de. Sonra sesimi yükselttim.

"Yanlış gelmiş olabilirim. Kapıyı açın da anlayalım. Çok uzaktan geldim, lütfen!"

"Kimi aradınız siz?"

"İlhami Bey'i."

"Ne istiyorsunuz İlhami Bey'den? Kimseyi beklemiyor o."

"Lütfen açın, bakın çok yorgunum…"

Anahtarın kilitte döndüğünü duyunca susup bekledim. Kapı aralandı, esmer, genç bir adam şaşkın şaşkın baktı bana. Ben bu adamı daha önce görmüş müydüm? Yüzünü bir yerden hatırlar gibi oldum ama… Yok hayır, tanımıyordum.

"İlhami Bey'in evi mi burası?" dedim.

Dikkatle bakıyordu yüzüme.

"Misafir beklemiyor," dedi yine.

"Ben misafir değilim," dedim, "gidin, Derya geldi deyin ona."

Gözlerinde bir ışık çakar gibi mi oldu, bana mı öyle geldi? Arkasını döndü, bacaklarının ardına saklanmış çocuğu ancak o zaman fark ettim, kapıyı aralık bırakıp, koşarak gitti, peşindeki çocukla.

"Seni burada yalnız bırakmak istemiyorum, dağ başında bu adamlarla," dedi Hakan, "ben de geleyim içeri, izin verirsen?"

"Hayır."

"Emniyette olduğuna emin misin?"

"Eminim."

"Derya, neyin oluyor bu İlhami senin?"

"Babam."

"Aaa!"

Hakan'ın gözlerinde şaşkınlık, benim gözlerimde yaşlar

vardı. Belki bir damla süzülüyordu bile burnumun kenarından, çünkü burnum kaşınıyordu.

Elimle azıcık ittim kapıyı, içeri baktım. Adam, peşinde çocukla koşarak geri geliyordu. İçeri girmem için el etti.

Kolumu bir an sıkıca tutup, bıraktı Hakan.

"Ben dönüyorum Derya," dedi, "sonra beni ara lütfen."

Elimi uzattım Hakan'a, "Çok ama çok teşekkür ederim. Bu iyiliğini hiç unutmayacağım," dedim içtenlikle.

"Ben de seni unutmayacağım, gizemli kız."

"Gelin, sizi bekliyor," dedi adam, kapıyı bana yol vermek için iyice açarak. Hakan'ın sıkıca tuttuğum elini bıraktım, bahçeye girdim, adamla çocuğun ardı sıra yürüdüm palmiyelerin, çamların, meyve ağaçlarının rasgele dikildiği yemyeşil çimende.

Yolun sonundaki evin kapısında babamı gördüm. Birkaç adım attı bana doğru, düşecekmiş gibi sendeledi, toparlandı, sonra kollarını beni kucaklamak için yanlara açıp, koşmaya başladı bana doğru.

Kavuşma

Nasıl oldu bilmiyorum, bir anda kendimi babamın kollarında buldum. Başımı göğsüne gömmüş, hıçkırıyordum. Gözyaşlarım gömleğini ıslatıyordu. Kokusunu içime çekiyordum. Ellerimle saçlarına, yüzüne, sırtına dokunuyordum. Kollarını hiç gevşetmiyordu babam, beni sımsıkı tutuyordu yüreğinin üzerinde, hiçbir şey söylemeden. Saçlarımı öpüyordu. Birbirimize öyle dolanmış kaldık uzun süre. Neden sonra, ayrıldığımızda başımı kaldırıp yüzüne baktım. Yaş içindeydi gözleri. El ele eve yürüdük, yine konuşmadan. Konuşursak, tek bir kelime edersek sanki büyü bozulacak, rüya bitecekti. Ben kendimi yeniden sağa sola sapan toprak yollarda umutsuzca babamı ararken bulacaktım. Kafamın içinde bin bir soru uçuşurken, susuyordum bu yüzden. Hiç konuşmuyordum.

Ben ilkokula giderken, okul yakındı evimize, babam beni okula bırakır işine yürürdü. Yolda sımsıkı elimi tutardı. O yıllarda yaptığımız gibi tıpkı, el ele eve doğru yürüdük.

Kapının önünde bir kere daha sarıldı babam bana. Bu sefer o başını benim saçlarıma gömdü, kokumu içine çekti. Sonra yavaşça doğruldu ve büyüyü bozdu,

"İşte Nebahat, benim biricik güzel kızım sonunda geldi," dedi, eşikte durmuş, bizi seyreden esmer kadına, "sen haklıymışsın, mucizeler mümkünmüş!"

Adının Nebahat olduğunu böylece öğrendiğim genç kadının kocaman kara gözleri vardı, koyu renk saçlarını at kuyruğu yapmıştı. Blucinin üzerine bir erkek kazağı giyiyordu. Yok, dedim içimden, tuhaf bir kıskançlıkla, düşündüğüm olamaz... olmasın! Sakın!

Kadın bir şey söylemeden içeri geçmemiz için yana çekildi. Eve girdik. Babam elimi bırakmadan beni camın önündeki sedire sürükledi, yanına oturttu, bir kere daha sarıldı bana.

"Deryam," dedi, "hep rüyamda gördüm bu anı. Sana her gece rüyalarımda sarıldım böyle. Bir gün geleceğini bilerek, bekledim. Umudumu hiç kesmedim"

Kadın sessizce çekildi yanımızdan, bir kapının ardında kayboldu. Bu kim diye sormayı geçirdim aklımdan ama yapmadım.

Batıya bakan pencereden "hazan" değil, sonbahar güneşi doluyordu odaya, ışık tam da babamın yüzüne vuruyordu. Şimdi, o ışıkta babamın ne kadar yaşlanmış, çökmüş olduğunu görüyordum. Yaş süzülen gözlerinin kenarları kırış kırıştı. Saçları rengini yitirmiş, nerdeyse gri olmuştu. İki derin çizgi, burnunun kenarlarından ağzına doğru iniyordu. Bakışlarındaki ışıltıya ne olmuş? Bana bakarken bir an yakalıyor, sonra kaybediyordum ışığını gözlerinin. O genç, yakışıklı babam, orta yaşını hiç yaşamadan atlayıp, birden ihtiyarlamış gibiydi. Çok zayıftı ayrıca. İçim titreyerek acaba hasta mı diye düşündüm. Ölümcül bir hastalığa mı tutuldu yoksa? Bir insan bu kadar değişebilir mi?

Bir zaman öyle el ele, hiç konuşmadan oturduk. Ben yü- zündeki çizgilere, gözlerinin altındaki mor halkalara, beyazlaş-mış saçlarına alışmaya çalıştım, babamın. O da gözlerini ben-den ayırmıyor, ara sıra elini uzatıp saçlarıma, yüzüme, kolla-rıma dokunuyordu. Yaşlanmıştı, bakımsızdı, görünüşü değiş-mişti ama o benim her zamanki sevgi dolu babamdı. Nasıl öz-lemiştim onu, içimden kucağına oturmak, boynuna sarılmak geliyordu ama kırgın yanım mani oluyordu bana.

Babam nihayet konuşunca düşüncelerimden sıyrılıp, ona doğru döndüm.

"Beni nasıl buldun Derya, buraya kim getirdi seni?"

"Önce sen beni yanıtla baba?" dedim, "Niye terk ettin be-ni?"

"Ben seni terk etmedim... Olayların akışı öyle oldu... Seni asla terk etmedim kızım."

"Annem bana dedi ki, bir daha ikimiz de görmek istemi-yormuşsun."

"Ben böyle bir şey söylemedim!"

"Ama beni ne aradın ne sordun! Annemle boşanmanızı an-lıyorum ama, hayatında bana yer vermemen..."

"Asla böyle bir şey yok."

"Beni niye aramadın, o halde? Hiç özlemedin mi kızını?"

"Deryam, seni özlemediğim, düşünmediğim bir günüm geçmedi."

"Hanginize inanayım baba? Annem bana, senin kendine ye-ni bir hayat kurmak istediğini söyledi. Bizsiz, bensiz bir hayat!"

"Sen inandın mı buna?"

"Ortadan yok oldun. Ne telefon ettin, ne bir satır mektup yazdın. Sonunda ben de inandım tabii."

"İnanmamalıydın. Beni tanımıyor musun sen Derya? Seni nasıl bırakırım ben?"

"Annemi aldatacağını da düşünmezdim ama aldatmadın mı annemi, baba?"

"Aldatmak başka, terk etmek başka şey. İnsanlar karılarından boşanırlar, çocuklarından değil. Seni terk edebileceğimi nasıl düşündün?"

"Annem bana bunları söylerken o kadar inandırıcıydı ki, bir de sen ortadan kaybolunca... Çok acı çektim ben baba! Seni görememem bir yana, senin hakkında konuşamıyordum bile. Adını her andığımda annem korkunç tepki gösteriyordu."

"Beni annenden gizli arasaydın keşke.."

"Aramadım mı sanıyorsun! Seni Londra'ya gider gitmez evden de aradım, ofisinden de, cebinden de. Açılmadı telefonların. Anneannemi aradım sonra, Nadide'yi aradım, kiminle konuşsam yanıt hep aynıydı: "Baban adres bırakmadı, nerede olduğunu bilemiyoruz."

Aynı şeyi duymaktan usandım, biliyor musun baba! Bora'yı da aradım ama o cevap bile vermedi ne telefonuma ne mailime. Ona da çok kırıldım!"

"Derya, kızım, görüyorum ki bilmediğin çok şey var..."

"Ben de şimdi sana soruyorum işte, sen beni niye hiç aramadın?"

"Sizin Londra'ya gittiğiniz günlerde bana ulaşman mümkün değildi Derya. Benim bütün iletişimim kesikti."

Aşk yuvanda kimse rahatsız etmesin diye herhalde, dedim içimden.

"Ne demek iletişimim kesikti?"

"Öyle bir yerdeydim ki ne telefonum vardı ne bilgisayarım. Daha sonra ben de seni çok aradım kızım. Yazdığım mektuplar geri geldi. Mail adresleriniz, telefon numaralarınız değişmişti. Ulaşamıyordum size. Penny'ye belki yüz kere telefon ettim, açmadı, tonla mail attım, ama hiç yanıtlamadı."

"Haberin yok tabii senin, Londra'ya uçmadan önce, valizimi annem yapmıştı, telefonumu yok etmiş, bilgisayarımı da almamış yanına. Aceleyle çıkarken, çok şey unutmuş evde. Bir sürü şeyi Londra'da yeniden almak zorunda kaldık, adreslerimiz numaralarımız değişti. Ama sen baba, Londra'ya gelebilirdin."

"Gelemezdim. Yurtdışına çıkamadım bir süre. Bir soruşturma vardı, onun neticelenmesini beklemek zorundaydım. Yurtdışına çıkma yasağım kalktığında ise, söyledim ya, size ulaşabileceğim tüm bağlantıları kaybetmiştim. Nerede olduğunuzu bilenler de yardımcı olmadılar."

"Çok istesen bulurdun. Artık herkesi bulmak mümkün bu dünyada. Facebook var, Twitter var."

"Haklısın, belki de korktum yüzleşmekten. Senin gerçeği öğrenmenden korktum."

"Baba, her iki arkadaşımdan birinin anası ve babası ayrı. Ben bu yaşa gelmişim, yatakta aranıza sıkışıp yattığım çocukluk günleri tarih olmuş; sen ne diyorsun Allah aşkına! Siz boşanıyorsunuz diye intihar edecek değildim herhalde!"

"Seni kaybetmekten çok korktum. Ölüme çare yok, bunu bizzat yaşayarak öğrenmiş bulunuyorum. Fakat annen görüşmemize engel olmaya karar verince, onun seni doğru yanlış şeyler anlatarak zehirlemesinden korktum, ısrarımdan vazgeçtim. İnan bana, başka ülkede de yaşasa telefonda olsun evladımın sesini duyamayacak olma fikri bile korkunçtu. Ama bir gün seni bulacağımı biliyordum," dedi babam.

"Ben seni buldum baba! Rol çalma benden!"

"Sahi, nasıl buldun beni?"

"Annemin bana yalan söylediğini öğrenince, seni aramaya karar verdim."

"Ne zaman öğrendin bunu?"

"İki gün önce."

"Ne diyorsun! İzimi nasıl sürdün bu kadar çabuk."

"Görüyorsun ya baba, insan kafaya takınca, buluyor aradığını. Evvelsi akşam, Nadide'ye mail attım, yalvardım bana bir ipucu vermesi için. Onun verdiği izi sürdüm."

"O bilmez ki adresimi. Kimse bilmez."

"Nadide, bir dergide bu bölgenin şarapçılarıyla ilgili bir yazı mı okumuş ne, küçük çaplı bağlar da varmış dergideki listede, adını görmüş."

"Bak sen! Allah çektiğim cezayı yeterli bulup, kızıma kavuşturmak istemiş beni."

"Allah'ı karıştırma bu işe. Anneme yazdığın mektupları bulmasaydım, o mektuplardan senin beni aramış olduğunu öğrenmeseydim, senin için yollara düşmezdim."

"Saklamış demek onları?"

"Bana ulaşmana engel olmak için telefonumu, bilgisayarımı yok eden annem, şu işe bak, senin mektupları saklamış. Üç gün önce, bir mucize oldu, mektuplar gökten kafama düştü."

"Nasıl yani?"

"Annemin odasında bir şey arıyordum, mektuplar dolabın üzerinde bir kutudaymış... Kutuyu düşürdüm, içindekiler yere saçıldı. Onları okuduktan sonra beni terk etmediğini artık biliyorum da, anlayamadığım şu; annem niye bana yalan söyledi?"

O esmer kadın, elinde bir tepsiyle odaya girince sustuk. Kadın tepsiyi divanın önünde, masa olarak kullanılan büyük siniye bıraktı. Babam başıyla işaret edince geldiği gibi sessizce çekildi. Susamıştım, tepsideki iki bardaktan birini aldım, içtim. İçine buz atılmış saf üzüm suyu nefis kokuyordu ama bir dikişte içtiğim için mideme kurşun gibi indi. Tabaktaki kurabiyelerden de bir tane attım ağzıma. Kurabiye de o kadar tazeydi ki, ağızda dağılıyordu, belli ki evde yapılmıştı. Babam ne meyve suyuna ne kurabiyelere dokundu. Yaşlı gözleriyle sadece beni izliyordu.

"Çok güzel bunlar," dedim üçüncü kurabiyeyi bitirdiğimde.

"Neler?"

"Kurabiyeler."

"Nebahat'in kurabiyeleri iyidir."

"Evin aşçısı mı Nebahat" diye sordum.

"Kâhya demek daha doğru. Evin temizliği, eksiği gediği de ondan sorulur."

"Evin hanımı gibi bir hali var da."

"Eee, biraz doğu bu. Sen gelene kadar evin hanımı oydu."

Hanımlığı sürecek demek ki, dedim içimden, ben kalıcı değilim.

"Sen de yesene."

"Sonra," dedi.

Yorulmuştum, yavaşça uzandım sedirde, başımı babamın dizlerine koydum. Babam sessizce saçlarımı okşarken odaya göz gezdirdim. Geniş, ferah bir odaydı. Pencerelerin önünde çoğu köy evinde olduğu gibi sedirler vardı. Taş duvarın ortasında ilkel bir şömine, karşısında da iki berjer koltuk ve bir ayaklı lamba duruyordu. Berjerlerden biri diğerine göre epeyi yıpranmıştı. O koltukta babamın oturup kitap okuduğunu düşündüm. Diğer koltuk yeni kalabildiğine göre, demek ki babam ve o kadın karşılıklı oturmuyorlardı. İçime su serpildi, kadın babamın Handan'dan sonraki sevgilisi değil, evin hizmetçisi olmalıydı. Herhalde bize kapıyı açan adamın karısıydı. Küçük oğlan da onların çocuğuydu.

Odaya göz gezdirmeyi sürdürdüm; yemek ve oturma odaları aynı mekânın içindeydi. Kadının girip çıktığı kapı, mutfağa açılıyor olmalıydı ki, yakınında kaba saba bir uzun yemek masası vardı. Duvara çakılı raflarda ise sadece kitaplar ve çerçeve içinde birkaç fotoğraf duruyordu ama uzandığım yerden fotoğrafları göremiyordum.

Kadın geri geldi, kurabiye tabağını siniye bıraktı, biri boş diğeri dolu iki bardağı tepsiye koyup, konuşmadan çıktı. Babam da susuyordu. Sanki dilsizler evine gelmiştim. Kimse konuşmaz mıydı bu evde? Babamın anlatacağı o kadar çok şey varken, bana bir şeyler söylemesini beklerken... Oysa o susuyordu.

Şöminenin ateşi çoktan sönmüş, odaya yanmış odun kokusu sinmişti. Bu koku yüreğimi ısıtıyor, bana Uludağ'da kayak yapmaya gittiğimiz çocukluk günlerimi hatırlatıyordu. Şehir çocuğu olduğum için, şömine keyfini ancak Uludağ'a gittiğimizde yaşardım. Bayılırdım şöminede çatırdayan kütüklerin alevini seyretmeye. Hatta bir Uludağ dönüşü tutturmuştum, evimize bir şömine yaptırmaları için.

"Olmaz kızım, evde şömine bacası yok ki, evi mi yakalım istiyorsun?" demişti annem.

"Eve bir baca yaptırın öyleyse"

"Sadece bizim yaptırmamız yetmez, bütün katların yaptırması lazım. Yoksa evimize duman dolar."

"Bütün katlar yaptırsın o halde."

"Saçmalama Derya!"

Annem işte! Ne istesem, yanıtı: "Saçmalama Derya!" Oysa babam bana, "Ben seni şömineler diyarına götürürüm, her gece şömine başında oturursun," demişti.

"Çocuğa tutamayacağın sözleri verme," demişti annem.

"O zaman, al sana tutabileceğim bir söz! Civarda bir yerde, Sapanca'da veya Polonezköy'de mesela, bir köy evi alalım, şöminemiz olsun! Hafta sonları gideriz."

"Bu daha makul bir çözüm," demişti annem.

Şömineli evi alamadık. Araya bizi hallaç pamuğu gibi darmaduman eden, Can'ın kazası girdi! O kazanın vebalini hâlâ çekiyoruz bence. Ah Can, kardeşim, sen bir kere öldün, bizlerse milim milim ölüyoruz o gün bu gündür! Mutluluğu bir türlü yakalayamıyoruz, kendimizle barışamıyoruz, yaptığımız tüm saçmalıkların faturasını senin ölümüne yazıyoruz!

Babamın sesiyle düşüncelerimden koptum;

"Derya, seni buraya kimin getirdiğini söylemedin. Kiminle geldin sahi?" diye soruyordu.

"Benimle aynı otelde kalan biriyle."

"Adı neymiş? Kimin nesiymiş?"

"Adı Hakan. Soyadını da söyledi ama aklımda kalmadı."

"Beni tanımıyor ki, nereden biliyormuş yerimi?

"Bilmiyordu. Sora sora bulduk. Seni bu kadar çabuk bulacağımı ummadığım için, dün Urla'da bir otele yerleştim. İzmir'de havaalanından bir araba kiralamıştım, o arabayla gelecektim ama yanlış yollara sapmışım, benzinim bitti, bu Hakan da tesadüfen oradan geçiyordu. Otostop yaptım, aldı beni arabasına, başladık önümüze gelene sorarak senin bağını aramaya. Sonunda bulduk işte."

"Allah ondan razı olsun kızım. Araban nerede şimdi senin?"

"Yolda kaldı. Benzini bitti, dedim ya!"

"Yarın hallederiz. Bu gece sen burada kalırsın."

"Baba, arabayı öylece yolun ortasında bıraktım. Yemekten sonra beni atarsın arabama olur mu? "

"Dünyada olmaz! Seni bunca zaman sonra bulmuşken, asla bırakmam. Bu gece kal, konuşalım, eteğimizdeki taşları dökelim. Sabah aldırtırım arabanı her nerede bıraktınsa."

"Yanımda ne gecelik ne diş fırçası…

"Nebahat sana bir gecelik verir. Diş fırçası da kolay. Lütfen Derya."

Hakkı vardı babamın. Onu bulmuşken ben de ondan ayrılmak istemiyordum, hele de kafamdaki onlarca soruya yanıt almadan! Üstelik her geçen an, babamı ne kadar çok özlediğimi daha iyi anlıyordum.

"Gel sana odanı göstereyim," dedi, üst katı işaret ederek.

Kalktık yerimizden, şöminenin önünden geçerken, "Çok güzel kokuyor yanmış odunlar," dedim.

"Sen çok seversin bu kokuyu," dedi babam, "Nebahat'e sesleneyim de canlandırsın ateşi."

"Nebahat hep burada mı kalıyor?"

"Evet. Recep'in karısı. Bir de oğlan var, Mahmut."

"Baba, inanmayacaksın ama bir ara Nebahat yeni sevgilin mi acaba, diye düşündüm.."

"Yok artık! İnsaf!"

"Sen böyle çapkınlığa kalkışınca, ne bileyim... Handan'ı seven bir başkasını da sevebilir."

"Handan'ı sevmedim ben. Adını bile duymak istemiyorum onun. Sonra konuşacağız bunları, her şeyi anlatacağım. Senden gizlediğim hiçbir şey kalmayacak."

"Şimdi konuşalım baba, ne bekliyoruz ki?"

"Baş başa kalmayı Derya."

"Şu anda kimse yok burada."

"Olsun! Çocuk girer çıkar, yemek hazırlanırken, sofra kurulurken, lafımız bölünür. Yemek faslı bitince, ev ikimize kalacak. Gel şimdi sana odanı göstereyim."

Merdivenleri çıktık, babam üst kattaki koridorda bir odanın kapısını açtı. Çok sade döşenmiş bir odada buldum kendimi. Bir başucu masası, bir karyola ve bir sürpriz! Karyolaya kurulmuş kocaman bir sarman!

"Aaa!" diye bağırdım ama kedi hiç oralı olmadı. Kuyruğunu bir iki kere salladı, o kadar.

"Sana hoş geldin diyor," dedi babam.

"Söyle ona, o yatak benim.."

"Söylerim ama laf dinlemez."

"İn kedi," dedim, "çok yorgunum, uzanacağım biraz."

Kedi beni anlamış gibi gerindi yatakta sonra yere atladı, gidip babamım bacaklarına sürtündü.

"Benden daha iyi huylu, bak, söz dinliyor! Adı ne bunun?"

"Sarman."

"Çok orijinal bir ad, hangi hayali güçlü kişi buldu bu değişik ismi!"

"Bu, adıyla müsemma bir kedi."

"Baba anlamadım, Türkçe konuş."

"Yeni dönemde Türkçemiz artık böyle. Mademki döndün, yavaş yavaş eski kelimeleri öğrensen iyi olur," dedi babam.

İçimden buna hiç gerek yok çünkü ben kalıcı değilim, diye geçirdim ama babama bunu söylemedim. Bana kavuşmasının sevincini yaşarken, onu üzmek istemiyordum. Konuyu değiştirmek için;

"Baba, başka kimse var mı burada, seninle kalan?" diye sordum.

"Gördüklerinin dışında bir de Zorba var ama şu ara evde değil. Yarın teşrif buyuracak."

"O kim?"

"Köpek. Bir ameliyat geçirdiği için, veterinerde kaldı dün gece."

"Hadım mı ettirdin?"

"Yapar mıyım öyle şey! Recepler söylemişlerdi ama o da şu hayatın tadını çıkarsın diye izin vermemiştim. Dikenli tel örgünün üzerinden atlamaya kalkınca takım taklavatı parçalamış! Kendi kendine kıydı, aptal hayvan! Yarın Recep alıp getirecek onu. Bizim evin ahalisi bundan ibaret. Sarman'ı saymıyorum çünkü o keyfine göre takılır."

"Baba," dedim bütün samimiyetimle, "seni çok özlemişim! Çok özlemişim... Babişkom!"

Son sözcüğü fısıldadım adeta ama babam duydu beni, birden bıraktı kendini, boşaldı, öyle sessiz gözyaşları filan değil, koca adam hıçkırarak ağlamaya başladı. Bana da bulaştı hıçkırıkları, baba-kız yatağa yan yana oturduk ve bu kez birbirimize sarılmadan hatta hiç değmeden, sarsılarak ağladık. Sonra gülmeye başladık. Güldük, güldük. Her ikimiz de hafiften kaçırmış gibiydik; bir ağlıyor, bir susuyor, sonra yine gülmeye başlıyorduk. İki yıldır biriktirdiğimiz onca acı, endişe, üzüntü ve özlem, gözyaşları ve manasız gülmelerle boşaldıktan sonra içimizden, babam ayağa kalktı;

"Bu oda artık senin," dedi, "tuvalet de tam karşıda. Pek eğlenceli bir yer değil ama kafa dinlemek istediğinde, Urla tepelerinde bir evin var! Şimdi ben aşağı ineyim, sen de biraz dinlen güzel kızım."

Kediyi kucağına alıp çıktı.

Babam gidince kendimi sırtüstü yatağa bıraktım. İnanılmaz bir gün yaşamıştım. Son günlerin gerginliği, bir gün öncesinin uçak yolculukları, bugünün duygusal çalkanmalarıyla harmanlanınca bitirmişti beni. Yorgundum. Gözümü kaparsam sabaha kadar uyanamazdım kesin.

Uyumamak için kalktım yataktan, karşıdaki banyoda yüzümü soğuk suyla yıkayıp aşağı indim. Babam ortalıkta yoktu. Mutfağa girip bütün dolapları aça kapaya, çayı ve çay bardaklarını buldum. Çaydanlık ocağın üzerindeydi, kendime çay demledim. Sonra da rafların üzerindeki fotoğraflara baktım. Annemin çocuklarıyla çekilmiş gençlik resmi, benim on yaşında ve on beş yaşındaki iki vesikalıktan büyütülmüş portre resimlerim vardı çerçevelerde. Babamın hep yanında, cüzdanında taşıdığı resimlerdi bunlar. Zavallı, bütün fotoğraflara annem el koymuş olduğu için, yıpranmış vesikalıkları büyütüp çerçeveletmiş olmalıydı.

Bahçeye çıktım, evin arka tarafına yürüdüm. Arkada tek katlı küçük bir ev daha vardı. Evin önünde koyu gri bir dört çeker duruyordu. Evin ön penceresine kafamı dayayıp, içeriyi görmeye çalıştım. Küçük oğlan divana uzanmış televizyonda bir çocuk filmi seyrediyordu, beni fark etmedi ama babası anında yanımda bitti.

"Bir şey mi istediniz Derya Hanım?" diye sordu.

"Yoo, bakınıyordum sadece. Adımı biliyorsun!"

"Çok duyduk babanızdan, siz de söylemiştiniz zaten. Buyurun size bağı göstereyim, eğer isterseniz."

"Göster bakalım Recep… Recep'ti adın, değil mi?"

"Evet."

Asmaların arasında yürümeye başladık yan yana.

"Ne zamandır buradasın Recep?"

"İlhami Bey burayı aldığından beri."

"Bahçeyi çok güzel yapmışsınız."

"İlhami Bey burayı aldığında vardı bu ağaçlar. Bağ da vardı, söktük bağı, gübreleme yaptık, yeni fidanlar getirtti babanız, onları diktik. Ha, bir de ev çok haraptı, onu boyadık, tamir ettik sağını solunu. Arka bahçeye bizim küçük evi yaptırdı babanız."

Biraz daha yürüdük. Recep eliyle işaret etti, "Bakın bu taraftakiler Merlot," dedi, "babanız deneme yapıyor, yüz kadar fidanla. Ama en iyi Şiraz yetişir bizim toprakta. Bu bölge çok az yağmur alır, şaraba uygundur. Bizim arazide (eliyle bir başka yeri işaret etti), şuradaki toprak cinsimiz pek özelmiş. Oraya ayrı dikim yaptı babanız."

"Ne çok şey biliyorsun bu konuda. "

"Hepimiz her şeyi buraya gelince öğrendik. İlhami Bey yığınla kitap okudu, önce kendi öğrendi sonra da bize öğretti. Biz de ondan öğrendik yani."

"Kitap okumakla oluyor mu bu işler?" diye sordum.

"Her şeyin bir kitabı var, abla. Babanız kitaplar okudu da öğrendi, yoksa nerden bilecekti asmaların dilini, şehirden gelmiş adam. Uygulamasını da beraber yaptık. Ne de olsa kendi memleketimde toprağa alışığım ben."

"Ben seni de, araziyle geldin sanmıştım."

"Anlamadım?" dedi Recep.

"Demek istiyorum ki, seni bu arazinin eski bekçisi sandım."

"Hayır, hayır! İlhami Bey bağcılığa karar verince haber etti bana, gelip onunla kalmam için."

"Sen eski şarapçı değilsin yani."

Çok güldü bu lafıma, "Biz sokak çocukları, hepimiz biraz şarapçıyızdır ama esas bağcılığı ben de yeni öğreniyorum."

"Baban bağı alınca beni çağırdı, dedin de... tanıyordu demek ki seni."

"Bir dostum vardı, yanında çalışmış... oradan yani."

Babamın çalışanlarını bilirdim, temizlik işleri için genellikle kadınları tercih ederdi, "Adı neydi bu dostunun?" diye sordum.

"Bedri."

"Çıkaramadım Recep. Her neyse, iyi yapmış babam. Yapayalnız kalmamış dağ başında. Nerelisin sen?"

"Benim memleket doğuda"

"Ta oralardan mı getirtti seni?"

"Yok, ben yıllardır İstanbul'daydım. Buraya da İstanbul'dan geldim."

Biz konuşurken küçük oğlan koşarak yanımıza geldi.

"Bu da bizim Mahmut," dedi çocuğun saçlarını okşayarak.

"Mahmut okula gidiyor mu?"

"Kuşçular'daki okula gidiyor. Dörde gidecekti bu yıl ama karmakarışık oldu ya sınıflar... neyse, hayırlısı olsun! Adam olsun da, nasıl olursa öyle olsun."

Recep eğildi, önümüzdeki asmadan olmamış bir salkım aldı eline.

"Bakın, bu Şiraz üzümü işte," dedi, "bu üzüme mesela çok talep var. En iyi kırmızı şaraplar bu üzümlerden yapılıyor. Evde birkaç şişe var bu üzümden. Babanız sonra tattırır size."

"Sen de tadıyor musun?"

"Ben içtim mi rakı içerdim. İlhami Bey bana tattıra tattıra, biraz anlar gibi oldum. İnsan her şeyi öğreniyor. Ben tadından çok bakımını biliyorum bunun. Siz de kalsanız bizimle, siz de öğrenirdiniz iyi üzüm yetiştirmeyi."

"Keşke kalabilseydim," dedim, "ama ben öğrenciyim, Recep, dönmem gerekiyor."

Çocuk bizimle biraz oyalanıp evine geri döndü. Biz, asmaların arasında sohbet ederek dolandık Recep'le. Ara sıra bir ağacın önünde durup bana bilgi veriyordu ama benim dikkatim dağılmaya başlamıştı, çünkü aklım başka yerdeydi. Akşam olsun, yemeğimizi yiyelim ve bir an önce babamla baş başa kalalım istiyordum. Oysa Recep'in niyeti bana tüm araziyi gezdirmekti.

"Buraları da bizim," diyordu eliyle ta öteleri işaret ederek. "Oralarda bağ yok ama birkaç meyve ağacı var. Görmek ister misiniz?"

Ben yanıtlamadan Nebahat'in Recep'i çağıran sesini duyduk.

"Haydi git. Komutanın çağırıyor," dedim.

Recep beni bırakmak ile bırakmamak arasında bir an düşündü, "Tek başınıza sıkılmazsınız değil mi?" diye sordu.

"Sıkılmam."

O gitti. Ben tepeye doğru tırmanmaya başladım. Bir yandan da babamdaki değişimi düşünüyordum. Rüyamda görsem hayra yolmazdım babamın kalan hayatını geçirmek için kuş uçmaz kervan geçmez bir köyü seçeceğini. Tam bir şehirliydi, o. Sosyal yönü çok kuvvetli, gezmesini, eğlenmesini, yemesini, içmesini seven, iyi giyinen bir büyük şehir çocuğuydu. Ne kadar dayanabilirdi ki bu hayata?

Güneş bulutların ardına çekilince, birden serinledi hava. Üşüdüm. Hızlı hızlı yürüyerek eve geri döndüm. Çamurlu çizmelerimi çıkarttım kapıda, beni karşılayan Sarman peşimde, önce odama çıktım. Biraz da odada oyalandım kediyle. Sonra aşağı inmek için çıktım odamdan, çizmelerim tertemiz edilip, kapımın dışına bırakılmış. Anlıyordum babamın bu karı-kocayı neden başının üstünde taşıdığını.

Babam hâlâ ortalıkta görünmüyordu. Nebahat'in getirdiği çayı içerken babamın kütüphanesindeki kitapları karıştırdım. Şiir düşkünü babam eski şiir kitaplarının çoğunu taşımış yeni hayatına. Birkaç da roman sevdiği yazarlardan... Ama çoğunluk bağcılığa, şarapçılığa dair kitaplardı; kalın ve İngilizce...

Ben kitapları incelerken babam geldi. Saçlarımı kaldırıp, ben küçük bir kızken hep yaptığı gibi enseme bir öpücük kondurdu. Ben de her zamanki gibi gıdıklanıp, kıkırdadım.

"Sevgili, biricik Deryam," dedi babam.

"Recep dedi ki, sen bu araziyi alırken aklında bu işler yokmuş," dedim, "öyle mi gerçekten, arazide bir bağ buldun diye mi giriştin bu işe? Şaka gibi ha, baba!"

"Kızım hiç aklımda olmayan o kadar çok şey yaptım ki ben hayatta, bu bağ devede kulak!" dedi babam, "Doğru söylemiş Recep, ben bağı almadım, bu bağ geldi beni buldu. Kısmet işte! Yakınında ev, çiftlik, bağ, bahçe kısacası komşu bulunmayan ıssız bir arazi ararken..." Kestim sözünü.

"Baba, niye öyle illa ıssız bir yer aradın?"

"Birkaç nedeni vardı. Elimdeki para kısıtlıydı, erişmesi zor arsalar daha ucuz oluyorlar. Ama zaten ben de gözden ırak bir yerde inzivaya çekilmek istiyordum."

"İyi de neden?"

"Burayı aldığım sırada ruh halim öyleydi. Konu komşuyla ahbaplık edecek durumda değildim. Yayınevimi satmıştım, çocuğum gitmiş, başka bir iş yapmaya ne niyetim ne halim kalmış. Ömrümün geri kalanını sadece okuyarak ve müziğimi dinleyerek tek başıma geçirmek istedim. Şansıma bakar mısın sen, gözden uzak diye satın aldığım arazinin içinden bir bağ çıktı. Bunu Tanrı'nın bana bir armağanı olarak kabul ettim. "

"Burayı görmeden mi aldın?"

"Görmüştüm ama tamamını gezmemiştim. Yirmi dönüm arazinin yedi dönümü bağmış meğer. Yoksa aklımın ucundan geçmezdi şarapçı olmak!" dedi babam, "Hayat öyle beklenmedik olaylarla, tesadüflerle dolu ki Derya, gece yatarken yarın ne olacağını hiç bilemiyorsun."

"Benim kapında bitivermem gibi mi?"

"Senin çıkagelişin, başıma gelen en güzel şey!" dedi babam. "Her neyse kızım, bu kucağıma düşen bağı değerlendirmenin beni oyalayacağını düşündüm. Recep de yardımcı olmayı kabul edince, oturup ders çalıştım, bu iklimde çok iyi sonuç veren üzüm cinslerini öğrendim. İtalya'dan fidanlar getirtip ektik. İyi etmişiz. Alıcılarımız sıraya giriyor. Madem seni buldum artık, şimdi arazinin kalan kısmını da değerlendireyim diyorum... öyle düşündüm yani. Hatta yetiştirdiğim mahsulün adını Derya koyayım."

"Ne zaman düşündün bunları?"

"Seni odanda bıraktıktan sonra."

"Ben de şarapçı mı olayım istiyorsun baba?"

"Yok kızım. Sen ne istersen onu ol. Babaannen sanat tarihi okuduğunu söylemişti..."

"Evet baba, bir diploma edinmek ve sırf annemi memnun etmek için okuyorum işte bir şeyler ama esas hoşuma giden, heykel ve enstalasyon yapmak. Okulun yanı sıra bir atölyeye devam ediyorum. İki parça yapıtım ay sonunda çok önemli bir galeride sergilenecek. Yani, şarapçılık gündemimde yok."

"Ben sana gel bağcılık, şarapçılık yap mı dedim? Sık sık gel, üzümlerimden yapılan şarapların tadına bak, bana yeter," dedi babam. Sonra da hangi üzümün hangi toprağı sevdiğini ve şarap üzümü yetiştirmenin püf noktalarını anlatmaya başladı. Sözünü kesmek, ona kafamda biriken soruları sormak istiyordum. Fakat öyle bir hevesle anlatıyordu ki...

Biz konuşurken akşam olmuş. Nebahat akşam yemeği için bizi iki kişilik kurduğu sofraya çağırdı. Saatime baktım, yediyi on geçiyordu.

"Akşam yemeği için biraz erken değil mi baba?" diye sordum.

"Biz hep bu saatlerde yeriz, Mahmut okul için sabahları çok

erken kalkıyor," dedi babam "ama istersen bugün daha geç yiyelim."

"Onlar da bizimle mi... yani sen onlarla beraber mi yiyorsun yemeklerini?"

"Beraber yediğimiz de olur; ben bazen hiç yemek yemem, bazen de odamda bir şeyler atıştırırım."

"Bu insanlar... dostların mı, çalışanların mı?"

"İkisi de."

"Pek arkadaşın yokmuş, öyle dediler seni tanıyanlar."

"Beni tanıyan yok burada. Ne dediklerine aldırma sen."

"Yemeği geciktirelim mi, ne dersin?"

"Tavukları soğutmasanız..." dedi kapıda beliriveren Nebahat, "fırında uzun bırakırsam, kururlar."

"Seçim senin," dedi babam, "ya erken yemek ya tatsız tavuk!"

"Emir büyük yerden geldi. Haydi oturalım," dedim.

Masaya geçtik, karşılıklı oturduk. Yemeğe dumanı tüten tarhana çorbasıyla başladık. Çorbayı bitirdikten sonra babam kalktı sofradan, "Bak, sana ne getireceğim!" diyerek mutfağın yanındaki merdivenlere koştu.

"Bizim üzümlerden yapılan şarabı almaya gitti," dedi Nebahat, çorba kâselerini toplarken.

Bu karı koca, evin çalışanlarından çok, ev sahibinin dostları gibiydiler. Babamla ilişkilerini sorgulamak istiyordum ama kara gözlerindeki ifadeyi tam çözemediğim kadına tek bir soru bile soramadan, babamın elinde bir şarap şişesiyle dönmesi bir oldu. Bardağıma iki parmak kırmızı şarap döküp önüme sürdü.

"Tat bakalım nasıl bulacaksın? Aslında biraz havalanması

gerekiyordu ama kızıma kavuşmanın verdiği heyecanla şişeyi zamanında açmayı unuttum."

"İstersen bekleyelim biraz," dedim.

Babamın şarabı bekletecek sabrı yoktu, bana bir an önce tattırmak istiyordu. Bir yudum aldım. Şarap ağzımda buruk bir tat bıraktı ama ona söylemedim bunu. Babam herhalde benden övgü bekliyordu. Sadece babam mı, Nebahat ve Recep de masanın başında yan yana durmuş, gözümün içine bakıyorlardı. Pek anlarmışım gibi, bir yudum daha aldım, ağzımda biraz tutup yuttum.

"Pek güzel," dedim, "dediğin gibi baba, biraz bekletince daha da iyi olacak."

Recep ve karısı benden bekledikleri onayı alınca, mutfağa geçtiler.

"İşte bizim şarabımız!" dedi babam iftiharla.

"Siz kimlersiniz?"

"Recep, ben ve Nebahat. Mahmut'un da emeği geçti, bağbozarken. Katkıda bulunmayan sadece Zorba."

"Sen de onun şarabı tatmasına izin verme."

Güldük. Bardağımı yarıya kadar doldurdu babam. Buluşmamızın şerefine kadeh kaldırdık, masanın üzerinden birbirimize yaklaşıp kadehleri tokuştururken, babamın da gözleri buğuluydu, benimkiler de.

Bir anda aramızda sürekli şakalaşan, eski baba-kız olmuştuk. Daldan dala atlayarak konuşurken, babamın gözlerinin ışıltısı geri gelmişti. Ama bu halimiz uzun sürmedi. Yemeğin sonuna doğru tedirgindik artık. Sorular ve hesaplaşmalar başladığında, ortamın gerileceğinin farkındaydık. Bu nedenle babam sürekli bağından, üzümlerinden söz ederek o anı mümkün olduğu kadar geciktirmeye çalışıyordu. Belki de bu nedenle, bu sefer de yemeğin sonuna kadar, sorularını sıraladı durdu. Oturduğum semt, okuduğum okul, atölyem, işlerim, arkadaşlarım, sevgililerim, hepsini öğrenmek istiyordu. Ona bütün duymak istediklerini, son başarılarıma varıncaya kadar anlattım ama kafamda birikmiş ona dair sorularımı özellikle erteledim. Can alıcı konuya girmek için, sessiz bir dayanışmayla, ara sıra ateşi canlandırmak için peşinde oğluyla odaya girip çıkan Recep'le, bize servis yapan Nebahat'in ortadan çekileceği, tamamen baş başa kalacağımız anı bekliyorduk her ikimiz de.

Acı biberli tarhana çorbamızı, fırında kızarmış tavuk butlarımızı, bulgur pilavımızı bitirdik. Ben Nebahat'i gücendirmeyi göze alarak, kabak tatlısına hayır dedim ve böylece baba-kız keyifle yediğimiz yemeğimizin sonuna geldik.

"Recep ateşi son kez harlasın, sen de kahvelerimizi şöminenin oraya getir," dedi babam, sofrayı toplamaya başlayan Nebahat'e.

"Baba, uykularım çok kötü, ben kahve yerine ıhlamur içebilir miyim varsa?" diye sordum.

"Olmaz olur mu, burası ot dükkânı gibi. Nane, melisa, adaçayı, ne istersen var. Hepsi bahçemizde yetişiyor."

"Ihlamur olsun."

"Niye kötü senin uykuların? Annene mi çektin yoksa? O da zor uyurdu… Nasıl annen, iyi mi?"

"Annem iyi baba! Uykuları da düzeldi, yeni kocasının koynunda mışıl mışıl uyumaya başladı ki, uykusuzluktan hiç şikâyet etmiyor."

"Duydum evlendiğini. Anlaşıyor musun bari üvey babanla?"

"Evet. Nazik, anlayışlı bir insan. Aramız iyidir."

"İnşallah anneni mutlu eder."

"Valla eder mi etmez mi artık hiç umurumda değil," dedim, "annemle işim bitti benim."

"Annen hakkında böyle konuşma Derya," dedi babam, "o ne yaptıysa senin iyiliğin için yapmıştır."

"Şu laf var ya, şu benim iyiliğim... burama geldi (elimle boğazımı işaret ettim.) Karşıma kötülüğümü isteyen biri çıksın, vallahi canımı vereceğim!"

"O da çıkar, hiç merak etme kızım. Hayatta insanın karşısına çıkmadık kalmıyor," dedi babam.

Masadan kalkınca, şöminenin önündeki berjerlere geçtik.

Nebahat kahve ve ıhlamuru, babam yeni bir şarap şişesi ve yemekte kullandığımız şarap kadehlerimizi getirdi. Recep yanında kütükleri taşıyan oğluyla gelip ateşi son kez canlandırdı. Sarman ateşin önüne yerleşti.

"Kızıma misafir yatak odasında bir yatak hazırla Nebahat," dedi babam," Temiz havlular koy, bir de senin geceliklerinden bir tane bırak odaya, sonra çekilebilirsiniz siz."

Yine hiç laf yoktu, ne kadında ne Recep'te. Duydular mı, duymadılar mı belli değildi, sessizce çekildiler. Çocuk kütükleri bırakır bırakmaz gitmişti zaten.

Onlar gözden kaybolduktan sonra, "Niye hiç konuşmuyor bunlar?" diye sordum, "senden mi çekiniyorlar?"

"Neden çekinsinler benden? Bu evde kimse gerekmedikçe konuşmaz. Herkes buraya gelene kadar söyleyeceği her şeyi söylemiş. Aramızda konuşmadan da anlaşabiliyoruz."

"Ama bana bahçeyi gezdirirken benimle epey çene çaldı Recep!"

"Sen gezdin mi bahçeyi? Hani odanda dinlenecektin?

"Niyetim öyleydi ama daraldım içeride, bahçeye indim. Recep de bana bağı gezdirdi."

"Hay Allah! Yarın gündüz gözüyle gezeriz demiştim. Recep neler anlattı bakalım sana?"

"Üzüm ve şarap hakkında ilk dersimi ondan aldım."

Babam endişeli görünüyordu ya da bana mı öyle gelmişti. "Keşke seni yalnız bırakmasaydım. İstirahat etmek istersin sanmıştım; bahçeyi beraber gezerdik hem de konuşurduk."

"Konuşmayı yemekten sonraya bırakmadık mıydı?"

"Doğru, tamamen baş başa kalalım diye."

"Recepler bir daha dönmezler mi buraya?"

"Kahvaltı hazırlamak için sabah gelirler."

"İyi. Madem baş başa kaldık, haydi konuşalım o halde!"

Babamın gözlerinin içine baktım.

"Elimden kolayca kurtulacağını sanma. Bana hâlâ bir açıklama borçlusun baba! Hayatımdan bir anda toz oldun. Hani, ölmüş olsan, anlarım ama hayatta olduğunu bildiğim bir babam vardı ama o baba, bana yoktu!"

"Haklısın canım kızım."

"Baba niye sakladın kendini herkesten?"

"Çünkü hayata küsmüştüm. Dedim ya, ne çalışmak, ne kimselerle görüşmek istiyordum. Kendimi her şeyden soyutlamak, sosyal hayattan elimi ayağımı çekmek, sadece iç sesimi dinlemek... Kediler nasıl hasta olduklarında bir köşeye saklanırlarsa tedavi olmak için, ben de o tür bir şey yaptım işte. İyi de geldi bana."

"Ama sen kedi değilsin. İnsansın, babasın! Beni niye çıkardın gözden?"

"Ne demek gözden çıkarmak! Seni düşünmediğim tek bir günüm olmadı."

"Ben seni nasıl buldumsa, sen de çok istesen bulurdun beni. Penny'nin kapısında yatardın, okulumun önüne gelir beklerdin. Beni niye attın hayatından? Handan mı sebep oldu buna?"

"Ne Handan'ı?"

"Sevgilin Handan! Koca deve! Hani vardı ya yayınevinde, iriyarı bir kadın, ortağın sıfatıyla kurumundan geçilmeyen, sonradan sevgilin olan o kadın, Handan işte! O mu istemedi beni, ayak altında!"

"Ne diyorsun sen kızım?"

"Handan diyorum, Handan. Hani şu uğruna evini dağıttığın, o mu istemedi beni?"

"Handan nereden çıktı Allah aşkına? İnsan her gününü birlikte geçirdiği ortağıyla ister istemez yakınlaşıyor, hatta bazen de aşırı bir samimiyet geliştiriyor. Buna aşk denmez. Zaten o defter çoktan kapandı. Siz gittiniz, ben yayınevimi satışa çıkardım, bir daha da yüzünü görmedim onun."

Şaşırdım. Doğru mu duyuyordum?

"Onun için terk etmedinse annemi, biz niye Londra'ya gittik apar topar?"

"Annen seni İstanbul'daki skandaldan kaçırmak istediği için gittiniz?"

"Hangi skandaldan?"

"Biz boşanma kararı almışız..."

Kestim lafını babamın;

"Baba, anası babası boşanan tek çocuk, ne çocuğu ya, kazık kadar kız, ben miydim?"

"Değildin elbette ama bizim durumumuzda öyle icap etti Derya. Bir de kaza vardı..."

"Yapma baba! Kazanın üzerinden yıllar geçmiş, acılar küllenmiş, hayatımız normalleşmiş. Niye boşandınız siz? Handan yüzünden yıkılmadıysa bu yuva, niye yıkıldı?"

"Benim başka biriyle ilişkim yüzünden yıkıldı. Benim bir sevgilim vardı, annen onu öğrendi. O yüzden boşandık."

"Kimdi? Nerede o şimdi? Bir evliliği yıkacak kadar güçlü bir aşksa, neden sürmedi birlikteliğiniz?"

"O öldü."

"Öldü mü? Neden?"

"Bir kaza oldu."

"Ne kazası, trafik mi?"

"Kaza işte!"

"Hay Allah! Baba o yüzden mi bu kadar yıprandın sen? Saçların bembeyaz olmuş, sıskan çıkmış. Çok mu sevdin onu?"

"Sevdim. Ölümüyle de yıkıldım. Çok zor günler geçirdim Derya. Seni de çok özlüyordum."

"İşini gücünü satmak, dünyadan elini eteğini çekip Urla tepelerinde yaşamaya başlamak! Ben de neden diyordum kendi kendime. Zavallı babacığım, bir ölüm travması daha hayatında... kolay değil tabii."

Babam önüne bakıyordu, gözlerindeki yaşları benden saklamak için diye düşündüm. Uzandım, elimi elinin üzerine koydum. Bir süre sevgilisinin ölümüne birlikte saygı gösterircesine öylece durduk, hiç konuşmadan.

"Baba, annem niye yalan söyledi bana? Handan'dan ne istedi? İnsan niye öz kızından doğruları saklar?" diye sorarak ben bozdum sessizliği.

"Derya, annene kızma kızım, o bir anne olarak seni korumaya çalıştı sadece. Kızma ona!" dedi babam.

"Nasıl kızmam baba! Önce yalan söylüyor Handan'ı seviyormuş baban diye. Sonra daha da beteri, senin beni görmek istemediğini söylüyor. Nasıl acı çekeceğimi bilmez mi? Ben sana ne kadar düşkündüm, onu mu kıskandı acaba?"

"Sanmıyorum. Hepsini seni korumak için yaptı. Senin iyiliğin için."

"Beni babamdan ayırarak! Bu mu benim için istediği iyilik?"

"Sana istemeden vereceğim zarardan korktu annen."

"Ne zararı?"

"Utanç. Utanma duygusu zarar verir."

"Ben senden niye utanayım baba, birine âşık oldun diye! Kızarım, incinirim, üzülürüm ama niye utanayım ki. Çok mu gençti sevdiğin kadın. Yoksa benim yaşımda filan mıydı?"

"Derya, yalan söylemenin bedelini hep çok ağır ödedim ben. Şimdi seninle sadece doğruları konuşmak istiyorum. İnşallah beni anlayabilecek olgunluktasındır."

"Elbette baba! Bana her şeyi söyleyebilirsin. Kırılganlık dönemim çok uzakta kaldı. Senin annemden başka bir kadınla ilişkin var diye paramparça olacak değilim "

"Bu söyleyeceğimin başka bir kadınla ilgisi yok. Ben tam seni bulmuşken… bir risk aldığımın farkındayım, seni yine kaybedebilirim Derya ama hayatımda senden başka ve senden daha değerli kimsem yok benim. Bundan böyle seninle ilişkimi asla yalan üzerine kurmayacağım."

Koltuğumda yan döndüm babama doğru, babamın yüzüne şöminenin ateşi vuruyordu. Kıpkırmızıydı yüzü. Gözleri dans eden alevlerde, bana bakmadan konuştu;

"Annen senden gerçeği saklamaya çalıştı çünkü Derya, benim âşık olduğum kişi bir erkekti."

"NEEE!"

Soru bir çığlık gibi fırladı dudaklarımdan.

"Baba, doğru mu duydum?"

"Doğru duydun."

Başımdan aşağı bir kova kaynar su dökülmüş gibi oldu. Yandım. Kavruldum. Ağzım gülmek ile ağlamak arasında kararsız, çirkin bir yırtık gibiydi. Babamın sesi kulaklarımda yankılanıyordu. Başımı kaldırıp babamın yüzüne bakamıyordum. Yok, dalga geçiyor babam benimle, dedim. Sonra Londra'da annemle yaşadığım bir sahne geldi gözlerimin önüne. Üç arkadaşımın birlikte kiraladığı bir daireye dördüncü kişi olarak katıldığımda annemle yaşadığım bir sahne!

"Clapham! Nerden çıktı bu Clapham? Köprünün öte yanı, metronun son durağı! Göçmenlerin, siyahların, fakir fukaranın mahallesinde mi yaşayacaksın!" ilk itirazıydı annemin. Vızıldamayla başlayan tirat uzadıkça sesi de tizleşiyordu.

"Önce bir düzeltme, anne; Clapham metronun son durağı değil! Sonra, sen kendine baksana yahu, Türk olduğuna göre bu şehirde, sen de göçmen değil misin? Anne, kafandaki bu saçma sınırları yık artık, ne olur!"

"Kızım, koskoca şehirde gidecek başka mahalle bulamadın mı. Bir kere uzak…"

Lafını bitirtmemiştim anneme;

"Nereye göre uzak? Senin Harrods mağazana mı uzak? Ben Harrods'da alışveriş etmiyorum, biliyorsun."

"Keşke etsen, bu kıyafetlerle dolaşacağına... Derya, her gün soyulursunuz orada..."

Yine kestim lafını;

"Madem fakir fukaranın muhiti orası, hırsızlar, fakir fuka- ranın neyini soyacaklar söylesene bana? Asıl hırsızlık senin yaşadığın mahallelerde oluyor, çünkü zengin mahallelerinde çalınacak çok şey var. Bence sen yanlış mahallede oturuyorsun, hırsızdan korkuyorsan eğer, sen bizim oraya taşın!"

"Maşallah kızım, (eliyle işaret yaptı) dilin bu kadar! Bizim oraymış! Biz dediğin kim? Ne çabuk benimsedin elin kızlarını."

"Elin kızları değil onlar. Linda benim en yakın arkadaşım."

"Tamam, ben para yardımı yapayım size, Linda'yla buralarda bir yerde ev tutun."

"Evim sana yakın olsun da her işime burnunu sok, değil mi! Olmaz hayatım. Linda'yla diğer arkadaşlarımızı bırakıp ayrılamayız. Arkadaşlarımıza ihanet gibi olur. Hem bir gel de gör anne be, yüksek tavanlı harika bir ev, tam da parkın karşısında, önümüz yemyeşil çimen."

"Diğer kızlar da sizin okuldan mı?"

"Susanne Art School'a gidiyor, bir de Mark var, müzisyen."

"Mark mı?"

"Hıı."

"Mark erkek adı ama."

"Eee çünkü Mark, erkek."

"Sen şimdi bana bir erkekle aynı evi paylaşacağını mı söylüyorsun?"

"Anlayışınız kusursuz Eda Hanım."

"Asla olmaz!"

"Ne olmaz?"

"Bir erkekle aynı evi paylaşamazsın."

"Bir erkek ve üç kız! Baş başa değilim Mark'la."

"Hangisinin sevgilisi Mark?"

"Kimsenin."

"Olur mu canım! O evde kaldığın göre ikisinden birinin sevgilisidir. Senin ki değilse tabii."

"Anne, Mark hiçbirimizin sevgilisi değil," demiştim, "çünkü Mark gay! Türkçesi eşcinsel. Kısacası kızına hiçbir kötülüğü dokunamaz, yani ben uyurken odama dalmalar filan olmayacak, garantisi var... Ne bakıyorsun öyle şeytan görmüş gibi anne! Aaa anne, ne yapıyorsun, delirdin mi? Anne dur! Anne..."

Annem bir taraftan avazı çıktığı kadar bağırıyor, divanın üzerindeki yastıkları yere savuruyor, bir taraftan da saçını başını yoluyordu.

Çıldırmıştı annem!

"Kabul etmiyorum! Asla kabul etmiyorum. Ölümü çiğner ancak öyle gider yaşarsın o evde! Duyuyor musun beni? O evde kalmayacaksın ya da Mark mı her neyse adı o... o şeyin, küfür ettirme bana şimdi, o gidecek evden."

"Saçmala!" diye bağırdım. "Bu deliliklerinden bıktım usandım artık. Kiminle istersem onunla otururum. Hayatıma karışamazsın anne, yetti artık!"

"Gay diyen sensin Mark için. Nasıl öyle biriyle aynı damın altında yaşamayı kabul edersin? Nasıl?"

"Türkiye'de değiliz. Ortaçağda hiç değiliz! Şu halini Penny görse, senden elini eteğini çeker! Burada her üç insandan biri gay, sen bunu bir felaketmiş gibi algılıyorsun!"

"Penny filan umurumda değil. İsterse tüm İngiltere gay olsun, ben senin annensem, bu işe izin vermiyorum."

"Annemsin ama ben de senden izin almıyorum. Yirmi yaşındayım ben! Sürüyle gay arkadaşım var. Hep oldular, hep olacaklar."

Annem bağırıyordu, ben daha yüksek sesle bağırıyordum. Sesim odada çın çın çınlıyordu.

Annemin hıçkırıkları, anlam veremediğim konuşmaları, dövünmeleri, birbirimize girişimiz, nerdeyse saç saça baş başa gelişimiz ilk defa anlam kazanıyordu; şimdi. Anneme karşı Mark için verdiğim ve sonuçta benim zaferimle biten o savaş, yerli yerine oturuyordu; ilk kez! Anneme ne kadar çok kızdığımı, günlerce küstüğümü hatırlıyordum Mark'a gösterdiği tepki için.

Meğer bir nedeni varmış! Mark'a değil, babamaymış tepkisi o an!

Ben de şimdi Mark'a ve tüm eşcinsel arkadaşlarıma gösterdiğim kabullenmeyi, sevgiyi, anlayışı, sessiz kalarak, yüzüne bakmayarak, babamdan esirgemekteydim. Londra'ya okumaya yollandığım on beş yaşımdan beri bende hiçbir ayrıcalık duygusu yaratmayan, tepki uyandırmayan eşcinsellik, konu babam olunca, niye dehşete düşürmüştü beni?

Mark'ı, Steven'ı, Gerry'i, Elsa'yı, Magda'yı yakın arkadaş çevreme önyargısız katabilen ben, niye başımı kaldırıp bakmıyordum babamın yüzüne?

Birden utandım kendimden. İkiyüzlülüğümden, bencilliğimden utandım, rahatsız oldum.

Sessizliğim uzayınca;

"İşte Derya, annen seni bu gerçekten uzak tutmak için sıraladı yalanlarını. Sen incinme, sen üzülme diye. Görüyorum ki, haklıymış kızım. Kızma annene bu yüzden," dedi babam.

Benim için hiç kolay olmasa da, "Haklı değildi annem," diyebildim nihayet.

Sesim benim sesime benzemiyordu ama konuşan bendim. Yüreğimle değil aklımla, mantığımla konuşuyordum, sakin olmaya çalışarak.

"Ne olursa olsun, annemin bizi ayırmaya hakkı yoktu baba, bana gerçeği söylemeliydi. Seni bağışlayıp bağışlamamayı bana bırakmalıydı."

"Sen bağışlar mıydın beni?"

Bir an ne diyeceğimi bilemedim. Babama baktım, gözleri yerde, benden yanıt bekliyordu. O benim babamdı, bu dünyada en sevdiğim, en özlediğim insandı. Onu ya kaybedecektim... yok hayır, bir daha asla!

Yerimden kalktım, gidip boynuna sarıldım babamın.

"Bağışlamak ne haddime. Bu senin hayatın, senin seçimin. Nasıl istersen öyle yaşarsın."

Ellerimi tutup öptü, beni eskiden hep yaptığı gibi dizlerine oturttu. Başımı göğsüne dayadım.

"Benim biricik Deryam, senden ayrılmak aklımın ucundan geçmedi. Seni çok aradım, çok çabaladım bulmak için. Ama sonra düşündüm ki, annen senin beynini yıkadı ve sen de beni görmek istemiyorsun. Benden utanıyorsun. Öyle zannettim. Yoksa pes eder miydim hiç! "

"Allahtan bunu birkaç günden beri biliyorum baba. Gerisi de beni ilgilendirmiyor."

"Şunu da bil o halde, hayatımda artık hiç kimse yok. Ne bir kadın ne de erkek, hiç kimse yok ve de olmayacak!"

"Neden? Hayattan elini eteğini çekmek için daha çok gençsin baba."

"Hayattan değil! Riyakâr ortamlardan, büyük şehirlerden çekiyorum elimi ayağımı. Benim zaten tek bir arzum kalmıştı, o da sana kavuşmaktı. O gerçekleştikten sonra, burada, doğanın içinde, kitaplarımı okuyarak, müziğimi dinleyerek ve senden gelecek güzel haberleri bekleyerek, senin ziyaretlerini gözleyerek tamamlayacağım ömrümü."

"Bu sana yetmez."

"Üzüm satmaktan kazandığım para, bana yetiyor da artıyor bile."

"Para yetebilir de, bu hayat biçimi yetmez."

"Ben değiştim Derya. İsteyerek değil, mecburen değiştim. Yaşadıklarım beni bambaşka bir adam yaptı."

"Duydum. Kimseyle görüşmüyor, konuşmuyormuşsun."

"Çünkü benim söyleyecek lafım kalmadı. Duyacaklarımın da hepsini duydum. Yeni palavralara karnım tok! Bahçemde tek başıma oturup doğanın sesini dinlemeyi, insan sesine tercih eder oldum. Hatıralarım bana yetiyor."

"Hatıralar ve doğanın sesi hiç kimseye yetmez!"

"Senin yaşındayken elbette yetmez!"

"Baba, yarın doksanıncı yaşını kutlayacakmışız gibi konuşuyorsun. Neyse ki ben bu halleri ilk defa görmüyorum. Annem de böyle hayata küsmüştü Can öldüğünde. Bak, yeniden evlendi. Senin acın da dinecek, zamanla."

Babam bir şey söylemedi. Dizlerinden kalktım, yerime geçtim. Aramıza biraz mesafe koyunca cesaret ettim, çekindiğim soruyu sormaya.

"Baba... şey... bu nasıl oldu baba... sen çocukluğundan

beri mi... yani bastırmış mıydın duygularını? Neden böyle bir şey oldu hayatında?"

"Hayır Derya, hiçbir erkeğe ilgi duymadım, beni sadece kadınlar heyecanlandırdı o güne kadar. Doğuştan gelen bir şey değildi, benimki..."

"İyi ama nasıl oldu sonra? Yani birdenbire böyle... değişebilir mi insanın tercihi?"

"Tercihim değil, kaderim demek daha doğru. Hiç düşünmeden, birdenbire oldu. İlk kez sana anlatıyorum bunu, çünkü sen evladımsın benim, sana çok acı çektirdiğim için, bir açıklama yapmaya mecburum. Bir babanın kızına bunları söyleyebilmesi çok zor ama sen bir çocuk değilsin artık, anlatmaya çalıştığımı anlayabilecek yaştasın..."

Ben babamın gözlerine bakarken, anlatamayacağını sezdiğim için, kucağımda duran ellerime indirdim bakışlarımı.

"Bak, çok sarhoş olduğum bir gece, bambaşka duygularla... anlatması çok zor kızım... şefkatle, merhametle, onun acısını dindirmek, teselli etmek niyetiyle sarıldığım bir anda, beklenmedik şekilde kendimi bu ilişkinin içinde buldum. Ben de şaşkına döndüm, inanamadım ama o kadar güçlüydü ki o andan itibaren hissettiklerim, kaçamadım. Kaçmak istemedim. Tuhaf bir tutku... nasıl desem... Ruhumu, bedenimi ele geçiren, hücrelerime kadar işleyen, beni tamamen esir alan bir tutku... Gurur duymuyorum bu yüzden ama utanmıyorum da. Çok güçlü bir duyguydu, hem tensel hem duygusal. Ne hissettiğimi anlayabilmek için, o yoğunluğu yaşamak lazım."

"Ne zaman öldü sevgilin, yeni mi?"

"İki yıl oldu."

"Yastan çıkma zamanın gelmiş canım!"

"Yasta değilim. Sadece hayat tarzımı değiştirdim."

"Baba, bu senin hayatın değil. Hâlâ çok yakışıklısın, komiksin her zamanki gibi. Dağdan inersen kendine yeni bir hayat, yeni bir aşk…"

"O defter kapandı, Derya, ben artık bir münzeviyim."

"Nesin, nesin?"

"Yalnız yaşamayı seçen, yalnızlıktan hoşlanan, yalnız bir adamım."

"Bak baba, yalnızlığı sevmeni anlarım ama hayata küsmeni hayır!"

"Hayata küsmedim, söyledim ya sadece hayatımı değiştirdim. Hayatımı değiştirmeye, mecbur oldum demek daha doğru çünkü kader elimden varımı yoğumu aldı. Ailemi, işimi, geç bulduğum aşkımı… Her şeyini kaybetmiş bir adam olarak kendime yeni bir hayat kurdum. Yeni hayatımda huzurluyum ben."

"Babacığım, böyle konuşma…"

"Kendime acımıyorum Derya! Bunu sakın düşünme! Sana bir şey söyleyeyim mi kızım, hiçbir şey için pişman değilim. Çok güzel bir çocukluk ve gençlik geçirdim, karımı severek evlendim. Harika çocuklarım, çok güzel bir ailem oldu. Severek yaptığım işimde başarılıydım. Can'ın ölümü dışında, hayatım mükemmeldi. Sonra bir de az insana nasip olacak nitelikte yoğun bir aşk yaşadım. Sevdiğim kişinin kadın ya da erkek olması bir teferruattır hayatımda. Sonra, oğlumun kaybında yaşadığım acının benzeri bir başka acı… bir başka kayıp… ama inan bana Derya, acıyı da tatmalıyız hem hayatı hem aşkı anlamak için. Kalanların kıymetini bilmek için. Bu yüzden sen her zamankinden daha da değerlisin benim için."

Babam, nerdeyse nefes nefeseydi sustuğunda. Hâlâ yüzüme bakmıyordu. Söyleyebileceklerini söylemişti ve sanırım konuyu kapatmak için, "Şarap bitmiş," dedi, "gidip getireyim. Sen de içersin değil mi?"

Başımı hayır anlamında salladım ama yine de kalktı, mutfağın yanındaki merdivenlerden kava inip, yeni bir şişeyle geri döndü. Şişeyi açtı, seremoniyle bardağa döktü, çalkaladı ve bir yudum aldı.

"Daha önce içtiğimiz kadar güzel değil ama idare eder," dedi, şişeyi bana uzatarak. Elimle bardağımın ağzını kapattım.

"Bana zaman tanı. Bir anda şarapçı kızı olmak kolay değil."

"Ben henüz şarapçı değil, bağcıyım. Sen de zaman içinde farklı tatları ayırmaya başlayacaksın."

Cesaretimi topladım;

"Burada uzun kalmayacağım baba," dedim, "Londra'da sergim var, söyledim ya sana. Belki sen gelirsin sergime."

"Ben seyahat etmiyorum artık."

"Ne demek seyahat etmemek!"

"Pasaportumun zamanı dolmak üzere, vizelerim bitmiş. Uğraşamam bu tür şeylerle."

"Mesela ben Londra'da evlenecek olsam, düğünüme gelmeyecek misin?"

"Öyle bir şey mi var?" diye sordu heyecanla.

"Hayır. Olmadığı gibi oluru da yok. Kimseyle uzun süren ilişkilere giremiyorum."

"Neden?"

"Bilmem. Acaba aklım Bora'da kaldığı için mi?"

"Bora? O yok ama artık! Unut şu Bora'yı Derya!"

"Belki bir gün rastlaşırız bir yerde. Hayat tesadüflerle dolu."

"Bu mümkün değil."

"Neden, ölmedi ya!"

Bir an sessizlik oldu. Sonra babam yavaşça, çok yavaşça, "Öldü," dedi.

"Atıyorsun baba! Ben onu aklımdan çıkarayım diye, öyle söyledin."

Babam yanıt vermedi, gözlerinde yaşlar vardı.

"Ne zaman?" diye fısıldadım.

"İki yıl önce."

"Nasıl öldü?"

"Bir kaza oldu... olmuş."

"Trafik kazası mı?"

"Kaza işte."

"Baba, o çok gençti ama..."

Ağlamaya başladım. Bu kez babam benim koltuğumun yanına geldi, önümde diz çöktü, önce yüzümü ellerinin arasına aldı, ıslak yanaklarımdan öptü, sonra sarıldı bana.

"Can daha da gençti. Ne yazık ki ölüm yaş tanımıyor kızım."

Uzun süre baba kız öyle sarmaş dolaş kaldık. Babamın kollarında ilk aşkıma ağladım hıçkırarak.

"Tevekkeli değil ona ulaşamadım," diye mırıldandım, "hiçbir mesajıma yanıt vermedi, telefonunu açmadı. Ne kadar gücenmiştim ona." Sümükler aktı burnumdan. Babam Nebahat'in bıraktığı kâğıt peçetelerle burnumu, gözyaşlarımı sildi.

"Çok üzüldüm... çok üzüldüm baba."

"Biliyorum canım."

Saçlarımı okşadı usulca babam.

"Bugün birlikte ne çok ağladık seninle böyle Derya! Artık hiç ağlamayalım emi kızım."

Biraz daha kaldım kollarında. Sonra, "Ben yatacağım baba," dedim, "kusura bakma olur mu? Çok yorgun hissettim birden... yani... konuşmaya gücüm kalmadı."

"Gel odana götüreyim seni."

Baba kız, yine sarmaş dolaş yürüdük merdivenlere, ben sendeliyordum, babamın kolu belimdeydi düşmeyeyim diye.

Odamın ışığını yaktı babam. Nebahat çarşaf sermiş yatağa, temiz havlularla şile bezinden bir gecelik bırakmış, başucumdaki sehpaya bir bardak su koymuş.

"Yatırayım mı seni Derya?" dedi babam.

"Ben büyüdüm artık, kendim yatabiliyorum."

"Az mı yatırdım seni ben! Az mı masal anlattım sana!"

"Sen iyi bir babaydın. Beni sevdin, şımarttın."

"Bir isteğin olursa, seslen bana, hemen yandaki odadayım."

"Tamam."

"Kapını kapalı tut, yoksa Sarman içeri dalar."

"Olur."

"Allah rahatlık versin kızım."

"Sana da."

Babam çıkınca soyundum, geceliği giydim. Banyoda işimi bitirip odaya döndüm ve soğuk çarşafların içine kaydım. Lavanta çiçeği kokuyordu yastıklar. Nebahat aralarına bir küçük kese koymuş, keseyi alıp başucumdaki sehpaya bıraktım.

Kapı vuruldu, babam kafasını uzattı içeri.

"Bir ihtiyacın var mı diye bakmaya geldim."

"Var. Bana eskiden olduğu gibi bir masal anlat."

Yürüdü, ayakucuma oturdu.

"Bir varmış, bir yokmuş, bir zamanlar babasının bir tanesi, güzeller güzeli bir prenses varmış. Herkes bu prensese hayranmış. Bir gün ülkelerine kocaman bir dev gelmiş, prensesi görünce ona âşık olmuş, onunla evlenmek istemiş. Kral babası bu evliliğe mani olmak için ülkenin tüm gençlerini ve elbette o ülkede yaşayan Keloğlan'ı da..."

Babam masalını anlatmayı sürdürüyordu. Ben Bora'yı düşünmek istiyordum ama aklıma bir sürü başka düşünce de geliyordu. David'in sağlık durumunu merak ediyordum mesela. Annem acaba ne yapmıştı mailimi aldığında. Linda, "İstanbul Boğazının Perisi" adını verdiğim plastik heykelin içine ışık yerleştirmeyi becerebilecek miydi, sergiye geciktiğim takdirde?

Sonra yine Bora! Bora araba kullanmazdı, karşıdan karşıya geçerken mi bir araba çarpmıştı acaba? Babam devin kocaman ayaklarıyla kocaman adımlar atarak, prensesin odasına giden koridorda yürüdüğünü anlatıyordu... Keloğlan birazdan prensesi kurtarmaya gelecekti... Bora, siren çalarak hızla giden bir ambulansta hastaneye götürülüyordu. Ona suni solunum yaptıran beyaz önlüklü doktor bendim. Kurtaracağım seni, korkma, diyordum... dalmışım. Babam üstümü sıkıca örtüp gitmiş.

Gecenin bir yerinde aniden uyandım. Aklımda yine Bora! Bora ölmüş! İki yıl önce! Bir kaza olmuş!

Nasıl bir kaza?

Kaza işte!

Öyle demişti babam! Babamın sevgilisi de, her kimse o, iki yıl önce ölmüş. Bir kazada!

Sormuştum, trafik kazası mı diye.

Kaza işte, demişti babam. Kaza işte! İki yıl önce!

Allahım, yoksa!

Fırladım yataktan, perdeleri çekmeden yattığım için, ayın soğuk aydınlığında biri sağa biri sola devrilmiş çizmelerimi gördüm yerde... iki küçük ceset gibi! Ürperdim. Çıplak ayakla hızla kapıya yürüdüm, koridora çıktım. Babam hangi odadaydı? Fazla seçenek yoktu, yanımdaki odanın kapısını açtım. Yine ay ışığının aydınlattığı odada, yorganının altında uyuyan babamı seçtim.

"Hişşşt," dedim dürtükleyerek. Uyanmadı.

"Baba... baba... uyan!"

Gözlerini açtı.

"Ne! Ne oldu?"

"Uyan baba!"

Babam doğruldu yatağında.

"Derya? Kızım! Bir şeyden mi korktun?"

"Baba, bana sevgilinin adını söyle."

"Derya, gecenin bu saatinde... ne oluyor kuzum?"

"Sevgilinin adını söyle!"

"Sabah olsun, öyle konuşalım."

"Bana tek bir şey söyle baba! Sevgilin... O, Bora mıydı?"

Karanlıkta yüz ifadesini göremiyordum ama sesindeki acıyı duydum babamın.

"Bora'ydı," dedi.

DERYA-HAKAN

Yüzleşme

İçimden gelen kaçmaktı. Babamdan kaçmak! Kendimden kaçmak! Gecenin o saatinde babamın bağ evinden çıkıp, koşa koşa gidebildiğim kadar uzağa gitmek, denize ulaşmak, yüzmek, yüzmek, yüzmek, denizin bittiği noktada ufuk çizgisini aşıp öte yana geçerek, gökyüzüne düşmek... Yeryüzünden kurtulup uzayda kalmak, annemle babamın hatta hiçbir anneyle babanın bulunmadığı bir başka gezegenin insanı olmak!

Ama ne çare ki, bırakın bir başka gezegene kaçmayı, gecenin bu saatinde beni otelime kadar götürecek bir arabam bile yoktu. Ancak oturma odasına kadar inip, etrafta hayalet gibi dolanıp, çaresiz kös kös odama geri döndüm. Kapımı kilitledim, yorganın altına girdim. Başımın üzerine kadar çektim yorganı, yorganın zifiri karanlığında üşüyerek, çok üşüyerek, yüreğimin kendi kendini tamir etmesini bekledim.

Çok geçmedi, ayak sesleri duydum odamın önünde. Kapı vuruldu.

"Açar mısın kapıyı Derya," diyordu babam.

"Açmayacağım," dedim, "beni rahat bırak baba. Yalnız kalmak istiyorum."

"Ben de konuşmak istiyorum seninle. Sana söylemek istediğim şeyler var. Lütfen kızım."

"Sonra baba! Yarın! Şimdi uyumak istiyorum."

Oysa o an, bir daha ölünceye kadar uyuyamayacağımı zannediyordum. Gözlerimi her kapadığımda, sevdiğim adamın babamın sevgilisi olduğu gerçeği, çivi gibi saplanacaktı beynime ve ben bir daha asla uyuyamayacaktım! Asla!

Babamın uzaklaşan ayak seslerini duydum. Kafama kadar çektiğim yorganımın içini nefesimle ısıtmış olmalıydım ki, daha az üşüyordum ve uykuya direnirken ılık su dolu bir küvete batar gibiydim. Eriyordum da her bir uzvum teker teker yok oluyordu sanki; parmaklarım, ellerim kollarım, ayaklarım, bacaklarım yok oluyordu... ah bir de düşüncelerim terk etseydi ya beni... bembeyaz boş bir kâğıda dönüşseydi belleğim... hatırlanacak hiçbir anı kalmasaydı... geçmişi, geleceği olmayan bir şey, bir hiç... hiç... hiç...

Uyumuşum!

Üşüyerek uyandım odanın mavi aydınlığına. Sabah olmuş. Yorganım yere düşmüş. Kafamın üstüne kadar çektiğim yorganı, uykumda tekmelemiş olmalıyım. Aaa, o da nesi! Yerdeki yorganın kıvrımına Sarman yerleşmiş, uyuyor. İndim yataktan, kedinin altından yorganımı çektim. Homurdanarak yatağa atladı.

"Hişşt, hişşt, git haydi," dedim, "gitsene be! Benim yatağım bu."

Lafımı anlamış gibi yatağın ortasından kenara çekildi. Gir-

dim yatağıma, yorganı üstümüze örttüm, yeniden uyuma-
ya çalıştım. Uyumak iyiydi çünkü bir nevi ölüm gibiydi uyku.
Dünyayla irtibatı kesmekti, unutmaktı, rüyalara sığınmaktı.
Ne mutlu kedilere ki gözlerini yumdular mı uyuyabiliyorlar-
dı. Yanıma büzülen Sarman da hemen uyumuştu. Elimi yorga-
nımdan çıkarıp uzattım, okşadım kızıl sarı sırtını. Guruldadı
uykusunda. Ben onu okşamaya o keyifle guruldamaya devam
etti, dertsiz ve gamsız kedi! Gurultusunu dinlerken ben yine
uyumuşum.

Bu kez, kapının vurulmasıyla uyandım.

"Uyuyorum baba, beni rahat bırak," diye seslendim.

"Kapıda biri var, sizi soruyor," dedi bir kadın sesi.

Kadın sesi? Nebahat!

"Ne kapısı? Hangi kapıda?"

"Bahçe kapısında."

Beni burada kimse tanımazdı ki!

"Babam mı yolladı seni?"

"Derya Hanım, babanız Recep'le çıktı. Köpeği almaya ve
alışverişe gittiler. Bu bey sizi görmeye gelmiş. Uyuyor mu di-
yeyim?"

"Beklesin," dedim Hakan'ı hatırlayarak. Kolumdaki saate
baktım, onu yirmi geçiyordu. Fırladım yataktan. Aceleyle gi-
yindim, saçıma bir fırça vurup, aşağı indim.

"Nerede?" dedim merdiven başında yolumu gözleyen Ne-
bahat'e.

"Almadım içeri. Arabasıyla bahçe kapısının dışında bekli-
yor."

Çıktım evden, bahçeyi koşarak geçtim, demir kapıyı açtım.
Beni görünce arabasından indi Hakan.

"Seni merak ettim," dedi, "hem dün gece hem bu sabah aradım, mesaj da attım, hep kapalıydı telefonun. İyi misin?"

"İyiyim."

"Kusura bakma, yolunu bile bilmediğin, ilk defa geldiğin evde, hiç sesin çıkmayınca… telaşa kapıldım işte… babam dediydin ama dalga mı geçtin, doğru mu söyledin emin olamadım."

"Ben de pek emin değilim," diye mırıldandım ama o duymadı beni.

"İyi ki geldin. Bekleyebilir misin biraz, çantamı toplayıp geleyim, beni arabama götür."

"Elbette," dedi.

İçeri koştum, merdivenleri üçer beşer çıkıp odama daldım. Kedi bu kez de yastığın üzerine kurulmuştu. Başucumda duran telefonumu çantama attım, ceketimi kaptım.

"Benim için de güzel rüyalar gör, kedi," dedim, kapıyı kapatmadan önce.

Evin kapısından çıkarken Nebahat yetişti.

"Kahvaltı hazırlamıştım size…"

"Teşekkür ederim ama gitmem lazım."

"Babanız sizin için yemek ısmarladı bana. Çok üzülecek giderseniz."

Yanıtlamadım, hızlı hızlı yürüdüm bahçede, peşimden geldi.

"Sizi çok bekledi o. Yolunuzu gözledi. Bir şey söylemezdi fazla ama biz bilirdik Recep'le. Alışverişe filan da gitmez hiç, sırf sizin için… Derya Hanım, durun, gitmeyin… döneceksiniz değil mi? Öğlene yemek yapıyorum… babanız söyledi, cızbız köfte severmişsiniz… keşke dönüşünü bekleseydiniz, gelir birazdan…"

"Allahaısmarladık Nebahat," dedim.

"Ne diyeyim babanıza?"

"Selam söyle."

Bahçe kapısının dışına çıkmadı Nebahat. Demir kapıya da-
yanıp, yalvaran gözlerle baktı bana. Arabaya bindim, Hakan
kapımı kapattı. Yerine geçti, motoru çalıştırdı, arabanın bur-
nunu manevra yapabilmek için bahçeye sokarken az daha ka-
pıyı arabanın üzerine kapatacaktı Nebahat. Dönüşü tamamla-
dıktan sonra, dikiz aynasından baktım. Bana el filan sallama-
dan demir kapıyı örtmüş bile.

"Neden açmadın telefonunu?" diye sordu Hakan.

"Sen numaramı nereden biliyorsun?"

"Dün çaldırdım ya seni."

"Haa! Sessizde kalmış."

"Aramadın da."

"Aramamı gerektirecek bir şey olmadı. Senden rica etsem,
arabama benzin koymam için beni benzinciye kadar…"

"Yanıma bidon aldım."

"Teşekkür ederim," dedim.

"Kahvaltı etmemişsindir?"

"Etmedim."

"Seni güzel kahvaltı edilen bir yere götüreyim önce," dedi.

"Sen beni önce arabama götür."

"Kahvaltı edeceğimiz yer benzinciye giden yolun üzerin-
de."

Ses etmedim. Aklımda tek bir şey vardı, bu daracık yolda
giderken babamın arabasıyla karşılaşırsak ve o beni görürse,
bizi durdurursa, gitmeme mani olmaya kalkışırsa, ben ne ya-

pacaktım! Ama korktuğum olmadı, biz dağ yolunun sonuna varıp daha geniş olan yola çıktıktan az sonra geçti babamın arabası yanımızdan. Arabayı Recep kullanıyordu. Ben başımı iyice yana çevirdim beni görmesinler diye. Araba geçip gittikten sonra tedirginliğim geçti ama yüreğime dayanılması zor bir hüzün çöktü.

Babamı, onu bulduğum günün gecesinde kaybetmiştim. Annemi ise iki gün öncesinde. Artık şu dünyada buradan kilometrelerce uzakta bir başka ülkede anadilimi bilmeyen birkaç arkadaşımın dışında hiç kimsem yoktu. Anneannemi annemden dolayı, babaannemi babamdan dolayı silmiştim. Onların çeşitli sorgulamalarına, birinin annemi diğerinin babamı suçlayıcı imalarına hedef olacağıma hiç karşılaşmamaya razıydım onlarla. Nadide'yi ise ne görmek ne duymak istiyordum; ya Bora'yı baba-kız birlikte sevdiğimizi biliyorsa diye! Kimseyi istemiyordum. Kendi kendime inşa ettiğim yalnızlık kuleme her an yeni bir tuğla ekliyordum.

Bir yaş, sessizce yuvarlandı gözümden. Elimin tersiyle sildim.

"Ağlıyor musun sen?"

"Yoo, niye ağlayayım, gözüme bir şey kaçtı."

Ses çıkarmadı Hakan. Az sonra yine sordu.

"Müzik?"

"Koy bir şey."

"Nasıl bir şey?"

"Ne istersen."

Başımı cama dayayıp gözlerimi yumdum, müziği bekledim. Bir opera aryası yükseldi. Babamın en sevdiği aryalardan biri... Madame Butterfly'ın umutsuz bekleyişinin hüznü sindi arabaya.

Mırıldandım müziği, sopranoyla birlikte.

"Opera dinler misin?"

"Babam dinlerdi çok."

"Hayatta değil mi baban?"

İrkildim, "Dün sen götürdün ya beni babama!"

"Dinlerdi deyince sen... yani geçmiş zaman kipi kullandın diye... Özür dilerim."

"Önemli değil."

"Bir de... nasıl söylesem, dün babam dediğinde inanasım gelmedi, insan babasının adresini, telefonunu bilmez mi?"

"Bilmeyebilir. Uzun zamandır görmüyordum babamı, buraya yeni taşınmış. Müzik tercihine gelince, şimdi sen yine işkillenirsin, babamı çok değişmiş buldum, belki müzik alışkanlığı da değişmiştir diye öyle dedim."

"Müzik alışkanlığı kolay değişmez."

"Kusura bakma arkadaşım, sana katılmıyorum, müzik alışkanlığına gelene kadar, neler değişebiliyor bu hayatta, bir bilsen aklın durur!"

"Filozof mu takılıyoruz biraz?"

"Biraz yetmez. İyice filozof olmazsan, hayatı taşıyamazsın."

"Derya, biliyor musun, sen yaşından daha fazla yaşamış birisin. İçimden bir ses öyle söylüyor."

"Yaşımı bilmiyorsun ki!"

"Yirmili yaşların başlarında olmalısın. Ama sözlerin daha derin yaşamış birinin sözleri."

"Sen de sıkı gözlemcisin Hakan."

"Sıkı gözlemci olduğum için, senin şu anda çok mutsuz olduğunu da gözlemledim."

"Doğru, çok mutsuzum," dedim "ama geçecek. Her şey geçiyor çünkü! Üstelik tecrübeyle de sabit... bu dedemin lafıdır. Ben biliyorum çünkü denedim, demekmiş. İnan bana, acının üstesinden gelmede ustayım ben. "

"Sen bana o üstesinden geldiğin acını anlatsana.."

"Gerçekten istiyor musun bunu?"

"Evet."

"Niye?"

"Seni yakından tanıyabilmek için."

"Beni yakından tanıyacaksın da ne olacak? Bugünün sonunda, ben sana yardımların için teşekkür edeceğim ve allahaısmarladık diyeceğim."

İki elimi bir şey silkeler gibi birbirine sürttüm; bitti gitti anlamına.

"Oysa benim içimde, arkadaşlığımızın uzun süreceğine dair bir his var."

"Öyle mi?"

"Öyle! Aptala malum olur. Bu da benim dedemin lafıdır. Aptalların hisleri doğru çıkar demekmiş."

"Sen aptal mısın?"

"Hiç tanımadığı ve nereye gittiğini bilmeyen bir kızı iki gündür dağ tepe dolaştırmak akıllı bir insanın işi değil. Sen dedemin lafına kulak ver."

"Dinle o zaman! Şey... Bende çok acı var da, hangisinden başlasam?"

"Sonuncudan başla."

Duraladım. Uzun bir zaman sonra ancak dün buluştuğumu söylediğim babamın evinden, neden palas pandıras çıkıp gittiğimi merak ediyor. Seni dedikoducu seni!

"Olmaz," dedim, "Ben düzenli biriyim. Baştan başlamam lazım."

"Tamam. Baştan başla."

"Pekâlâ! Bir varmış bir yokmuş, bir zamanlar küçük, güzel bir kız varmış, annesinin babasının sevgilisi, büyükannelerinin, büyükbabalarının bir tanesiymiş, ailesinin prensesiymiş. Çok mutlu yaşayadururken, bir gün, bir erkek kardeş doğurmuş ona annesi. Ailedeki herkes istemiş ki, o kardeşini sevsin, ona ablalık yapsın. Ama bu küçük prenses kardeşine ablalık yapacağına cadılık yapmış. Annesiyle babasının sevgisini çaldı, aile büyüklerinin ilgisini böldü diye ölesiye kıskanmış kardeşini. Ölmesini dilemiş içinden. Ve ne olmuş biliyor musun, kardeşine on yaşındayken bir araba çarpmış, ölmüş çocuk. Kardeşinin doğduğu günden beri kıskançlıkla kavrulan kalbi, bu sefer vicdan azabıyla kavrulmuş prensesin. İnanmayacaksın ama o da ölmek istemiş. Kardeşinin yanına gidip onu kucaklamak, ölümünü dilediği için ondan özür dilemek, kendi hayatından verip, onu geri getirmek için elinden geleni yapmaya hazırmış ama bir zaman sonra anlamış ki, ölüme çare yok! Yıllarca içini kemirmiş, uykularını bölmüş vicdan azabı. Artık kardeşi yok diye hiç kimse de onu daha fazla sevmemiş, üstelik. Hatta annesi ve babası kendi kederlerinden onun varlığını bile unutmuşlar. Prenseslerini önce yakın akrabaların evine sonra da yurtdışında bir okula postalamışlar. Kız, kötü kalpli olmanın cezasını bu şekilde çektiğini düşünmüş, ses etmemiş, kabullenmiş durumu. Böylece sevgiyi kıskanmanın saçma olduğunu da zor yoldan öğrenmiş."

Yan gözle baktım Hakan'a. Büyük bir ciddiyetle anlattıklarımı dinliyordu.

"Sonracığıma efendim, hayat akmış, akmış, akmış... Yepyeni acılar eskileri unutturmuş, daha sonrakiler bir öncekileri... Bizim kız bir şey daha öğrenmiş yolda; birbirine karşıt iki olgu var sadece, biri umut diğeri ölüm! Bu ikisinin dışında her şey ayrıntı! Her şey geçici!"

Sustum.

"Boşuna çekmişin vicdan azabını. Kardeşini kıskanmayan çocuk yok bu dünyada," dedi.

"Ben tanıyorum birkaç kişi. Kardeşlerini kıskanmıyorlar."

"Onlar açık oynamayanlardır Derya. Her çocuk belli etmese de için için kıskanır diğerini. 'Annemle babam onu mu daha çok seviyor beni mi?', galiba sevgiyi ilk sorgulaması insanoğlunun."

"Kardeşin var mı senin?"

"Var."

"Sen de kıskandın mı?"

"Elbette."

Hakan'ın da bir şeyler anlatmasını boşuna bekledim. Ama o hiçbir şey söylemedi. Gözlerini yola dikmiş, hızını biraz artırmıştı. O sormayınca ben devam ettim.

"Benim kıskançlığım herhangi bir çocuğun kıskançlığından daha ağır oldu. Öyle kardeşini kıskanan her çocuğun kolayca yapmayacağı bir şey yaptım, kendime ikinci bir kimlik ve hayali bir dünya yarattım."

"Nasıl yani?"

"Şöyle: Baktım ki kimse benim duygularımı ciddiye almıyor, kimse derdimi dinlemiyor, annem sürekli, 'O senin kardeşin, ben onu senin için doğurdum,' diye yalan atıyor; babam, 'Sen benim prensesimsin, senin yerini kimse alamaz,' diyor ama benim minicik kardeşim onun 'Paşa'sı olmuş! Üstelik gözleri de aynı babamın gözlerinin renginde, benimkilerse yetmiş milyon ülke insanının bildik kahverengisi… Kısacası bana yapılan haksızlıkların sadece evde değil, Allah katında dahi sonu yok, kendimi yapayalnız hissediyorum ve üstesinden gelemiyorum yalnızlığımın, ben de dertleşebileceğim bir arkadaş yarattım kendime."

"Hayali bir arkadaş?"

"Evet."

"Adı var mıydı?"

"Olmaz olur mu! Ben Derya'yım ya, ona da Dalga adını taktım. Denizin dalgası yani! Başladık Dalga'yla birlikte, dalga geçmeye. Çok eğleniyorduk beraberken, mesela ben telefonda arkadaşıyla konuşan dedemin sesini taklit ederek şöyle diyordum Dalga'ya, *'Azizim, soyumu devam ettirecek kimse yok diye artık gözüm açık gitmeyeceğim. Bu seferki torun erkek oldu, erkek! Yaa, öyle işte! Sen bu nedenle iki kere tebrik et beni!'*

"Dalga da bana diyordu ki, ihtiyar bir erkek sesine benzettiği sesiyle, *'Tebrik ederim, azizim, tebrik ederim. Allah analı babalı büyütsün!'* Sonra dedem gibi öksürüyordu. Ben de, *'Bırak artık şu sigarayı Nurettin, yeni doğmuş bebeğin yanında öksürüp duruyorsun, olmuyor ama,'* diyordum babaannemin nezleli sesiyle. Gülüyorduk, kahkahalar atarak, zıp zıp sıçrıyorduk, eğleniyorduk ama benim yüreğimin içinde bir hançer çevriliyordu sanki. Dedemin çalışma odasının duvarında asılı kılıcı, bana değil de ona gidecekti, erkek olduğu için."

"Babaannenin takılarını da sen alacaktın ama, öyle değil mi?"

"Bak o hiç aklıma gelmedi. O yaşta mantık ne gezer. Üstelik başka ayrımlar da vardı, canımı sıkan. Can daha donuna doldurduğu yaşlarda, tahsili için planlar yapılmaya başlamıştı bile. Elbette babamın okuduğu okulda okuyacaktı. Bir de sünnet meselesi vardı fena halde takıldığım. Can'a sünnet düğünü düzenlenmişti, hokkabazlar, palyaçolar gelmişti ve tabii dünya kadar da hediye! Benim dördüncü sınıfın sonuna kadar sabırla beklediğim kol saati, pipisinin ucundan tırnak kadar deri kestiler diye, beş yaşındaki oğlanın bileğindeydi! Neymiş? Sünnet olmuş! Bana da yapın bir sünnet dedim. Madem pipim yok, benim de popomdan bir parça kesin. Kahkahalarla güldüler, günlerce ti'ye aldılar beni. Nasıl kızdım, nasıl sinir oldum! Bana yapılan haksızlıkları işte, hep Dalga'yla konuşup, dertleşiyordum. Kardeşimi, annemi, babamı Dalga'ya çekiştiriyordum. Bu garip arkadaşlık bayağı uzun sürdü; anneannem durumu fark edene kadar! Onun gözünden hiçbir şey kaçmaz, biliyor musun. Tam bir kurnaz tilkidir. Neyse anneannem tutturdu bu çocuğu bir psikoloğa götürün, diye. Benimkiler pek oralı olmadılar, hatta babam içerledi bile anneanneme."

"Kaç yaşındaydın o sırada?"

"Dördüncü sınıfa geçmiştim. Koskoca kızdım yani. Sürekli azar işitiyordum, hâlâ çocuk gibi davrandığım için. 'Kardeşini kıskanmak sana hiç yakışmıyor,' türünden bir sürü laf işitiyordum. Dalga olmasa ne yapardım acaba! Beni hiç itiraz etmeden, sözümü kesmeden dinleyen, sadece oydu. Diğerleri gibi, uzun uzun ana-babaların tüm evlatlarını aynı sevgiyle sevdiklerini anlatıp durmuyordu, gülmüyordu bana, dalga geçmiyor, sözümü kesmiyordu. Üstelik eğlenceliydi, hatta inan bana tedavi ediciydi ama bazen de çok zordu varlığı. Onu saklamak mecburiyetindeydim çünkü. Yoksa anneannemin önerdiği gibi doktora götürülebilirdim.

"Dalga hâlâ etrafta mı?"

Güldüm, "Ne o, korktun mu?" dedim, "arabaya biniverir diye mi endişelendin? Korkma! Dalga yalnızlığımı, kırıklığımı, kıskançlığımı paylaştıktan, benimle birlikte nerdeyse beş yıl yaşadıktan sonra Can'la birlikte çıktı gitti hayatımdan. Yerini bu kez dayanılması zor bir vicdan azabına bıraktı. O azabın hakkından ise, dalga malga değil, ancak zaman gelebildi."

Bana bir şeyler söylemesini, sormasını bekledim ama, ne bir şey söyledi ne de sordu Hakan. Herhalde kafadan çatlak olduğumu düşünüyordu. Ne isterse düşünsün! Birazdan benzin alacağız ve beni arabama bırakacak, bir daha da görmeyeceğim onu herhalde. Birilerine, delinin birini arabama aldım, bana saçma sapan şeyler anlattı diyecek! Bir daha görmeyeceğim birine içimi boşaltmak, yapılacak şey değildi ama tuhaf bir şekilde rahatlamıştı beni. Hafiflemiştim.

Hiç konuşmadan, sadece müziği dinleyerek yola devam ettik bir süre daha. Arabamı bıraktığım noktaya yaklaşıyorduk.

"Derya, kahvaltıdan vazgeçelim, biraz daha dayanalım ve bir öğlen yemeği yiyelim biz. Birer kadeh de bir şey içeriz, yoksa bu hayat yüklerimizin altında, ezilip gideceğiz" dedi nihayet.

Sesi alaylıydı gibi geldi bana. Kardeş kıskanmayı mesele yapmamı küçümsüyordu besbelli. O da kıskanmış kardeşini ama onun ki, kıskançlığın zirve yaptığı çocuk yaşlarında ölmemiş! Ölseydi görürdü o!

"Olur," dedim.

Az daha gittik.

"Aaa, bak arabam! Arabam burada... dur, dur dur!" diye bağırdım. Hızını kesmedi Hakan.

"Durmadın ama!"

"Dursaydım arabana bir öpücük mü konduracaktın? Benzinin yok ki."

"Ah, unutmuşum! Kafam öyle karışık ki... uykusuzum da."

"Bak sana bir teklifim var, şimdi benzinci için dünyanın yolunu gideceğimize, gel seni balıkçılarıyla ünlü bir sahil kasabasına götüreyim. Gidene kadar öğlen olur, güzel bir rakı-balık yaparız. Dönüşte de buraların en gözde kasabasını gezdiririm sana, sonra bidona benzini doldururuz, seni otele bırakırım. Sen dinlenirken ben yanıma birini alır, arabanı getirmeye giderim."

"Nereleriymiş bu ünlü ve gözde yerler?"

"Dalyan ve Alaçatı."

Londra'da bir İngiliz arkadaşımdan Alaçatı'nın methini duymuştum.

"Alaçatı'da balıkçı yok mudur?" diye sordum.

"Bu mevsimde kapanmış olabilirler ama gidip bakalım. Kapanmışlarsa, Dalyan'a gideriz."

"Buraları yakın mı birbirlerine?"

"Evet. Baba evine dönmen gereken bir saat var mı?"

"Oraya bir daha asla dönmeyeceğim."

"Demek, gün bizim! Uygulayalım mı programımızı?"

Evet demekten başka çarem var mıydı? Şu yanımdaki adam benimle ilgilenmese, ne yapacaktım acaba? Arabama binip ağlaya zırlaya İzmir'e dönecek, İstanbul'a sonra da Londra'ya uçacaktım, "Beceremedim Linda, babamı buldum ama sonra yine kaybettim onu," demek için!

Dün geceden beri o kadar mutsuzdum ki, galeride sergileyeceğim yapıtların düşüncesine bile heyecanlanmıyordum.

Üzerime inanılmaz bir yorgunluk çökmüştü. Teselliye ihtiyacım vardı ama bunu yapabilecek tek bir yakınım kalmamıştı. Şu anda derdimi dökebileceğim kişi, sadece yanımda araba kullanan bu adamdı. Bir yabancı... Ama ne yalan söyleyeyim, hakkımda hiçbir şey bilmeyen bir yabancıya, az önce içimi dökerken hiç zorlanmamıştım. Hatta en yakın arkadaşa açılmaktan daha kolay olmuştu beni hiç tanımayan, bana karşı önyargısız birine derdimi dökmek. Bugünü onunla geçirir, otele dönünce yarınki uçaklarda yerimi ayırtır, çeker giderdim buralardan. Urla ve çevresi yarım kalmış hüzünlü bir şarkı gibi yerleşirdi hatıralarımın arasına. Londra'da beni bekleyen hayata dönerdim.

"Karar ver, ona göre sapacağım çünkü."

"Tamam," dedim.

Hakan az sonra paralı yola çıkmış, uçuyordu. Bazen ne kadar iyi geliyor sürat! Pencereden fırlayıp havada bir kuş gibi kanat çırparak arabayla yarışmak istiyordum. Daha hızlı, daha hızlı uçmak... unutmak için, avunmak için, her şeye rağmen hayata tutunmak için.

Çok güzel bir manzaranın ortasından akıp gidiyorduk. Hakan müziği değiştirdi. Pastoral, manzaraya uygun, dağlardan, kayalardan şırıltılarla akan su sesini andıran bir melodi buldu.

"Nedir bu dedim.

"Rampal."

"Çok hoşuma gitti."

"Ruha iyi gelen müziklerden biridir bu."

Alaçatı işaretinden sağa saptık, ödeme noktasından geçtikten sonra, sola dönüp kasabaya girdik. Dar sokaklara gire çıka gittik biraz, bir mezarlık kapısının önüne park etti Hakan.

"Niye buraya park ettin?" diye sordum, "başka yer bulamadın mı?"

"Alaçatı'yı gezmeye bu noktadan başlayacağız. Çünkü Leyla burada yatıyor."

"Leyla kim?"

"Alaçatı'yı var eden kişilerin en önemlisi."

"Anlayamadım. Alaçatı yok muydu daha önce."

"Alaçatı hep vardı ama pek az insanın yaşadığı, kimsenin tanımadığı kendi halinde bir kasabaydı. Sörfçüler bilirdi burayı, onlar da köyün içini değil, rüzgârlı sahillerini bilirlerdi. Bak, şu karşındaki, ünlü Taş Otel mesela, bu bina bir otele, Leyla buraya el attıktan sonra dönüştü. Ondan önce harap bir taş evdi. Leyla birazdan yürüyeceğimiz anacaddenin üzerinde, önce bir ev alıp restore etti, sonra evinin tam karşısındaki yem deposunu bir kafeye dönüştürerek, bir sürü insana ilham verdi. Aslında buradaki birçok yerin ilk sahibi hep kadınlar oldu. Taş Otel de genç bir kadına ait. Gel, yürüyelim, hepsini göstereyim sana. Kahvemizi de yemekten sonra, Taş Otel'de içeriz."

Taş Otel'in önünden yukarı doğru uzanan yola saptık. Her iki tarafımızda da onarım geçirmiş, butiklere, otellere, lokantalara dönüşmüş iki katlı Rum evleri sıralanmıştı ama mevsim dolayısıyla çoğu kapalıydı.

"Yazın bu ıssız sokakta masalardan ve kalabalıktan yürüyemezsin. İnsanlar birbirini ezer."

"Leyla el atmasa mıydı acaba buraya?" diye sordum.

"Yok, Alaçatı tanınmasa yazık olurdu ama o hayatta olsaydı, kasabanın bu hale gelmemesi için mücadele ederdi."

Yürüdük yukarı doğru. Kepenkleri inik dükkânların, panjurları kapalı evlerin önünden geçtik. Açık kalmış tek tük dükkânın ve bir lokantanın içine göz attım. Bohem görünüşlü ama ince zevklerle donatılmış yerlerdi hepsi.

"İşte Agrilla şu sağındaki yerdi Derya."

"Agrilla?"

"Anlattım ya sana az evvel, burayı meşhur eden Leyla'nın kafesi. Ben ortaokul öğrencisiydim, babamla gelmiştik bir yaz günü. Babam burada bir binanın restorasyonunu yapacaktı. Çay içmek için bu Agrilla'ya girdik. Gözlerime inanamamıştım. Eski bir yem deposu olan mekânın duvarlarını, tavanını ve taş zeminini Leyla oluğu gibi bırakmış, bir kenara kocaman bir tahta masa koymuştu. Masanın üzerinde, civar köylerde yaşayan kadınların evlerinde yaptıkları reçeller, kurabiyeler, zeytinler; bir başka köşede ördükleri atkılar, hırkalar, çoraplar satışa sunulmuştu. Eşyaların ortasında masalar, ayrı renklere boyanmış tahta sandalyeler... Tarifi zor bir doğallık, güzellik... Hele de sunum! Bir bardak suyu bile inanılmaz bir zarafetle sunardı; sanırsın su değil cennet bahçelerinden şerbetler sunuyor. Neyse, Agrilla bir öncü oldu; sonra başka mimarlar geldiler, başka evleri restore ettiler, lokantalar, barlar, küçük butik oteller açıldı. Alaçatı en güzel günlerini yaşadı. Ama o doğallık ve güzellik kısa süren bir rüya gibi geldi, geçti. Bodrum'u nasıl mahvettikse, aynını buraya yaptık. Yazın gelsen dehşete düşersin."

Alaçatı'yı baştan başa dolaştık önce. Daracık sokaklarına girdik çıktık, fırından taze açmalar alıp, meydandaki kahvede çay içtik. Hakan, artık başkasına ait olan Leyla'nın evinin yanı sıra köyde görmeye değer diğer Rum evlerini, kahvelere, barlara dönüştürülmüş avluları gösterdi. Meydandaki kahve ile fırının dışında her yer kapalıydı. Köyün içinde yemek yiyecek bir yer bulamayınca Dalyan'a gitmeye karar verip, arabaya geri döndük.

Tam yola koyulmuştuk ki, "Limanı deneyelim, orada da bir balıkçı lokantası vardı," dedi, "belki açıktır."

Su kenarına inşa edilmiş renk renk evlerin bulunduğu bir yerden geçerken, "Ne güzel bir mahalle bu," diye bağırdım.

"Burası bir mahalle değil, bir site," dedi Hakan, "hiç duymadın mı?"

"Ben liseyi de dışarıda okudum," dedim, "sürgünde!"

"Dışarıda yaşamış ve okumuş biri için Türkçen hiç de fena sayılmaz."

Hakan denize doğru saptı. Aradığımız yeri buldu. Denizin üzerindeki balıkçı lokantasına girdik. Bir masada birkaç adam, diğer masada çoluklu çocuklu bir aile oturmuş yemek yiyordu. Camın kenarında bir masa seçtik.

"Balıkları da seçelim mi oturmadan önce?" dedi Hakan.

Garson olduğunu tahmin ettiğim bir genç bitti yanımızda.

"Abi, seçecek fazla bir şey yok. Mevsim kapandığı için hazırda balık bulundurmuyoruz hafta içinde. Şu masadaki aile önceden balık çorbası ısmarlamıştı, elimizi bol tuttuk. Beklemeyi göze alırsanız size bir iki meze hazırlarız, bir de bol soğanlı çoban yaparız."

"Balık çorbası tamamdır. Hiç acelemiz yok, ne varsa artık, hazırlayın bize bir şeyler, maksat karnımız doysun," dedi Hakan.

Ben çantamı iskemleye bırakıp tuvalete gitmek üzere kalkıp içeri geçtim. İçerde kocaman bir şömine harıl harıl yanıyordu. En sevdiğim şey! Geri döndüm.

"Yemeği şömine başında bekleyebilir miyiz?" diye sordum.

Hiçbir sakıncası yokmuş. Aydınlık ve serin camekândan, loş ve sıcak içeriye taşındık. Şöminenin önündeki koltuklara yerleştik.

"Ne içerseniz?" diye sordu garson.

"Ben rakı isterim. Sen, şarap mı rakı mı?"

"Ben hiç rakı içmedim," dedim.

"Denemek ister misin?"

"Çarpar mı?"

"O sana bağlı. Sarhoş olmak istiyorsan kola bile çarpar."

"İstiyorum."

"Rakı mı şarap mı?"

"Sarhoş olmak."

"İki rakı," dedi Hakan.

İçkilerimiz gelene kadar fazla konuşmadık.

Sonra ben, ilk rakımı tattım. İlk defa içiyordum ama rakı içilen masalarda bulunmuşluğum az değildi. Dedem yaz akşamları bahçeye kurulan aile sofralarında rakı içmeyi severdi. Annem ve babam da, ne zaman Boğaz'a balık yemeğe gitsek, rakı içerlerdi. Onların yaptığı gibi iki parmak rakının üzerini suyla doldurdum, içine iki parça buz attım.

"Şerefe," dedim Hakan'a.

"Tanışmamızın şerefine," dedi.

İçtik. Garson biraz çerez, beyaz peynir ve kızarmış ekmek getirip koydu önümüzdeki küçük sehpaya. Biraz daha içtik, çerezleri atıştırarak.

"Sevdin mi rakıyı?" diye sordu Hakan

"Sevdim de şarap bardağının şişman camını kavramak ya da sıska bacağından tutmak daha keyifli."

"Sana bir şarap bardağı söyleyeyim, öyle iç."

"Olur mu? "

"Keyif senin!"

Yaptı dediğini. Bir şarap bardağı istetti. Getirdikleri barda-

ğa iyice soğumuş rakımı boşalttı."

"Olur mu hiç! Rakı uzun bardakta içilir," dedi garson.

"Kim demiş?" diye sordum.

"Âdet öyle yani."

"Âdetler değiştirilebilir," dedi Hakan.

Ben bu Hakan'a giderek daha çok ısınıyordum.

Şarap kadehine konmuş, içi bol buzlu ikinci rakımı içi-yordum. Masamıza dönmekten vazgeçmiş, yemeği şömine-nin önünde yemek istemiştik. Bir küçük sehpa daha getirmiş-lerdi önümüze, salatayı ve tabaklarımızı koymak için. Çakır-keyiftik. Şöminede çıtırdayan odunların sesiyle ateşin yüzü-müze vuran kızıllığı romantik, samimi bir hava yaratıyor, içi-mi ısıtıyordu.

"Şimdi anlat bakalım babandan niye kaçtın?" diye sordu Hakan. "Onu bulmak için buralara kadar geldikten sonra, asla geri dönmemek üzere üstelik, bu ziyaret niye böyle kısa kesildi?"

"Asla dönmeyeceğimi nerden biliyorsun sen?"

"Kendin söyledin, unuttun mu?"

"Hatırlamıyorum."

"Sen söylemesen ben nasıl bilirim Derya."

"Doğrudur. Dönmeyeceğim."

"Bir baba ile kızının arası sonsuza dek bozuk kalamaz. Kalmamalı."

"Haklısın ama bazı şeyleri kaldırmak çok zor."

"Dilerim sen gitmeden düzelir aranız."

"Bu mümkün değil. Yarın döneceğim, yer bulursam."

"Öyle çarçabuk yer bulunmaz uçaklarda."

"Olmadı, bir gün sonra. Sergiye katılacağım için çok işim var."

Bir tabak dolusu çıtır çıtır kızarmış gümüş balığı bıraktı önümüze garson.

"Şansınıza bunları getirdi balıkçımız az evvel. Kendimize kızartırken size de ayırdık. Afiyet olsun," dedi. Önümüzdeki küçük sehpalara eğilerek balık yemek kolay değildi ama ben şöminenin önünden ayrılmak istemiyordum.

"Ellerimle yiyeceğim," dedim.

"Aklınla bin yaşa," dedi Hakan.

Parmaklarımızla daldık gümüşlere. Yerken sohbeti sürdürdük. Hakan, nihayet sergimle ilgilendi. Ona serginin önemini, hazırladığım yapıtların anlamını, ayrıntılarını anlattım, sorularını yanıtladım. Kendi de mimar olduğu için kavramsal sanattan anlıyor, göstermelik değil, gerçekten ilgi gösteriyordu söylediklerime.

Gümüşleri bitirdikten sonra, ellerimizi yıkamak için tuvalete gittik. Kadınlar bölümünde ellerimi yıkarken lavabonun üzerindeki aynadan, mektupları bulduğum andan beri ilk defa gevşemiş, mutlu bir yüz yansıdı. Yanaklarım şöminenin ateşinden pembeleşmiş, gözlerime can gelmişti. Ne kavgaya hazır bir kaplan duruşum vardı, ne de gamlı baykuş bakışlarım. Aynadaki, huzurlu bir yüzdü. Gülümsedim elimde olmadan.

Şöminenin başına döndüm, Hakan'ın da tuvaletten gelmesini bekledim. Balık çorbasını getiren garsonun peşi sıra geldi Hakan. Çorbayı, doyduğumuz için biraz zorlanarak içmeye başlarken, "Hep ben anlattım. Şimdi sıra sen de" dedim.

"Ne anlatmamı istersin?"

"Ben acılarımdan başlamıştım, senin de acıların yok mu? Baştan başa mutluluk ve başarı mısın yoksa?"

"Ne gezer! Hele şu anda bir başarısızlık abidesiyim!"

"Hani bir villa yapmak üzereydin?"

"O benim teselli mükafatım," dedi Hakan.

"Nasıl?"

"İşimden çıkarılmış olduğum için, bir dostumun biraz da oyalanayım diye bana yarattığı bir iş, hatta kıyak diyelim."

"Ne süper dostların var senin Hakan! Ben liseyi bitirip İstanbul'a döndüğümde, babam bana dostlarının yanında kıytırık bir stajyerlik bulmak için bile zorlanmıştı. Sana teselli olsun diye koca bir villa ısmarlıyorlar. Bravo!"

"Tam da öyle değil. Bu arkadaşın arsası vardı Urla'da. Ne zamandır üstüne bir ev yapmak istiyordu. Benden bir proje istemişti ama o kadar yoğun çalışıyordum ki, vaktim olmamıştı. Şimdi denk düştü işte. Ama ben biraz da bana iş yaratmak için denk düşürüldüğünü düşünüyorum."

"İşten neden çıkarıldın?"

"Cami yüzünden."

"Hangi cami?"

"Sen burada yaşamadığın için bilmezsin hangi cami. Başbakan, Çamlıca tepesine bir cami yaptırmaya karar verdi."

"Kendine özel cami mi yaptırıyor?"

"Kendine değil, İstanbul şehrine."

"Eee, ne var bunda?"

"Buraya kadar bir şey yok. Bir yarışma açıldı, birçok kişi deşişik cami çizimleriyle katıldı yarışmaya. Nasıl bir değerlendirme kurulu topladılarsa artık, bir gün gazetelerde elemeyi kazanan beş adet cami projesi gördük."

"Sen de çizdin miydi bir cami."

"Hayır. Ben o sırada, söylediğim gibi çok yoğun çalışıyordum, yarışmalara filan katılacak zamanım yoktu. Çalıştığım şirket bir şehircilik planı geliştiriyordu, başımızı kaşıyamıyorduk. Ama ben memnundum işimden. Neyse, projelere baktık, öyle pek ahım şahım işler değil ama aralarında bir tanesi var ki, kelimenin tam anlamıyla felaket, mevcut camilerden birinin kopyası. Bir hafta sonra mı ne, kazanan belli olacaktı. Bürodaki mimar arkadaşlarla aramızda bir iddiaya girdik, hangisi birinci olur diye. Kazanmasına asla ihtimal vermediğimiz tek proje, o korkunç camiydi. Bil bakalım hangi proje kazandı?"

"Bana o kazandı deme!"

"O kazandı Derya!"

"Neden?"

"Sana bunu izah edebilmek için uzun sürecek bir sosyolojik gelişim dersi vermem lazım. Ama daha kestirmeden gideyim, bu cami çok iyi bildiğin Sultanahmet camiinin tıpatıp eşi olduğu için kazandı."

"Nasıl yani? Kopya çekilmesine göz mü yumdular."

"Bunu bir kopya çekme işi olarak algılamadılar. Bir ecdat güzellemesi olarak algıladılar."

"O ne demek Hakan?"

"Osmanlı dönemine gösterilen saygı, selam ve sevgi olarak algıladılar ne yazık ki!"

"Kimler bunlar?"

"Jüriyi oluşturan kişiler dersem eksik olur. Artık cami projelerine kadar her şey Başbakanın onayından geçmek zorunda. Cami yerine fırın projesi çizilecek olaydı, yine ona sorulurdu, o da Osmanlı tipi fırını seçerdi."

Güldüm, "Neden? Osman adını mı seviyor?"

"Her iyiliğin, güzelliğin Osmanlı'dan, her kötülüğün ve çirkinliğin Cumhuriyet'ten kaynaklandığına inanıyor."

"Neden acaba?"

"Önyargıları aşmak kolay değildir de ondan Derya. İnsanlar kendi doğrularına inanırlar. Bugünün idarecileri, zamanının bir ustalık harikası olan Sultanahmet Camii'ni aşamamışlar. Bugünün mimarisinde ustalık değil teknoloji, ebat değil buluş öndedir. Bilimsel düşünce, teknolojik gelişme ve zamanın ruhu dışlandığında, ecdadın hüneriyle baş başa kalırsın, ortaya beş yüzyıl öncesinin ölçülerine göre güzel ama bugün için bir ucube olan bir yapı çıkar. İnsanda bir estetik kaygısı olur, değil mi? İşi meslek odasına danışır, ustalarına sorar, fikir alır. Yok, bizimki her şeyi bilen kişi!"

"Tamam da, sen bana bu caminin neden seni işinden ettiğini söyle. Onu hiç anlayamadım. Sen çizmemişsin ki!"

"Ben bir gazeteye çok sert bir eleştiri yazısı yazdım. Aynı yazıyı sanal ortamda da yaydım."

"Neler yazdın?"

"Öncelikle Sultan I. Ahmet zamanında yapılmış bir caminin, 2013 yılında tekrar edilmesinin beni bir Türk mimar olarak ne kadar utandırdığını yazdım. Birileri bize, siz Türkler ne biçim insanlarsınız? Beş yüzyıl içinde, bir adım olsun ilerlemediniz mi, geçip giden zamanda yeni çizgiler, yeni kavramlar geliştiremediniz mi demez mi? Tekrardan, kopyadan başka şey bilmez misiniz, diye sormaz mı, diye yazdım. Mimari yapıların kendi zamanlarının özelliklerini yansıtması çok önemlidir, biliyor musun? Arkeologların, kazıların hangi devre ait olduğunu nasıl anladıklarını bilirsin elbette. Her dönemin bir özelliği, bir üslubu vardır."

"Bilmez olur muyum! Sanat tarihi okudum ben."

"Herkesin sanat tarihi okuması şart değil, mimari estetiği bilmesi de şart değil. Ama İstanbul gibi bir dünya şehrine damgasını vuracak ve bir dönemi belirleyecek bir yapıtın jürisinde, siyasilerin değil, bu işin uzmanlarının bulunması gerekmez mi? Her neyse, işte ben bu yazıyı bir gazetede yayınladıktan sonra, çalıştığım şirketin yönetim kurulu başkanından bir fırça yedim. Yemekle de kalmadım, benden yazdıklarım için özür dileyen bir başka yazı yazmamı istedi."

"İnanmıyorum!"

"Duyunca ben de inanamadım kulaklarıma ama aynen böyle oldu."

"Ne yaptın?"

"İstifa ettim, ne yapacağım!"

"Etmeseydin."

"Ya özür dileyecektim ya kovulacaktım."

"Neden ama Hakan? Bir yapıyı beğenmeme hakkın yok mu?"

"Var ama patronum bu hakkı bana tanımadı. Adam korktu. Başına bir şey gelecek, ihaleleri iptal edilecek diye ödü koptu."

"Bu ülkede işler böyle mi yürüyor artık?"

"Hep böyle yürüdü. Şimdi sadece ceza verici makam el değiştirdi ama yeni gelen inanılmaz otoriter ve kendi görüşünün üzerine başka görüş tanımıyor. Eleştiri de sevmiyor."

"Benim yapıtları bir görse... Londra'da kalmakla iyi etmişim o halde."

"Emin değilim Derya. Sesimi kıssalar da ben kısık sesimle yine kendi çöplüğümde ötmek isterim."

"Ötememişsin ama bak! İstifa etmişsin."

"Olsun. Mimarlığa devam ediyorum. İktidara yalakalık yapan işyerlerinde çalışmam şart değil. Aslında benim uzmanlık alanım şehir plancılığı ve toplu konutlardı ama villaları da mimarlar yapar, neticede. Üstelik kendime yepyeni bir hedef edindim."

"Ne hedefi?"

"Anlatması uzun. Boş ver!"

Madem söylemek istemiyordu, üstelemedim.

"Demek istifaya mecbur edilmek de senin acın!" dedim.

"Sabah kendinden emin, keyifle girdiğin işyerinden akşamüstü işsiz kalmış olarak çıkmak acı sayılmasa da tatsız bir durum. Kardeş kıskanmasına ve kardeş ölümüne gelince Derya, benim de o alanda bazı tecrübelerim var."

"Kardeşin mi öldü senin de?" diye sordum, usulca.

"Annem öldü. Bu nedenle kardeş kıskanma lüksünü yaşayamadım. Kardeşime babalık yapamazdım, babam hayattaydı. Ben de annelik yapmak zorunda kaldım. Geceleri onu kollarımda uyuttum. Elinden tutup okula götürdüm. Derslerine yardım ettim, her derdine koşturdum, kalbi kırıldığında avuttum... Çok güzel bir çocuktu kardeşim."

"Bir şey mi oldu?"

"Büyüdü! Kozasını yırtıp çıktı. Kelebekler özgürdür; saldım onu hayata. Bundan sonra kendi öğrenecek hayatı, hatalar yapa yapa, doğruyu bulacak... eğer doğru varsa!"

"Yok mu?"

"Var da kime göre doğru?"

"Kafamı karıştırıyorsun Hakan," dedim.

"Aslında çok basit bir şey söylüyorum, doğruları mahalle baskıları tayin ediyorsa mesela, mahalledekilerin hepsinin en doğru şekilde düşündüğünden, yaşadığından emin olmalıyım. Yoksa doğrular kime göre sorusu kafama takılı kalır."

"Ahlak kuralları diye bir şey var."

"Yine kimin ahlakına göre? Arabistan'a gidiyorsun, kadının saçını göstermesi ahlaksızlık. Afganistan'a gidiyorsun, yüzünü göstermesi yasak! Hollanda'ya gidiyorsun, çıplaklık serbest, iki kadın ya da iki erkek birbiriyle evlenebiliyor ama sen şu işe bak, çiftlerin ne olursa olsun birbirlerini aldatması hoş karşılanmıyor. Git Eskimoların ülkesine, ev sahibinin erkek konuğuna en büyük misafirperverlik olarak ikram ettiği karısını geri çevirmek, çok ayıp. Kısacası tek bir 'doğru' yok! Doğru, nerede durarak, hangi açıdan baktığına bağlı, içinde yaşadığın topluma bağlı, o toplumun değerlerine bağlı... Biraz daha rakı?"

"Yok. İstemem artık" dedim, "ayağa kalktığımda ne halde olacağımı bilmiyorum inan bana. İlk defa rakı içtim."

"Afiyet olsun!"

Çorbayı da bitirmiştik. Ateş sönmeye yüz tutmuştu.

"Kahvelerimizi istersen otelde içelim," dedi Hakan.

"Hesaba katılabilir miyim?" diye sordum.

"Katılamazsın."

"Biz Londra'da hep paylaşırız arkadaşlarla."

"Daha önce de yaptık bu konuşmayı, burası Türkiye! Burada hesabı erkekler öder! Bir gün Londra'da yemeğe çıkarsak, sen ödersin."

"Niye ben ödeyeyim, paylaşırız. Herkes kendi hesabını öder. Doğrusu budur."

"Bu, İngiliz'in doğrusu, Türk'ün değil."

"Hakan'ın doğruları hep Türk'ün doğruları mı oluyor?"

"İşte orada dur! Hakan'ın doğruları ülke doğrularıyla örtüşemediği için, hayatı karışık Hakan'ın.

"Bunu bana anlat," dedim.

"Bir başka yemekte Derya," dedi Hakan, "böyle ayaküstü olmaz. Sen dönmeden bir yemek daha yiyelim, o zaman anlatırım. Çünkü önemli ve geniş bir konu."

Hesabın üstü geldi, Hakan'ın cebindeki bozuklar bahşişe yetmeyince, bahşişi ben ödemek istedim. İzin vermedi, bozmaları için bir yüzlük uzattı.

"Bu bir gurur meselesi midir, Türk erkekleri için diye sordum.

"Ne?"

"Kadınlardan asla para almamak."

"Taktın buna sen. Otele dönünce bana bir kahve ısmarla da kurtul," dedi.

Yüzlüğün üstü geldikten sonra, bahşişi bırakıp kalktık. Ben dizlerim çözüldüğü için, Hakan'ın koluna girmek zorunda kaldım. Açık havaya çıkınca daha da beter oldum.

"Rakıyı biraz hızlı içtin," dedi Hakan, "aslında en temiz içkidir."

"Neden uyarmadın beni?"

"Rakı kederini alıyor gibi geldi. Sabah çok gergindin, bak iyisin şimdi."

Bu adam kırk yıllık arkadaşımmış gibi, nereden biliyor bana dair bu kadar çok şey, diye düşündüm.

Araba hareket edince korkunç bir uyku bastırdı. Sızmışım. Gözümü açtığımda arabayı park ediyorduk.

Uyumak iyi gelmiş olmalı, otele kadar Hakan'ın koluna girmeden yürüyebilmiştim. Şimdi odama çıkıp dönüş yolculuğumu planlamam gerekiyordu. Bu akşam, yemek yemeyecek ve asla içki içmeyecektim.

Belki benimle bütün gün meşgul olmuş Hakan'a biraz ayıp olacaktı ama çok yorgundum. Yalnız kalmaya ve düşünmeye de ihtiyacım vardı. Babama bir mektup yazardım belki. Yazardım da ne derdim?

Bir baba oğulun aynı kadına veya bir ana kızın aynı erkeğe âşık olmasından daha beter, daha karışık bir durumdu benimki. Üzerinde laf üretmenin zor olduğu, konuşulması değil, unutulması gereken bir durumdu. Utanç vericiydi. Belki de hiçbir şey yazmamak, söylememek en iyisi olacaktı. Her şeyi unutmak ve kaçmak!

Anahtarımı istemek üzere resepsiyona ilerlerken ilişti gözüme, lobi girişindeki koltukta oturan adam!

Aman Allahım, babam!

Bana arkası dönüktü, resepsiyonu karşısına alarak oturmuş, beni bekliyordu. Zınk diye durdum, hemen geri döndüm ve kapıdan dışarı çıktım. Kapının karşısındaki ağacı siper edip içeri baktım. Hakan resepsiyona ulaşmıştı, beni göremeyince şaşkın şaşkın etrafına bakındı, yürüdü, kapının dışına çıktı.

"Hey... Hakan, buradayım," dedim.

"Neden dışarı çıktın? Miden mi bulandı? Rakı iyi gelmedi sana."

"Biraz yürüyebilir miyiz sahilde."

"Nasıl istersen."

Yan yana balıkçıların bulunduğu kıyıya doğru yürümeye başladık. Babamın beni ne kadar süredir beklediğini bilmiyor-

dum. Daha ne kadar bekleyeceğini de. Nasılsa otele dönmek zorunda kalacağımı bildiği için, inat ederse sabaha kadar da oturabilirdi o koltukta. Biz de sokaklarda sabaha kadar dolaşamayacağımıza göre, sonunda Hakan'a otelden neden kaçmak zorunda kaldığımı itiraf etmeye mecburdum.

"Daha iyi misin Derya? Otele dönelim, bir kahve veya çay iç, iyi gelir."

"Hakan," dedim, "senden son bir ricada bulunsam?..."

"Uçak mı bakayım internete girip."

"Yok. Onu ben de yapabilirim. Başka bir şey isteyeceğim. Odamdan eşyalarımı al, sana kartımı vereceğim, hesabımı kes, sonra da gel burada bir yerde beni bul ve beni bir başka otele götür."

"Neden? Otelden memnun kaldığını sanıyordum."

"Otelden memnunum da... resepsiyonda biri vardı, o beni görsün istemiyorum."

"Kim?"

"Babam."

"İnsan babasından kaçar mı Derya?"

"Bazen kaçmak zorunda kalabilir."

"Sana zarar vermesinden mi korkuyorsun? Döver mi? Şiddet mi kullanır?"

"Hayır, asla!"

"Eee?"

"Aramızda bir anlaşmazlık var. Karşılaşmak ve konuşmak istemiyorum onunla."

"Biraz oyalanalım dışarda; bekler bekler, gider."

"Ben dönmeden gitmeyebilir de."

"Demek ki sana söyleyecekleri var."

"Var da, ben dinlemek istemiyorum."

"Neden?"

"Üzerinde anlaşabileceğimiz bir konu değil de ondan."

"Bu anlaşmazlığın dışında, babanı sever misin sen?"

"Evet. Çok. Yani düşkündüm babama her kız gibi ben de."

"Sonra herhalde aşk konusunda atıştınız... o senin sevgilini beğenmedi..."

"Alakası yok Hakan! Konu aşk ama sandığın gibi değil. Söz konusu olan onun aşkı."

"Senin mi itirazın var koskoca adamın sevgilisine?"

"Ah Hakan! Hiçbir şey bilmeden konuşuyorsun. Kusura bakma ama sana aile sırlarımı dökemeyeceğim."

"Dökme zaten. Benim hiçbir şey bilmem gerekmiyor Derya. Ama ben izin versen de vermesen de, sana içimden geleni söylemek istiyorum. Baban otelde oturmuş seni bekliyor. Oteli gizlice terk etmek istediğine göre, demek seni sabaha kadar bekleyeceğini biliyorsun. Ben de bir şey biliyorum iki gündür şahit olduklarımdan, sen babanı bulabilmek için buralara kadar geldin. Sizin aranızda güçlü bir bağ var demek ki. Sakın babanı görmeden, ona veda etmeden gitme. Değişik ülkelerde yaşıyorsunuz. İcap ettiğinde birbirinizi hemen görme imkânınız yok. Bak, benden sana söylemesi, babanla dargın ayrılma, ilerde bir gün çok pişman olabilirsin."

"Babamın ölümcül bir hastalığı yok!"

"Nereden biliyorsun?"

"Ne diyorsun sen be! Hasta mı babam?"

"Ben nereden bileyim?"

"Neden öyle dedin?"

"Hasta olmadığını da bilmiyorum, olduğunu da. Sen de öyle.

"Ne demeye çalışıyorsun."

"Sadece şunu, babanla barışmadan ayrılma buradan. Tersini yapacaksan da beni alet etme."

"Peki, otelden eşyalarımı getirme ama şurada bir yerde otur, benimle bir çay iç. Benden olsun. Yemek de ısmarlardım ama öğlen yediklerimiz midemde lök gibi duruyor hâlâ. Biz dönene kadar, babam da gitmiş olur inşallah."

"İnatçısın Derya."

"Hayat beni inatçı yaptı."

"Hayatın hırpaladığı tek kişi sen değilsin. Hayat insanlara, hayvanlara hatta bitkilere de kötü davranır zaman zaman."

"Bitkilere dahi?"

"Evet."

"Ağaçlar mesela aralarında kavga ederler, âşık olup acı çekerler, öyle mi Hakan?"

"Hem de nasıl!"

"Aşk acısı mı?"

"Çeşitli acılar Derya."

"Yok ya! Bir örnek ver bakalım!"

"Buralarda bir yerde bazı ağaçlar soykırım tehdidi altında şu anda. Haliyle korku içindeler."

Yavaş yavaş yürürken salaş bir kahvenin önüne gelmiştik.

"Demek tek deli ben değilmişim Hakan, içime su serptin vallahi, senin de benden pek farkın yokmuş." Kolundan tutup çektim, kahveye doğru.

"Ben sana Dalga'yı anlattım, sen de bana soykırımına uğramaktan korkan ağaçların öyküsünü anlat, ödeşelim."

Kahveye girdik. İçeride benden başka kadın yoktu. Tavla oynayan adamların arasından geçip, arkalarda bir boş masaya yürüdük.

Hakan centilmence iskemlemi çekti, oturttu beni. Yakınımızdakiler yan gözle baktılar ama benden tedirgin olmadılar. Çaylarımızı söyledik.

"Dinliyorum," dedim, "şu talihsiz ağaçların başına geleni… Haydi susma, ama."

"Zeytin bu bölgenin en eski ağaç türüdür. Yetişmesi yıllar alır. Hiç ölmez. Bir tarafı kururken diğer tarafındaki dallar yeniden filiz verir. Sevgili bir ağaçtır zeytin. Zeytini yersin, yağ yaparsın, sabun yaparsın…"

"Sadede gel Hakan. Zeytin güzellemesi yapma, dilinin altındakini söyle."

"Sen ne kadar sabırsız birisin yahu! Ben senin Dalga'nı gıkımı çıkarmadan dinledim ama!"

"Ben hiç uzatmadan cesurca söyledim söyleyeceğimi."

"Tamam, ben de söylüyorum hemen; Karaburun'da kanunsuz bir zeytin sökümü yapıldı. Biz vur deyince öldürürüz ya, son yılların modası rüzgâr enerjisi projesinin kanatlarına sığınılarak tam 2080 adet zeytin, asırlık çam ağaçları ve geniş bir mera tahrip edildi. Üstelik mevcut yasalara da karşı gelinerek yapıldı bu iş. Bu, resmen ağaç kıyımıdır."

"Sen rüzgâr enerjisine karşı değilsin herhalde!"

"Elbette değilim. Bu yarımada rüzgâr aldığı için özellikle çok uygun rüzgâr enerjisine. Ama kendine iş imkânı yaratmak isteyen her insana, araştırmadan etmeden arazi tahsis edilemez ki! Dünya kadar çorak arazi dururken, zeytinlik alanda zor yetişen zeytinleri sökmenin, çamları kesmenin alemi var mı? Onca ağaca acı çektirmenin?"

"Yok!"

"Yok elbette. Üstelik bir kanun maddesi de var ağaçlı arazileri koruyan ki, İmar Kanununun 11. Maddesine eklenmişti; 'Ağaçlandırmaya verilen hazine arazileri, imar planıyla başka amaca ayrılamaz,' diyor. Ama dinleyen kim!"

"Filanca kanun maddesine kadar, ne kadar çok şey biliyorsun bu konuda! Sen mimar mısın, avukat mı?"

"Ben çevreye duyarlı bir mimarım ve bu yüzden ağaç kıyımına karşı mücadele veren ekipteyim."

"Nasıl bir mücadele veriyorsunuz?"

"İptal davası açtık idare mahkemesine. Ama artık bu ülkede hukuk kalmadığından, adaletin gerçekleşeceğine dair pek ümidim yok. Yine de bekliyoruz işte kararı. Bakarsın vicdan sahibi ve çevreci bir hakime düşeriz."

"Karaburun nerede Hakan?"

"Bulunduğumuz yerden 70-80 kilometre kadar ötede."

"Kusura bakma ama, Karaburun'daki ağaçlardan sana ne?"

"Dünyanın her yerinde, her canlıya yapılan her türlü haksızlık benim canımı yakar. Elimden ne gelirse yapar, çare bulmaya çalışırım."

"Evet, kesin ve son kararım: Sen benden de delisin! İstanbul'da yaşıyorsun, Karaburun'daki zeytinlerin derdine düşüyorsun."

"Bu benim gezegenim, dolayısıyla üzerindeki tüm ağaçlar benim de ağacım. Ağaçları da düşünürüm, insanları da. Rüzgâr pervanelerinin, yerleşim bölgelerine iki kilometre mesafede dikildikleri takdirde, "wind syndrome" denen hastalığa neden olduklarını biliyor muydun?

"Yoo."

"Öğrendin işte! Hiçbir projeye, etütleri yapılmadan, etkileri anlaşılmadan balıklama atlanmaz. Ama bizim ülkede tek önem verilen şey, sadece rant! Para gelsin de, ağaçlar kesilmiş, insanlar hastalanmış, hayvanlar aç kalmış, kimsenin umurunda değil!"

"Rüzgâr enerjisi hava kirliliği yaratmıyor ama. Onu da bil!"

"Karaburun'da, mera tahribatından dolayı oluşan gelir kaybını da sen bil! Bölge insanına gelir kaynağı olan 7000 adet keçi, nerede otlayacak?"

"Ne bileyim ben! Ama rüzgâr pervanelerinin de faydasını göz ardı edemeyiz, değil mi?"

"Doğru araziye ve yasalara uygun yapılırlarsa, ancak!" dedi Hakan, "Bunlar her zaman çevrecilerin slogan haline getirdiği gibi masumane projeler değil Derya. Gelsinler de sana anlattığım köyün halini görsünler, çevrenin nasıl tahrip edildiğini, yönetmeliklere uyulmayarak nasıl çevre sorunlarına yol açıldığını, pervanelerin masraf olmasın diye uygun yerlere değil, kişilerin canlarının istediği yerlere dikildiğini… Neyse başını ağrıtmayayım akşam akşam."

"Yok, başım ağrımadı da biraz şaşırdım. Ta İstanbul'dan buradaki keçilerle, ağaçlarla uğraşmak… ne bileyim, biraz tuhaf geldi."

"Artık İstanbul'da yaşamıyorum ki. Ege'de yaşama kararı aldım, sürekli kalacağım bir yer bakıyorum buralarda."

"Hakan, eminim İstanbul'da başka bir iş bulabilirsin."

"Bulurum tabii. Ama bir mimar olarak şehrin her noktasından görebileceğim estetik yoksunu, devasa bir camiye ve şehrin göbeğinde bir askeri kışlaya katlanmak zorunda değilim. Biliyor muydun, yapıldığı yıl, Eyfel Kulesinin çirkinliğine dayanamayarak şehri terk eden sanatçılar olmuş. Ben de kendi estetik özgürlüğümü kullanıyorum işte!"

"Babam gibi, o muhteşem şehri bırakıp buraya yerleşeceğine inanamıyorum. Emin misin?"

"Bura ile Karaburun arasında münasip bir arsa bulursam, evet."

"Ben kendi hesabıma ancak metropollerde yaşayabilirim."

"Senin yaşında insanı büyük şehirler çeker. Sonra an gelir, hayatın anlamını düşünmeye başlarsın. Niye varım? Ne yapmak için varım? Sorulara yanıt ararken o yere varamasan da yaklaşabilirsen şehrin önemi azalır, doğanın değeri artar."

"Nereye yaklaşabilirsen?"

"Görünür olanın ardına."

"Orası neresi Hakan?"

"Orası algıladığın dünyanın dışında, yüreğinde veya ruhunda bir yer."

"Nasıl bir yer?"

"Oraya varamadan, bilemezsin nasıl bir yer olduğunu. Vardığında, kendinle barışırsın. Gündelik sorunlarla uğraşmaktan vazgeçersin, dertlerini dile getiremeyen ağaçların derdine çare olmak istersin, dostların kıymete biner, huzur çok yakınına gelir ama uzun süre kalmaz seninle, hep kaçar avucundan. Zordur ama onu yakalayabilsen, ah bir yakalayabilsen…"

"Tam yakalayacakken, babasıyla dalaşan bir kız çıkagelir, onu hiç tanımazsın ama derdini dert edinirsin; haydii, bastı gitti yine huzur!"

Güldü Hakan, "Çaylar bitti, kalkalım mı?" dedi.

"Ödeyeyim de ..."

"Karizmamı çizdiriyorsun."

"Sıra bendeydi. Hem sen bana otele dönünce bir çay veya kahve ısmarlarsın demedin miydi? "

"Bana borçlanasın da, seninle bir yemek daha yiyelim diye öyle demiştim."

"Neden?"

"Çünkü sıradan zannettiğin kahverengi gözlerinde sarı noktalar var ve güneş vurduğunda elaya dönüşüyor. Görmek için güneşin yükselmesini beklemem gerek."

Kızardım ama etkilendiğimi belli etmek istemedim.

"Özgüven yüklemesi için sağ ol Hakan! Ama benim altından kalkabileceğim tek hesap, bu. Lütfen bırak, ben ödeyeyim."

"İyi, öde haydi, sıra yine bana geçsin."

"Başka yemek nasip değil bize," dedim. "Otele dönünce uçakta yer ayırtacağım, yarın da gideceğim."

Parayı ödedim, çıktık. Koluna girdim Hakan'ın. Hızlı adımlarla yürümeye başladık. Kendi derdini bırakıp ağaçlarla uğraşan, tanımadığı bir kıza yardımcı olmak için saatlerini harcayan bu adamı daha fazla deşmeyi ve ondan daha çok şey öğrenmeyi isterdim ama ne yazık ki buna vakit yoktu. Hakan da Bora gibi, sıradan olmayan, değişik yapıda bir insandı. Onunla geçirdiğim günün sonunda, kafamın içinde bir sürü soru işareti belirmişti. Hatta babama acımasızca davrandığımı düşünmeye başlamıştım. Bana gün boyu anlattıklarından mı etkilenmiştim yoksa babamı bir daha görmemeye karar verdiğim için pişmanlık mı duyuyordum, emin değildim. Çay masasından kalktığımızdan beri içim rahat değildi. Yolda konuşmadık. Her ikimiz de kendi düşüncelerimizin sarmalında hızlı adımlarla yürürken, inadıma bir kez daha yenildim. Babam da tıpkı annem gibi madem bana yalan söylemişti, benden gerçeği saklamıştı, onunla konuşacak lafımız kalmamıştı. Dün tanıdığım bir adamın barışçıl fikirleri yüzünden kararımı değiştirecek değildim. Onları hayatımda istemiyordum artık!

Hakan birden durdu, "Derya, senin arabayı tamamen unuttuk," dedi, "otele girince hatırlat da…"

"Bak ne diyeceğim, şimdi gidip getirelim mi?"

"Yorgun değil misin? Otelden birini alıp giderdim ben."

"Yok yok, hiç yorgun değilim," dedim, yorgunluktan öldüğüm halde. Böylece biraz daha vakit geçer ve babam kesinlikle gitmiş olurdu.

"Hem başka biri kullanmasın. Ne de olsa arabayı kiralayan benim."

"Tamam. Yol üzerinde benzinci de var, bidonu doldururuz."

"Teşekkür ederim," dedim minnetle.

Otele girmeden, doğruca Hakan'ın arabasını bıraktığı parka yürüdük. Önce yol üzerindeki benzincide durup bidonu doldurduk, sonra paralı yola girmeden, Yağcılar köyü istikametine saptık, dağ yoluna vurduk.

"Yollarda böyle sabaha kadar da dolansak, sonunda otele döneceğiz, biliyorsun değil mi?" dedi Hakan "ve bir ihtimal, baban seni bekliyor olacak."

"O yüzden değil valla, araba bir gece daha yol kenarında kalmasın diye istedim."

Bir şey söylemedi. Aslında ben de, ya döndüğümüzde babam hâlâ bekliyorsa diye endişeleniyordum. Acaba daha iyi mi olacaktı vedalaşıp ayrılmamız. Nasılsa aynı ülkede yaşamıyorduk ve bir daha bir araya gelmezdik. Medeni insanlar gibi el sıkışırdık, vedalaşırdık, herkes kendi yoluna giderdi. Neden bir türlü karar veremiyordum, ne biçim insandım ben!

Az sonra arabamın yanına geldik. Hakan benzin deposunu açıp, bidondaki benzini depoya boşalttı.

"Bu benzin seni rahatça otele de, havaalanına da götürür," dedi.

"Teşekkür ederim... her şey için."

"Burada vedalaşmıyoruz Derya. Ben de aynı otelde kalıyorum, unuttun mu? Ben önden gideceğim, sen beni takip et, yine kaybolma yollarda."

Arabama bindim. Çalıştırdım motoru, Hakan'ın peşine takıldım. Karanlık yolda tek başıma giderken içime hüzün doldu.

Başarısız bir yolculuk yapmıştım. Babamı bulmuş, aynı günün gecesinde tekrar kaybetmiştim. Sabah olduğunda sadece bir gün önce tanıştığım ama çok ısındığım yeni arkadaşımı da kaybedecektim. Uçaklarda yer bulamadığım takdirde, hiçbir şeye yararı dokunmamış olan bu seyahatten dolayı, galerideki sergiden de olabilirdim... Ah niye dokunduğum her dal kuruyordu benim! Annem gibi bir türlü mutlu olamayan birine mi dönüşüyordum yaşım ilerledikçe? Yoksa yine onun gibi, her şey bana göre ve benim kontrolümde mi olsun istiyordum.

Düşüncelerime öylesine dalmıştım ki, sağa sapan Hakan'ı az daha kaçırıyordum. Hızlandım. Dikkatimi topladım, peşi sıra aramıza başka arabaları sokmamaya dikkat ederek izledim onu.

Otele gelmeden önce, otel müşterilerine ayrılan yere yan yana park ettik arabalarımızı.

"Gidiş programını yapınca bana haber ver," dedi Hakan, "Odamda olurum ben."

"Odama çıkar çıkmaz bitireceğim o işi."

"Çok acelen yoksa bir gün daha kalsaydın keşke. Seni Karaburun'a da götürürdüm."

Yanıtlamadım. İçimden bir ses kalmamı söylüyordu, mantığımsa bir an önce işimin başına dönmemi. Otelin kapısından girmeden önce, kolaçan ettim lobiyi. Babam yoktu.

Gitmiş!

Hayal kırıklığımı belli etmedim Hakan'a, içeri girdik, resepsiyona yürüdük. Anahtarımı istedim. Resepsiyondaki kızın uzattığı anahtarı alırken, bir el kolumu tuttu. Başımı çevirdim ve bir daha ağzıma almamaya karar verdiğim söz, çığlık gibi fırladı dudaklarımdan.

"Baba!"

"Efendim," dedi.

"Lobide yoktun…"

"Avluda sigara içiyordum," dedi, "seni bekliyordum."

"Niye geldin?"

"Konuşmak için."

"Çok yorgunum."

"Lobide kalmayalım, odana çıkalım o halde."

"İşim var. Yarına yerimi ayırtacağım. Zaten ne konuşacağız ki, konuşarak tamir edemeyeceğimiz şeyler oldu…"

"Seni isteyerek, bilerek üzmedim kızım. Arkamızda ve önümüzde koca bir hayat var. Ben yarısından çoğunu yaşadım sen ancak dörtte birini. Birbirimizi anlayamazsak, sadece bize kalanı değil, yaşanmışı da yakarız, çok yazık olur."

"Vakit yok. Geç oldu."

"Odana çıkalım, vedalaşırız. Giderim sonra."

Anahtar elimde başımı çevirdim, ağaçları dahi kendine dert edinen Hakan, elbette tam arkamda durmuş, bize bakıyordu. Göz göze geldik. Sonra o birden elini babama uzattı.

"Efendim, ben Hakan Seymen," dedi, "siz de Derya'nın babası olmalısınız. Derya dün arabasıyla yolda kalmıştı, onu evinize ben getirdim."

Babamla el sıkıştılar.

"Size kocaman bir teşekkür borçluyum," dedi babam.

"Ben de bu otelde kalıyorum, ev sahibi olarak size bir kahve veya içki ikram edebilir miyim?" diye sordu Hakan.

"Bizim Derya'yla yarım kalan özel bir görüşmemiz vardı. Yarın her ikinizi de kahvaltıya veya öğlen yemeğine ben bekleyeyim evime, müsaitseniz."

Babam duruma hakim olmaya çalışıyordu.

"Program yapmayın sakın," dedim, "ben yarın dönmeyi planlıyorum."

"Derya yarına uçaklarda yer bulamazsa eğer, nazik davetiniz bana uyar," dedi Hakan.

"Bugün için çok teşekkür ediyorum," dedim Hakan'a, "ben odama çıkıp yol planımı yapayım bir an önce, uçuş durumumu sana haber veririm."

Merdivenlere yürüdüm. Babam peşimden geldi. Resepsiyondaki kızla Hakan'ın gözünün önünde babamla tartışmayı sürdürmek istemedim. Baba-kız yan yana tırmandık merdivenleri. Anahtarımla kapıyı açtım, içeri girdik. Işığı yaktım.

"Önce yerimi ayırtmalıyım," dedim babama.

Masanın başına gittim doğru, bilgisayarımı açtım. Ben masanın önündeki hasır koltuğa oturdum, babam da pirinç karyolanın ucuna ilişti. Somyanın yayları gıcırdayınca, Hakan'ın, "Nostalji iyi de, bedeli vardır," sözü aklıma geldi, gülümsedim ama babam yumuşadığımı sanmasın diye hemen çattım kaşlarımı yine.

Bilgisayarın açılmasını bekledik sessizce. Açılınca postalarıma baktım. Yağmur gibi mesaj yağmış. Önce aceleyle Linda'nın mesajını okudum; Londra'da allahtan bir yaramazlık yoktu. Sergi için gerekli hazırlıkları Linda benim yerime takip ediyordu. Annemden sürüyle posta gelmiş. Ne onları açtım, ne de David'ten geleni. Tuhaf, Penny de mesaj atmış bana, oysa öyle bir adeti yoktu. Annem yaptırmıştır diye düşünmedim değil ama yine de açtım.

Derya, sana ulaşamıyoruz. Annen de hastalanmış.
Yoğun bakıma almışlar. David bilmeni istedi. Seni bugün
de bulamazsam, ben gideceğim çünkü...

"Aaaa," diye bir çığlık çıktı ağzımdan.

"Hayrola?" dedi babam.

Babamla küs olmam gerektiğini unuttum.

"Annem de hastalanmış," dedim," yoğun bakımdaymış."

Babam ayağa kalktı, "Ne diyorsun Derya sen? Ne olmuş ki Eda'ya?"

"Virüs kapmış."

"Londra'da ne virüsü bu? Domuz gribi filan mı?"

"Keşke öyle olsa, öldürücü bir virüs bu. Önce kocası hastalanmıştı. Penny'i aramalıyım, o bilir nasıl olduğunu. Ben ne yapacağım şimdi..." dedim, telefonumu ararken. "Benim Londra'da olmam lazımdı... sergim var... ama annem hasta ve birinin onun yanında olması gerekiyor. Hay Allah, ne aksilik! Nerede bu telefon!"

Telefonu bulamıyor, iki elimle başımı tutmuş, çaresizlik içinde dönüp duruyordum odada.

"Ben seni bu halde yalnız bırakamam, ben de seninle geliyorum," dedi babam. Sonra aniden elini alnına vurdu.

"Ne gelmesi! Allah kahretsin! Vizem yok! Bitmişti, şimdi dünyanın eziyetini ederler verene kadar, kimbilir ne kadar sürer! Allah belalarını versin insanları ülkelere hapseden bu vize yasaklarının!"

Babam yüksek sesle söylenirken, ben telefonumu ceketimin cebinde bulup, Penny'i aradım. Bir kulağımda babamın vize uygulayanlara söven, diğer kulağımda Penny'nin beni azarlayan kızgın sesleri, konuşmaya çalıştım. Penny beni dinlemedi bile.

"Neredesin sen? Niye yola Singapur'a diye yola çıkıp, oraya gitmedin, niye annenin mesajlarına yanıt vermedin?" diye bağırıyordu sürekli. "Annen o kadar üzülmüş ki, ağır seyrediyormuş hastalık, David, mesaj atmış sana o hasta haliyle. Derya, niye aramıyorsun David'i? Neredesin sen Allah aşkına!"

"Penny sus da beni dinle… Penny…"

"Şu anda annen çok hasta, David hâlâ yatakta, sen ortada yoksun!"

"Ben anneme çok kızgınım Penny, o yıllarca bana…"

"Laf anlamıyor musun, annen yoğunda diyorum, sen bana ne anlatıyorsun! Çabuk annenin yanına koş!"

"Sergim ne olacak?"

"Dua et de, sergim vardı cenazeye gidemedim demek zorunda kalmayasın!"

"Ne cenazesi! Ne diyorsun Penny, sen!"

"Annenin ateşi otuz altı saattir kırkın altına düşmemiş. Eda küçük bir çocuk olmadığı için, bu ateşe dayanması kolay değil. Sen annenin yanında olmadığına göre, yapayalnız zavallıcık, çünkü şu anda hasta kocası da ona yardımcı olamıyor." Çat diye kapattı telefonu yüzüme.

Yatağın ucuna oturup sessizce ağlamaya başladım. Babam soru dolu bakışlarla yüzüme bakıyordu.

"Hiçbir şey anlamıyorum! Neler olduğunu bana da anlatır mısın lütfen!"

"Bunlar Bali'ye gitmişlerdi tatile... Annem ve David yani. Orada David çok kötü bir virüs kapmıştı, ölümcül bir virüs... Neyse o yırttı derken, annem de hastalanmış... Şimdi Singapur'da hastanedeler ikisi de. Annemin ateşi düşmüyormuş."

Ellerim titriyordu, rengim atmıştı.

Önüme diz çöktü babam, yüzümü ellerinin arasına aldı; "Annenin yanına gitmek istiyor musun?" diye sordu.

"Ona çok kızgınım, bana yaptıklarından sonra ama ya ölürse!"

"Her ikimize de kızmakta çok haklısın. Bizimle kozlarını sonra paylaşırsın Derya. Şimdi yapılması gerekeni yapacağız ikimiz de."

"Neymiş o?"

"Ne sen anneni bu halde yalnız bırakabilirsin ne de ben seni. Birlikte Singapur'a gideceğiz..."

"Nasıl olur! Vizelerimiz yok... sergim..."

"Singapur'a vize gerekmiyordu. Değişip değişmediğini hemen öğrenirim. Sergine gelince, daha bir haftası vardı, değil mi? Anneni gör, ona moral ver, sonra sen dönersin Londra'ya, gerekirse annenle ben kalırım."

"Baba, annem evlendi. Onun bir kocası var, anlamıyor musun?"

"Ben annenin kocası sıfatıyla gitmiyorum Singapur'a. Bir ömrü paylaştığım, çocuklarımın da anası olan kadının yakını olarak gidiyorum. Şu anda benimle uğraşacak halde değildir o."

"Ya David?"

"David gerçek bir İngiliz'se, makul bir insandır. Böyle şeyleri takmaz kafasına."

"Ama baba…" dedim ancak arkasını getiremedim. Ben böyle darı taneleri gibi dağılmışken, birinin kafamı ve hayatımı toparlayıp yönetmesine çok ihtiyacım vardı.

"Sen şimdi gir internete, bilet bak," dedi babam, "ben de şu vize işine bakayım. Telefonunu versene."

"Senin telefonun yok mu?"

"Yok! Telefon kullanmıyordum ama en kısa zamanda internet bağlantılı bir telefona ihtiyacım olacağının farkındayım."

"Benimkinin şarjı, demin Peny'le konuşurken bitti. Fişini sabah senin evinden aceleyle çıkarken odada unutmuşum. Git Hakan'ı bul, onunkini kullan," dedim, Singapur'a iki yer ayırtmak için, yeniden bilgisayarın başına çökerken. Babam kapıya seğirtti.

"Baba!"

Döndü, bana baktı.

"Hesaplaşmam bitmedi seninle. Sadece ertelendi. Kurtulduğunu sanma sakın!"

"Benim geçmişimden kurtulmam zaten mümkün değil

Derya. Sen hazır olduğunda hesaplaşırız. Annen iyileştikten sonra."

"Daha önce baba," dedim, "annem iyileştikten sonraki hesap, onunla kesilecek."

"Singapur yolculuğu on dört saat sürüyor," dedi babam, "konuşuruz yolda."

Çıktı odadan. Babamın ayak seslerine kulak verdim, sabolarının tak takları amma da gürültü çıkarıyordu taş merdivenlerde. Bu sesi dinledim, aşağı kata doğru uzaklaşırken, acaba bana mı yaklaşıyordu adımları babamın?

EDA

İtiraf

Taksiden Orchard Caddesinde iner inmez, rutubetli sıcağa dayanamadığım için, hemen hızlı adımlarla en ünlü alışveriş merkezinin ana kapısına yürüdüm. Sıcak yüzünden nefes almakta zorlanıyordum ama yine de içeri girmeden önce bir an durup, vitrinlere göz attım. Şu saçları Derya'nınkini andıran mankenin üzerindeki kırmızı elbise, ona ne çok yakışırdı! Burnumu cama yapıştırıp, fiyatını görmeye çalışırken dank etti kafama, acı gerçek! Kızım küstü bana... Bir gün böyle olacağını beklemediğimi söyleyemem. Suçluyum çünkü... Hayır, hayır düşünüp moralimi bozmayacaktım, gelmezse gelmesin, varsın kızsın bana istediği kadar! Dünyanın sonu değil ya! Annem hep, elimdekilerin kıymetini bilmediğimi söylerdi. Haklıymış! Şu anda hayatımdaki tek varlık, David. Ben Derya'yla uğraşacağıma, kocamın kıymetini bileyim. Adam ölümün kıyısından döndü. Kurtulmasaydı, şu anda kimsesizdim. Nelerin üstesinden geldim ben, evlat acısı çektim, aldatılmayı kaldırdım, bir yabancı ülkede varoluş mücadelesi verdim kızımla ama yalnızlıkla nasıl başa çıkılır, hâlâ bilmiyorum.

İçimi çekip, döner kapıya yöneldim. Aşırı sıcaktan serin
hole girince ürperdim bu sefer. Otel resepsiyonundan aldığım bilgilere göre, şu anda Singapur'un en şık, en lüks alışveriş merkezindeydim. "Hepsi iyidir ama Nigee Ann City, iyinin de iyisidir," demişti resepsiyondaki Çinli kız, adresi bir kâğıda karalarken. İşte şimdi bu en iyi alışveriş merkezinin oval antresinde durmuş, bir buzdolabının içine düşmüşüm gibi, donuyordum. O kadar üşüyordum ki, sağ elimle sesim kısılmasın diye boğazımı kapatmış, sol kolumla kendimi sarmalamıştım. Kapalı alışveriş merkezlerinin hepsinde havalandırma böyleyse, hasta olmak işten değildi, bu şehirde. İnsanlar nasıl uyum sağlayabiliyorlardı acaba, dışarda nefes aldırmayan rutubetli sıcak ile içerideki morg soğuğuna! İlk işim, kendime bir şal almak olmalıydı yoksa kesin hasta olacaktım. Oysa hasta bakanların hastalanma lüksü yoktur, grip olursam David'in başını kim bekleyecekti?

Yürüyen merdivenlere yöneldim. Merdivenlerde yükselirken, aşağıda kalan mağazaların adlarına baktım, Chanel, Dior, Lanvin, Prada; mücevherciler, saatçiler… İhtişam şaşırtıcıydı. Bu ülkede sıradan ve üşüyen insanlar için de dükkânlar bulunmaz mı acaba?

Bir kat daha yükseldim. Kendimi bir başka gezegendeymiş gibi hissederek, birkaç kat daha çıktım. Hangi katta nelerin satıldığını bilmemek kötüydü! Her bir alışveriş merkezinin içini avucumun içi gibi bildiğim canım Londra, neredesin! Londra'daki evimde oturmakla yetineydim, bunlar başıma gelmeyecekti. David, bu virüsü kapmayacaktı, kızımla aram bozulmayacaktı. Huzurum kaçmış olamayacaktı. Üstelik orada alışveriş etmenin keyfine doyum olmaz, şal mı lazım, ayakkabı mı, elbise mi... ne nerede satılır bilirsin, gider alırsın. Şimdi nerede neyin satıldığını kestiremediğim için, dört dönecektim koca mağazada, titreye titreye!

Yürüyen merdivenlerde en tepeye kadar çıkıp, geze geze inmeye karar verdim. Elbette şal satan bir yer bulacaktım bu devasa binanın içinde. Sonra, şalıma bürünür, bir kafeye tüner, sıcak bir çay içerdim, içimin titremesi geçerdi.

David'in hakkı varmış, alışveriş sana iyi gelecek derken, içim üzüntüden yara gibiydi ama vitrinlere bakarak dolaşırken, oyalandım. Kafamdan çıktı Derya. Başka şeylerle ilgilendim, mesela fiyatlara şaştım kaldım. Kimler alır da takar bu mücevherleri diye düşündüm. Bir kol saatine kim bu kadar çok para verir, kim bir servet olan şu kolyenin, ipek sicime dizilmiş bu soğuk pırlanta tanelerinin parasını gözünü kırpmadan öder ve nasıl taşır boynunda vicdanı sızlamadan; kaç yoksulun karnını doyuracak, hayatını kurtaracak değerdeyken. Ah merhametli kızım, Deryam, hep demez mi, dünyanın bir yarısında insanlar açlıktan, hastalıktan can verirken, diğer yarısındakiler, onları kurtarabilecek paraları en olmayacak yerlere sarf ediyorlar diye. O duyguyu yaşamam için, en pahalı, en ünlü butikleri yan yana sıralanmış görmeyi beklemişim. Beni bunları söylerken duysa... Vereceği yanıtı da ezbere biliyorum: "Londra'da yok sanki bunlar, ilahi anne!"

Tamam var da hepsi aynı anda, aynı damın altında toplanmadığı için, bana bu kadar çarpıcı gelmedi zahir! Bak, yine Derya! Onu düşünmeyeyim derken, düşündüm işte yine. Her ona yakışacak bir elbise, ayakkabı, mayo gördüğümde, her ona benzeyen bir genç kıza rastladığımda, her onu mutlu edeceği kanısına vardığım bir genç adamla tanıştığımda, nasıl hep onu düşünürsem, yine onu düşündüm. O benim bu hayattaki biriciğim, evladım, canım, canımın parçası ve o can, iki günden beridir nefret ediyor benden, ben bu nefreti nasıl tekrar güvene, sevgiye dönüştürebileceğimi bilemiyorum.

214

Ona gelmesi için yalvardığım mesajlara yanıt vermedi. Acaba bir mektup mu yazsam... ne mektubu? Mektup mu kaldı günümüzde, uzunca bir mesaj mı atsam? Hatta her şeyi anlatsam, âşık olduğu Bora'nın, babasının sevgilisi olduğuna kadar açık etsem tüm gizlediklerimi, beni bağışlar mı? Söyleyip durduğum yalanları onu üzmemek, perişan etmemek için sıraladığıma inanır mı?

Yok, yok! Kıyamam kızıma! Öğrenince ya bir bunalıma girerse! Bana kızıyor olması hatta benden nefret etmesi, gerçeği öğrenmesinden kesinlikle daha iyi! Yaşananları öğrenmemeli Derya. Kaldıramayacağı kadar banal çünkü, başımıza gelenler; aynen bir ucuz roman malzemesi gibi! Ama gerçek işte! Yaşanan her hayat, ucuz ya da edebi bir roman gibi değil mi, zaten?

Anna Karanina bir başyapıt ama yaşamına baksanıza, Anna denen genç kadının! Tolstoy'un ünlü roman kahramanı kocası ve bir çocuğu varken, bir genç adama âşık olur. Benim kocam da karısı ve çocuğu varken, zamanın şartlarına uyarak bir genç adama âşık oldu. Biz ailece roman kahramanlarıyız yani! Üstelik Anna'nınki gibi sıradan da değil bizim ailedeki aşk. Sıra dışı! Pek özel!

Gülmeye başladım. Önce dudaklarıma bir sırıtma şeklinde yayılan kaderimin acı şakası, giderek önleyemediğim bir kah-

kahaya dönüştü. Merdivende inip çıkanlar şaşkınlıkla baktılar bana. Utandım, başımı önüme eğdim ve en tepeye kadar çıkmaktan vazgeçip, o an vardığımız katta indim. Önüme ayakkabıcıların bulunduğu bir alan çıktı. Ayakkabı raflarının arasında yürümeye başladım. Ne kadar çok çeşit vardı, bazı raflarda ayak numaraların göre sıralanmışlar, bazı raflarda mevsimlere göre. Kışlık ayakkabıları ne zaman giyiyorlarsa artık, bu sonbaharı bile olamayan ülkede, çizme dahi eksik değildi. Ayakkabıların arasında gezinirken, birden bir fenalık çöktü üzerime, içim çekilir gibi oldu. Yer yer yuvarlak puflar koymuşlar, yorulanların ilişmesi için. İlk önüme çıkan pufa iliştim. Karşımdaki rafta duran kadın ayakkabıları birbirlerinin içinde eriyorlardı sanki, bir bulanıklaşıyor, bir belirginleşiyor. Başım dönüyordu benim. Utanmasam sırt üstü uzanacaktım pufa. Yakınlarda servis yapan bir narin kızın dikkatini çekmiş olmalıyım ki, yanıma geldi;

"İyi misiniz madam?" diye sordu.

"Başım döndü," dedim.

"Yardım çağırayım ister misiniz."

"Yok, teşekkür ederim," dedim ama içim geçiyordu. Ayağa kalkamayacağımı hissediyordum. Tamam yardım çağır, desem, bir sedye mi getireceklerdi bana? Yok artık! Biraz oturayım şurada, kendime gelince kalkarım diye düşündüm.

"Üşüdüm," dedim hâlâ yanımda duran kıza, "İçerisi soğukmuş, çok üşüdüm. Şal satan bir dükkân var mıdır yakında bir yerde?"

"Şal için aşağı kata inmeniz lazım."

"İyi, kalkayım yavaşça, aşağı kata ineyim."

Koluma girdi kalkmama yardımcı olmak için. Beni merdivenlerin başına kadar getirip bıraktı. Yürüyen merdivenlerde aşağı iniyordum şimdi. Sımsıkı tutundum, düşmemek için. Dalgalı denizde bir sandaldaydım sanki, başım sersemdi, midem bulanıyordu. Hani genç olsam, diyecektim ki hamileyim. O haldeydim yani, sabah kahvaltıda yediklerim ağzımdan çıktı çıkacaktı. Zar zor kızın söylediği kata geldim. Şalların bulunduğu yere doğru yürüdüm. Genç bir satıcı kadını gözüme kestirip, "Kaşmir şallar ne tarafta?" diye sordum. Gözünü yüzümden ayırmadan ve konuşmadan, eliyle işaret etti. Deli mi ne?

Başımın dönmesi devam ettiği için yine hafifçe dalgalanarak, işaret ettiği yere yürüdüm, tezgâhın üstündeki büyük sepete indirimde olanları koymuşlar. Şalları tek elimle karıştırıp hoşuma gidecek bir renk aradım. Buldum aradığımı, çekip aldım diğerlerinin arasından. Bu arada bir de açık mavi şal takılmış, benim seçtiğime, ikisi birlikte geldi, onu da Derya için alırım diye düşündüm, bana küs olduğunu yine unutarak. Elimde şallarla aynaya doğru yürürken ikisini de almaya kararlıydım. David'le Londra'ya dönene kadar, ne sular akardı köprülerin altından. Belki kızımla barışmış olurduk. Olmadı, Penny'e hediye ederdim. Hatta Penny için de bir tane seçmek istedim ama geri dönmeye mecalim yoktu. Aynanın önüne gelmiştim. Kendime seçtiğim toprak rengi şalı omzuma koyup aynaya baktım.

Aman Allahım, o ne!

Ne olmuş bana böyle?

Başım sersem diye mi öyle görüyordum acaba, yüzüm pembe pençeler halinde kabarmıştı! Kızamık dökmüş çocuk gibiydim! Ne yedim de dokundu acaba diye düşündüm. Yoksa yeni aldığım yüz kremi alerji mi yapmıştı? Dünyanın da parasını vermiştim, tüh! Etrafıma bakındım, satıcı kızlar toplanmış, uzaktan beni seyrediyorlarmış gibi geldi. Hiçbiri yanıma gelmiyordu. Oysa dünyanın neresinde olursa olsun, bir kadın bir dükkânda eline bir giysi almayagörsün, etrafını, çiçeğe gelen arılar gibi vızıldayan satıcılar sarıverir. Mallarını överler, ne kadar yakıştığını söylerler. Benden uzak durduklarına göre, beni gerçekten kızamıklı filan mı sanıyor bu aptallar! Yok artık, daha neler! Çocuk hastalığı bu! İlkokula giderken geçirmiştim. İki kere kızıl, kızamık olunmaz ki!

Aynaya yaklaşıp, döküntülerimi inceledim. Başım hâlâ dönüyordu, midem bulanıyordu, göz kapaklarım, üzerine külçe konmuş gibiydi. Gözlerimi açık tutmakta zorlanıyordum, içimde taş gibi bir ağırlık vardı ve o taş gibi şey beni yavaş yavaş aşağı doğru çekiyordu... çekiyordu... çe ki..y...o...r..d..u...

Gözlerimi yumdum. Beyaz bir bulutun içine girdim.

Bir ara gözlerim aralanır gibi oldu, başıma üşüşmüştü satıcılar, olması gerektiği gibi. Hah işte şöyle, gelin şalınızı beğendirin bana dedim mi, yoksa demedim mi, ne oldu, hatırlayamıyorum.

Gözlerimi ikinci kez açtığımda, bir ambulansın içindeydim. Hızla gidiyorduk. Başımda, doktor olduğunu tahmin ettiğim başı sarıklı bir Hintli oturuyordu; gözleri, elinde tuttuğu tansiyon aletindeydi.

"Ne oldu?" dedim, güçsüz sesimle.

"Bayıldınız madam. Ama şimdi iyisiniz. Tansiyonunuz normale dönüyor."

"Beni nereye götürüyorsunuz?"

"Hastaneye."

Kolumdaki tansiyon aletini, söktü çıkardı Hintli.

"Madem tansiyonum normal, siz beni otelime götürün lütfen."

"Ah madam, isterdim ama sizi Tropikal Hastalıklar Hastanesine götürmeye mecburum."

"Hiç de mecbur değilsiniz. Ben otelime gitmek istiyorum."

"Madam, bu yakında Uzakdoğu yolculuğu yaptınız mı?"

"Burası Uzakdoğu değil mi? Uzakdoğu'da değil miyiz hepimiz?"

"Burası Singapur. Burada böyle hastalık olmaz."

"Ne diyorsunuz siz? Ben hasta mıyım?"

"Kan testi yapmadan kesin bilemeyiz ama semptomlar bir Uzakdoğu hastalığını işaret ediyor."

"David'ten geçmiştir bana," dedim. Islık gibiydi sesim.

"Pardon?"

"Kocamı Bali'de sivrisinek soktu… o şimdi hastanede zaten."

"O halde gittiğimiz hastanededir. Sizi de sokmuş demek ki ama sizin kuluçka döneminiz eşinizinkinden uzun sürmüş. Eşinizin adı ne?"

"Madem beni de soktu, niye aynı anda hastalanmadık?"

"Dedim ya, kuluçka süresi insandan insana değişiyor. Eşinizin adı neydi madam?"

Başımın dönmesi geri geldi, zar zor verdim kocamın adını. Kulaklarım uğulduyordu. Gözlerimi yumdum ve kendimi yeniden kaybetmeden önce gayretle;

"Ateşim var mı?" diye sordum.

"Otuz dokuz."

"Bakın, çok üşümüştüm. O yüzden çıkmış olabilir… üşüttüğüm için."

Hintli uzun parmaklı ince elini uzatıp saçlarımı okşadı;
"Merak etmeyin. Emin ellerdesiniz madam," dedi.
Ambulans sarsılmadan gidiyordu ama ben dalgalı denizde
bir salda gibiydim, sirenini duyuyordum aracın. Sonra duy-
maz oldum...

Sonraki uyanışım hastane yatağındaydı. David başucumda
bir tekerlekli sandalyede oturuyor, elimi tutuyordu. O an hiç-
bir şey hatırlayamadım.

"Ne oldu bana?" diye sordum titrek bir sesle.

"Bana olandan oldu," dedi David.

"Nasıl yani?"

"Eda, sen de hastalandın. Benim sürecimden sen de geçe-
ceksin. Senin de ateşin yüksek, döküntülerin var. Ama biliyo-
ruz ki hepsi geçecek."

"Midem bulanıyor," dedim zorlukla.

"Biliyorum canım, kustun zaten. Anlaşılan o ki, bir iki haf-
ta da sen yatacaksın burada. Beni hafta sonunda taburcu ede-
ceklerdi ama sen de hastalanınca vazgeçtiler. Sen acilden çıkın-
ca, iki yataklı bir odaya alınacağız. Sana tedavi, bana nekahet!
Düşünsene, hastanede balayı! Böylesi herkese nasip olmaz. Biz
özel bir çiftiz."

"Benden nasıl haberin oldu?"

"Seni getiren sağlık görevlisi, idareye kocanın da burada
yattığını söylemiş. Sen bilgilendirmişsin, hatırlamıyor mu-
sun?"

"Hayal, meyal."

"Daha iyi misin Eda? Başının dönmesi geçti mi?"

"Daha iyiyim. Sen de yanımdasın, şükür! Hep kal, emi."

"Bu gece acilde kalacaksın sevgilim, ateşin yüksek ya, ne

olur ne olmaz diye. Tahliller neticelenip, ateşin de düşünce taşıyacaklarmış seni, benim odaya."

Flört dönemimizde, Derya beni terk edip arkadaşlarıyla ayrı eve çıktıktan sonra, ben kızımın bu tartışmalı ayrılışına çok üzüldüğüm ve yalnızlığı kaldıramadığım için David'e taşınmıştım.

"Her zora girdiğimde ben sana taşınıyorum zaten David."

"Başımın üstünde yerin var," dedi kocam.

Tuhaftır, yalnız kalmayı hiç beceremem ben. Herhalde hiç yalnız kalmamış olduğum için, tek başına nasıl yaşanır, bilmem. Baba evinden koca evine, koca evinden kızımla kurduğum iki kişilik hayata geçmiştim. Derya gittikten sonra, koskoca kadın, sessiz ve ıssız kalan evde şaşkın ördek gibi sağa sola yalpalamış, kızım ayrı eve çıktı diye David'in yanına sığınmıştım. Aslında ben yalnızlık korkusundan ziyade, kızım beni bırakıp gittiği için kırılan kalbimi tamire gitmiştim David'in evine.

Aynı şey oluyordu yine!

Bu kez de hastalık bahane olmuştu; ben yine doğru David'in odasına!

Demek ki hayat da tarih gibi tekerrürlerden ibaretti ya da beni teselli etmek ve parçalarımı toplamak zavallı David'in vazifesi haline gelmişti.

Hayatıma en kırılgan dönemimde girip, beni parçalanmaktan kurtaran David'e bir şey olsaydı, Derya asla benimle oturmazdı. Yalnız yaşayamayacağımı aklına bile getirmezdi. O kendi hayatını kurdu çoktan. Benim ayaklarına dolanmamı istemiyor.

David ölecek olaydı ben ne yapardım? İstanbul'a dönüp,

bunaklık işaretleri gösteren anneme mi sığınırdım, yoksa Penny'nin başına mı ekşirdim? Belki, geç kalmış da olsam, yalnız yaşamayı öğrenirdim, bu yaşımda. Tek başına oturan milyonlarca yalnız insandan biri olurdum.

Ben bunları düşünürken odaya bir doktor girince, David'in hemşiresi tekerlekli sandalyesini iterek çıkardı kocamı odadan. Doktor göğsümü, ciğerlerimi dinledi, ateşime baktı, tansiyonumu ölçtü.

"Ben, bu hastalığa yakalanmadığımı sanıyordum," dedim.

"Bağışıklık sisteminiz daha güçlü olsaydı, yakalanmazdınız."

"Yaa!" dedim biraz şaşırarak.

Bağışıklık sistemimin ani çöküşünü Derya'ya mı fatura etsem! Tabii, nasıl da düşünemedim, koca bir geceyi zır zır ağlayarak uykusuz geçirdim, ertesi gün bammm!

Ah benim, her başına geleni bir başkasına fatura etme huyum...

"Siz bu hastalığa, eşinizden dolayı aşinasınız madam. Biliyorsunuz ki bir ilacı yok. Önce ateşinizi düşüreceğiz. Sonra kan değerlerinizin yükselmesini bekleyeceğiz," diyordu doktor.

"Kan değerlerimi ne zaman ölçtünüz?" diye sordum.

"Hastaneye giriş yapmanızdan hemen sonra. Siz kendinizde değildiniz. Sizden istediğimiz, kesin istirahat ve moralinizi yüksek tutmanız."

"Ben kocama bakıyordum, şimdi o ne yapacak?"

"Kocanız iyileşme yolunda. Giderek güçleniyor. Kolu da iyiye gidiyor. Siz şimdilik sadece kendinize bakın madam. Daha doğrusu bırakın biz size bakalım, siz iyileşmeye bakın."

İçeri giren bir başka hemşire sağ elimin üzerindeki damara bir serum bağladı. Olacakları David'ten bildiğim için, ne yaptıklarını sormadım. Bağışıklık sistemimi güçlendirecek ilaçlar veriyorlardı bana. Uyumamı, istirahat etmemi, iyi beslenmemi ve dinlenerek güçlenmemi istiyorlardı. Yorulmuştum, gözlerimi yumdum. Hemşire ve doktor çıktılar.

David'i geri getirmiş hemşiresi, sesini duyunca araladım gözlerimi;

"Beni artık odama götürüyorlar sevgilim. Yarın yine ziyaretine gelirim. Acilde ziyaret yasak ama başhemşireyi tavladım, seni görmeme izin veriyor."

"Kendine iyi bak," dedim," başında değilim diye sakın yorma kendini."

"Kendime bakmaz olur muyum? Yan yana yataklarda yatacağımız günü sabırsızlıkla bekliyorum."

David'in tekerlekli sandalyesinin uzaklaşan sesini dinledim. Halim olsa yarını iple çekecektim kocamı yeniden görmek için ama o kadar halsizdim ki, daldım gittim.

David'in bana günaydın diyen sesiyle açtım gözlerimi. Odam loştu. Sabah olmuş. Serumu çıkarmışlar.

David, "Hayatıma heyecan kattın Eda, bak yine benden sana bir kaçak ziyaret! Sevgilimi göremezsem ölürüm diye korktular, bana göz yumuyorlar," dedi.

Gülümseyecek halim yoktu ama elimden geleni yapmaya çalıştım. Çünkü beni bu kadar çok seven adama hâlâ yalan söylüyor olmaktan utanıyordum. David artık kurtulmuştu ama başlarda bu hastalıktan ölme ihtimali vardı. Aynı hastalığa yakalandığıma göre, demek ki ben de ölebilirdim. Ölecek olursam, David ondan sakladıklarımı bir başkasından öğrenecekti. Mesela artık her şeyi bildiğini sanan Derya'dan. Benden intikam almaya niyetli kızım, ona olanları anlatacak olursa, son ana kadar kendine yalan söylediğim için kırılmaz mıydı David bana?

Birden telaşa kapıldım. Elimle işaret ettim yakına gelmesi için. Hemşire itti sandalyesini bana doğru, "Sabah sohbetinizi yapın siz," dedi, "on dakika sonra gelip kocanızı odasına götüreceğim, kimseler onu burada görmeden."

Biz odada yalnız kalınca, "David," dedim, "dün sana bir türlü söyleyemediğim şeyi şimdi söyleyeceğim…"

"Sonra söylersin. Yorma şimdi kendini."

"Hemen söylemek istiyorum… Daha önce söylemediğim için bağışla, bazı şeyleri açıklamak hiç kolay değil…"

"Biliyorum Eda. Sıkma kendini, sonra…"

"Dinle David! Lütfen! Sana bir kazadan söz etmiştim ya… İşte Derya'dan saklamaya çalıştığım o kazada, Bora adında bir genç adam öldü. Bora Derya'nın ilk aşkıydı, platonik aşk yani."

Yorulmuştum, derin bir nefes alıp devam ettim, "Kızımın âşık olduğu o genç var ya, Bora… şey David… İlhami beni onunla aldattı. Anladın mı şimdi niye Derya'yı kaçırdım İstanbul'dan ve gerçeği saklamak için ona yalanlar söyledim."

"Eda… şimdi sırası değil. Hastasın sen."

"Derya her şeyi öğrenmiş. O yüzden vazgeçti gelmekten. Mesajlarıma, telefonlarıma yanıt vermedi… Ben… ben…"

"Zavallı sevgilim! Neler çekmiş olmalısın! Konuşup yorma kendini. Ateşin düşünce anlatırsın."

Yok, artık hiçbir şey anlatmam, dedim içimden, ne şimdi çünkü konuşacak halim kalmamıştı, ne de sonra!

Bitti!

Söyleyeceğimi söyledim ben! Artık değil anlatmak, hatırlamak dahi istemiyordum. Düşünmek de...

İki yıldır sırtımda taşıdığım ağır küfenin yükünden kurtulmuştum. Her yeni günü yeni bir yalanla örmekten, Derya gerçeği ne zaman ve hangi şartlarda öğrenir diye endişelenmekten, David'in kulağına eski kocamın bir erkeğe âşık olduğu giderse diye korkmaktan yorgun düşmüştüm.

David, eski kocamın marifetini dün gece öğrenmişti. Kıyamet kopmamıştı!

Ben utanmaya, yerin dibine geçmeye hazırlanırken, David oralı bile olmamıştı.

Kızım da gizlediğimi sandığım mektupları okuyarak öğrenmişti ondan sakladığım sırrı ama benim fedakârlığımı takdir edip babasına kızacağına, bana kızıp onu bulmaya koşmuştu.

Şaşırmıştım.

Ben doğruydum da etrafım mı çıldırmıştı? Yoksa tuhaf olan ben miydim?

Çağımın dışına mı düşmüştüm? Kendimi zamana mı uyduramamıştım? Ben kafası ve yüreği eski devirlerin romantik aşklarının yaşandığı günlere takılı kalmış, demode bir resimli roman kahramanı mıydım?

Derya bana çok kızdığına ve babasını bulmaya gittiğine göre, İlhami'nin onu terk etmediğini öğrenmiş olmalıydı ama benim İlhami'yi niye terk ettiğimi öğrenmiş miydi acaba? Yoksa babasının sevgilisinin Handan olduğunu mu sanıyordu hâlâ? Eğer gerçeği öğrenmişse, beni bir de Handan'a haksızlık yapmakla suçlayacaktı şimdi. O konuda azıcık haklı olacaktı, çok değil! Çünkü Handan tamamen masum sayılmazdı. İlhami'yi baştan çıkarmak için elinden geleni ardına koymamıştı ama... Belki de Handan kocamın tipi olmadığı için. Handan'ın cüretkâr tavırlarından etkilenip bir ara acaba ayağı kaymadı mı diye düşünmedim değil... Kaydıysa da çabuk toparlandı İlhami. Nitekim Handan'ın kovalayan onun da kaçan olduğu kovalamaca uzun sürmedi, nedense İlhami Handan'a sinir olmaya başladı. Evde Handan'dan sık sık şikâyet ediyor, kadının hırsının büyüklüğünden, yayınevi hisselerinin peşinde olduğundan dem vuruyordu. Son zamanlarda ortaklıklarını bitirmeyi bile düşünmeye başlamıştı. Bense Handan'ın gerçek yüzünü ancak Bora'nın evindeki son gecemizde gördüm. Tesadüfen. Onunla karşılaşacağımı bilsem hiç gider miydim o eve!

Bora'nın öldüğü akşam, ben bilgisayarındaki hatıraları ondan almanın derdindeydim, Handan ise şirket hesaplarının peşindeymiş. Ben ailemi, kızımı korumak için Bora'nın hatıralarını yayınlamasına engel olmaya çalışıyordum, Handan Bora'nın yayınevinde kendi yerini almasına! Kapının ardında bağırtılarını duymuş, kulaklarıma inanamamıştım önce. İlhami'nin Handan'la ortaklığını bozduğunu biliyordum ama, Handan'dan satın aldığı hisseleri Bora'ya devrettiğini o gece tesadüfen öğrendim ben. Ne çok şey öğrendim o gün, o bir saatin içinde. Oysa şimdi yine bilinmez denklemlerin karşısındayım. Derya hangi mektupları okudu, olanların ne kadarını biliyor, haberim yok. Babasının bir erkeğe âşık olduğunu bilmiyordur, mektuplarında bu konuya hiç değinmedi İlhami. Ama babasının hapis yattığını öğrenmiş olmalı. Bunu sineye çekebilir de, babasının sevgilisinin Bora olduğunu öğrenecek olursa, işte asıl o zaman yıkılır. Bir daha hiç kimse toplayamaz onu. Zaten gel-git'lidir benim kızım, duygusaldır, fazla hassastır, tıpkı benim gibi.

Düşüncelerimle başa çıkamayınca, boş ver, dedim kendi kendime, ne öğrendiyse, neye kızdıysa önemi yok artık. Olan oldu! O da bir ergin, çocuk değil! Hepimizin taşıdığı hayat yükünü onun da taşıma sırası geldi. Ben başıma gelenlerle nasıl yaşayabildimse, o da yaşar, elbet. Evlat acısından daha ağır ne olabilir ki! Varsın Bora'nın ölümünü de öğrensin. Varsın daha ötesini de... yetti artık, bu yükü indiriyorum sırtımdan.

Kimin doğru kimin yanlış yaptığı o anda umurumda bile değildi. David ve Derya gerçeği öğrendiklerinden beri hafiflemiştim. Artık ölsem de gam yemeyecektim!

Yok, yok! Ölmeyeyim Allahım. Sakın ölmeyeyim!

Hayret! Ölmek istemiyordum. Oğlumu kaybettikten sonra, her gece ölümü çağıran, ölümü hasretle bekleyen, sadece kızım için hayata tutunmuş olan ben, şimdi ölmek istemiyordum.

Hatta içimden beni de David'i kurtardığı gibi kurtarması için Allah'a yalvarmak geliyordu. "Madem bana ikinci bir şans verdin, karşıma David'i çıkardın, ona bahşettiğin hayatı bana da bahşet. Söz veriyorum, kolu sakat kalırsa tek bir şikâyet dökülmeyecek dudaklarımdan," diye dizlerimin üzerinde yalvarmak, secde etmek istiyordum. "Ama son bir isteğim daha var... Lütfen Allahım, gerçekten son istek, bu! Yalvarırım geri çevirme beni. Hayatta kalacak olursam, Derya geri dönsün. Dönmese de bağışlasın beni. En azından sesini duyayım bir telefonun ucunda. Lütfen. Sırf bunun için, iyileşir iyileşmez şu yataktan kalkınca İstanbul'a, Eyüp Sultan'a gideceğim bir kurban kesmeye... Sakın yanlış anlama Allahım, iyileştiğim için değil, kendim için değil vallahi, kızım beni affetsin diye, doğru yerde, gerektiği gibi dua etmek için."

Bir ses duydum.

Madem pazarlığa oturuyorsun kızın için, o zaman sonuna kadar yüzleş kendinle, diyordu bana, yoksa bu pazarlığın hiçbir değeri kalmaz!

Kimdi bu? Kimin sesiydi?

David olamaz, onun hiçbir şeyden haberi yoktu, biliyordum.

Kaçma Eda! Kendinden kaçma! Kendinden kaçtıkça, hayat seni sürekli sınıyor!

Kafamın içindeydi ses.

Vicdanım, kulağıma fısıldıyordu

Bana çocuğumun hayatına mal olan suçumu mu hatırlatıyor yine? Oysa susmuştu! Yıllardır konuşmuyordu. Onca terapi, avuçla ilaç, uykusuz geceler... susmuştu neticede. Susturulmuştu.

Tekrar döndü kafamın içine. Eyvah!

Bir başladı mıydı, susmaz artık. Gece gündüz taciz eder.

"David," diye fısıldadım, "yaklaş."

"Çok yakınındayım Eda."

"Sana bir şey söyleyeceğim..."

"Söyledin canım. Sus, dinlen artık."

"Bu son. Dinle bak..."

"Yoruyorsun kendini. Üzüyorsun da. Bak, bir yaş düştü yanağına..."

David elini uzatıp parmağının ucuyla sildi gözyaşımı.

"David, ben başıma gelen her şeyi hak ettim. Dinle bak, üzerimdeki lanetin kalkması için, şimdi söylemem lazım sana..."

"Sayıklıyorsun," dedi David.

"Sayıklamıyorum. Doğruyu söylüyorum. Ben her şeyi hak ettim çünkü, David ben... ben... kocamı aldattım. Bir kere oldu ama bin kere pişmanım. Çok ağır ödedim suçumun bedelini. Aynı gün oğluma araba çarptı. Her şeyi hak ettim ben, başıma gelen her şeyi..."

"Bak, titremeye başladın Eda. Ne olur sakin ol, sonra anlatırsın.."

"Duydun mu dediklerimi David?"

"Hemşire çağıracağım, zil nerede..."

"Duydun mu David?"

"Duydum. Geçmişte kalmış... bırak bunları. İnsanız biz. Hatalar yaparız. Hatalar insanlar içindir."

"Ama David ben itiraf etmedikçe hep ceza..."

"Çırpınma Eda, sen de beni dinle ne olur, Allah bize böyle cezalar vermez. Bak ben karımı hiç aldatmadım ama hem kızım hem karım uçak kazasında öldüler. Neden? Çünkü hayat böyle. Yazgını kabul et, sen Müslüman'sın üstelik, kadere inanırsın."

Belki başka şeyler de söyledi David, sesi giderek uzaklaşıyordu, iyi duyamıyordum... koluma bir iğne batırdılar galiba... David... neredesin, dedim. Yanıtlamadı. Anladım, yalnızdım yine... yapayalnızdım.

Uyudum. Uzun uyudum.

Rüyalar... rüyalar... rüyalar!

Can, okula başladığı gün giydiği mavi önlüğüyle, kollarını açmış, bana koşuyordu. Kucaklıyordum onu, kokusunu içime çekiyordum. İpleri çok yüksek bir ağacın görünmeyen dallarına takılı bir salıncakta kucak kucağa sallanıyorduk oğlumla. Mutluydum, ah çok mutluydum.

Sonra kızımın sesini duydum hayal meyal.

"Ben buradayım anne. Aç gözlerini. Lütfen aç gözlerini. Seni anladım. Niye bana yalanlar söylediğini anladım anne," diyordu Derya. "Kimbilir ne çok üzüldün, ne çok acı çektin annem. Bitti. Hepsi bitti. Bir an önce iyileş, evimize dönelim. Bir daha hiç yalan söylemek zorunda kalmayalım birbirimize. Hep iyi şeyler olsun. Duyuyor musun beni anne? Anne! Anneee!"

Kızım gelmiş!

Üzerime eğilmiş olmalı, saçları yüzüme değiyordu. Nefesinin sıcağını, teninin kokusunu duydum. O koku ki, onu kucağıma ilk aldığımda yapışmış burnuma, o yüzden mi acaba ne zaman özlesem Derya'yı, burnumun direği sızlar. Gelmiş kızım! Gelmiş! David'e haber vermeliyim... kızıma iyi baksın, iyi ağırlasın onu diye.

"Annem, gitme! Dön ki yine birlikte olalım. Evimize dönelim."

Derya'ya elimi uzatmak, ona değmek istedim ama kaldıramadım kolumu. O benim elimi avucuna aldı. Kızımla el eleydim, sıcacıktı eli ama ben üşüyordum. Beyaz yumuşak bir kar yağıyordu üstüme ve Deryamı giderek görünmez kılıyordu.

Yoksa bir rüya mıydı bu da? Hepsi, her şey bir rüya mıydı?

DERYA-İLHAMİ

Dönüş

İnternette İstanbul'dan Singapur'a giden uçaklara baktım. Türk Hava Yolları, gece geç saatte uçuyordu. Süper! Yarın acele etmemize gerek yoktu, akşamüstü İstanbul'a uçup, şehre hiç girmeden havaalanından aktarma yapabilirdik. Babama danışmaya gerek görmeden ayırdım yerlerimizi. Bilgisayarı kapatmak üzereyken, babamın benimle geliyor olmasının ne kadar iyi bir fikir olduğunu düşünüyordum. O daha önce gitmişti Singapur'a, yol yordam biliyor olmalıydı. Onca saat tek başıma da uçmayacaktım üstelik. Yol boyunca konuşur, hesaplaşırdık.

Hesaplaşma!

"En gücüme giden de babanla hesaplaşamamam oldu," demişti annem, babamdan ayrıldığı geceyi anlatırken, "Bana yaptığı onca haksızlığı sorgulayamadım bile. Mesela Singapur yolculuğunu. Hatırlıyor musun Derya, bizi New York'ta otel odamızda bırakıp, pür telaş Singapur'a mı Çin'e mi bir yere uçmuştu, Çinli yayıncılarla görüşeceğim diye. Meğer sevgilisiyle tatile gidiyormuş!"

O günler gözümün önüne geldi! Tatilimizin orta yerinde, birlikte yapacağımız sürüyle şey varken, müzeleri gezecek, Radio City'e gidecekken, babamın bizi iş için de olsa, New York'ta pat diye bırakıp gitmesine ne kadar üzülmüştüm! Annem bana o tatili hatırlatırken, babamın Handan'la buluşmaya gittiğini zannediyordum. Oysa şimdi gerçek sevgilisini biliyorum. Annemi ve beni Bora için yalnız bırakmış meğer, New York'taki otel odasında. Yalanlarını sıralayıp, çekip gitmiş. Utanmadan!

Aradan geçen yıllara rağmen, yine üzüldüm! Yine kızdım babama! Benimle yapmakta olduğu tatili bir başkasıyla tamamladığı için, geriye dönük gücendim. Son iki yılın yoğun kötücül duyguları yine ele geçirdi beni. Bilgisayarı açıp, babamın uçuşunu iptal ettim.

Gelmesin benimle! İstemiyorum!

Aşağı indim. Babam ve Hakan lobide oturmuş, beni bekliyorlardı.

"Nerde kaldın?" dedi, bana doğru gelen babam.

"Biletimi ayırttım, geldim işte.

"Biletlerimizi…"

"Hayır baba! Ben yarın akşam yalnız gidiyorum. Ve sen gelmiyorsun! Senin benimle gelmeni saçma buldum."

"Kızımı hiç tanımadığı bir Uzakdoğu ülkesinde iki hastayla baş başa bırakmak istemem, saçma mı?"

"Annem senin gelmene sevinecek olsa anlarım da, yüzünü görmek bir yana, adını bile duymak istemeyecektir. David dersen seni hiç tanımaz."

"Varlığım onları rahatsız edecekse, annen ve kocasının benden haberdar olmaları şart değil. Söylemezsin, olur biter. Ben senin için gidiyorum Singapur'a, oralarda yalnız kalma diye, bir ihtiyacın olursa diye..."

"Sana ne ihtiyacım olacak ki?"

"Kızım, her ikisi için de ağır hasta diyorsun. Birinden birine, Allah korusun, bir şey olursa, ne yaparsın sonra?"

"Öyle bir şey olmaz! Üstelik David iyileşiyordu bildiğim kadarıyla."

"Her şey yolundaysa ben hemen geri dönerim."

"Ben de yerleşmeye gitmiyorum, sergim var benim, annemi görüp döneceğim. Sırf annemin kaprisi yüzünden gidiyorum. Hastaysa hasta, ben doktor muyum, elimden ne gelir ki?"

"İnsan çok hastayken kızını başında isteyebilir."

"Annem beni barışalım diye istiyor. Bana yalan söylediği için, özür dileyecek herhalde."

"Bırak dilesin. Rahatlatsın kendini. Keşke benim de ondan özür dileyecek imkânım olsaydı."

"Ohh ne iyi baba! Yapın edin, özür dileyin."

"Bu kadar katı olma. Sen de kimbilir istemeden ne kalpler kıracaksın şu ölümlü dünyada."

"Kıracağım kalplerin karşılığı olarak anneminkini tamire gidiyorum işte. Daha ne yapayım!"

"Keşke ben de seninle gelseydim. Aklım sende kalacak."

Güldüm, "Al sana yepyeni bir uğraş," dedim, "Derya'yı düşünmek!"

Babam sesimdeki alayı sezdi, "Peki kızım, nasıl istersen öyle olsun," dedi ve Hakan'a döndü;

"Derya'nın otele ne zaman döneceğini bilemediğimden, Recep'i eve yollamıştım," dedi. "Onu geri çağırmak için geç oldu. Ben eve Derya'nın arabasıyla döneyim, siz de yarın birlikte öğlen yemeğine gelin. Ne dersiniz?"

"Memnuniyetle. Ama bence siz baba-kız birlikte dönün şimdi. Ben yarın öğlen kendim gelirim," dedi Hakan.

"Nedenmiş o?" diye atıldım.

"Birlikte daha fazla zaman geçiresiniz diye. Biriniz burada diğeriniz Londra'da yaşıyorsunuz, görüşme fırsatınız kısıtlıdır."

"Harika fikir," dedi babam, "ben de onca yolu yalnız başıma yapmamış olurum. Laf aramızda, sizi beklerken içtim de biraz. Yolda alkol kontrolü varsa, başım derde girer."

"O zaman zaten başka seçenek kalmıyor," dedi Hakan.

Erkek dayanışması karşısında tartışmak boşunaydı. Odama çıkıp eşyalarımı topladım, lobiye indim ki babam otele olan borcumu ödemiş.

"Hesabı kapatmışsın. Neden yaptın bunu?" diye sordum.

"Sen benim kızım değil misin?"

"Kolayca kapatılmayacak bir hesabımız daha var, baba. Bunu sakın unutma."

"Ben neden bunca saat otel lobisinde seni bekledim?" dedi babam, "Aramızda konuşulmamış hiçbir şey kalmasın diye. Yüzleşmekten sen kaçtın, dün gece."

Babamdan kaçtığım doğruydu. Hiçbir şey söylemeden kapıya, Hakan'ın yanına yürüdüm.

Hakan da geçirmek için bizimle çıktı otelden, valizimi arabamıza kadar taşıdı. Ertesi gün görüşmek üzere ayrılmadan önce babam;

"Evin yolunu bulabilir misiniz kolaylıkla?" diye sordu Hakan'a.

"Elbette."

"Geç kalmayın. Biliyorsunuz yolcuyuz yarın."

İlla ukalalık edecek diye geçirdim içimden.

"Biliyorum efendim," dedi Hakan.

"Ben tek başıma yolcuyum," dedim ben.

Direksiyona geçtim, gecenin karanlığına doğru sürdüm arabayı.

Bir süre hiç konuşmadan yol aldık, sonra babam; "Bana kızgın olmanı anlıyorum kızım," dedi, "beni bağışlaman zaman alacak. Ama sana çok şey anlatacağım... belki biraz olsun hak verirsin bana."

"Nasılsa çok vaktimiz olacak, hesaplaşmamızı yarına erteleyelim mi" diye sordum, babamı dinlemek istemediğim için ama aslında çok da yorgunumdum, değil hesaplaşacak tek laf edecek halim kalmamıştı. Babam içini çekip, "Öyle olsun," dedi.

Yolda hemen hemen hiç konuşmadık. Babamın Çin yolculuğunu hatırlayınca içimin tüm şeytanları ortaya dökülmüştü yeniden.

Eve varınca doğru bir gece önce yattığım odaya çıktım. Kedi bu sefer ortalıkta yoktu.

"Ulan kedi," diye söylendim, "neredesin? Sen istediğin yere gönlünce yerleşiyorsun, keyfine göre çekip gidiyorsun, ben senin kadar bile olamıyorum, bak istemediğim halde yine buradayım işte."

Önce telefonumu, prizde takılı unuttuğum fişe taktım. Üstümdekileri bir çırpıda çıkardım, hiçbir şey giymeden kaydım serin çarşafların arasına. Burnuma yine mis gibi lavanta çiçeği kokusu geldi. O kadar yorgundum ki, günün muhasebesini yapacak gücüm dahi kalmamıştı. Zannettim ki başımı yastığa koyar koymaz dalacağım. Öyle olmadı, sağa döndüm, sola döndüm, bir türlü uyku tutturamadım. Kalkıp pencereyi açtım. Derin nefesler çektim içime, üşüyünce yeniden yatağa döndüm, kendimi lavanta çiçeklerinin rüzgârda tatlı tatlı sallandığı bir geniş çayırda farz edip, sımsıkı yumdum gözlerimi, uyumaya çalıştım yine.

Boşuna!

Uyku tutmuyordu.

Çıktım yataktan. Üzerime, yere bıraktığım giysilerimi geçirdim, niyetim mutfakta kendime bir ıhlamur kaynatmaktı. Çıplak ayakla merdivenlerden inmeye başladım ki, tuhaf bir kızıllık yansıdı duvara. Hızlandım, oturma odasına kuşbakışı baktım merdivenlerden. Babam sönmeye yüz tutmuş şöminenin önündeki koltukta, ayaklarını pufa uzatmış, kucağında gözlüğü, başı yana kaykılmış, uyuyordu. Ağzı hafifçe açılmış, çenesi sarkmış, sakalları beyaz beyaz uç vermiş, nerdeyse yaşlı bir adam olmuş uyurken, benim sadece iki-üç yıl önce gencecik bıraktığım babam!

Yanına kadar gidince uyandı. Gözlerini kırpıştırarak toparlandı.

"Sen yatmadın mı baba?" dedim.

"Uyuyamayınca kitap okumak için buraya geldim, üşüdüm sonra, şömineyi yakmıştım, sönmüş baksana." Ayağa kalktı odunları karıştırdı, yeniden harladı ateşi. Koltuğun yanında yerde duran kitabı o zaman gördüm. Uyuyakalınca elinden düşmüş, besbelli. Eğilip aldım yerden. Bağcılık ve şarapla ilgili bir kitaptı.

"Kızım sen ne yapıyorsun burada?"

"Ben de uyku tutturamadım."

"Hiç değişmiyorsun Derya, bak, ayakların çıplak yine! Üşüyeceksin, basma taşa çıplak ayakla. Otur şuraya."

Babama kitabını uzattım;

"Bunu okumaya vaktin olmayacak baba, konuşmak istiyordun ya, gerekirse sabaha kadar konuşacağız," dedim.

"Hani yorgundun?"

"Yorgunum ama bu konuşmayı yapmalıyız. Yoksa ben huzur bulamayacağım."

"Merak etme, aramızda açıklığa kavuşmayan tek bir konu kalmayacak."

Buz gibi olmuş ayaklarımı altıma alıp, berjere oturdum. Çıtır çıtır yanan kütüklere bakarak;

"Hep bir şöminemiz olsun istemiştim ben, hatırlar mısın?" diye sordum.

"Hatırlıyorum tabii. Sapanca'da bir ev almak üzereydik..."

Cümlenin nasıl biteceğini biliyordum:

"... ki Can öldü."

Söylenmese de bu cümle havada asılı kaldı aramızda. Hüzünlendik. İkimiz de konuşmadık bir süre. Sonra babam belki de o acı günleri yeniden yaşamayalım diye konuyu değiştirmek istedi herhalde;

"Ben senin Singapur uçağındaki yerini turist mevkiinden Bussiness Class'a geçirttim?" dedi.

"Aaa, neden ama?"

"Az buz değil, on dört saat uçacaksın Derya. Bussiness'ta koltuklar yatay pozisyona geçebiliyorlar. Uyursun diye düşündüm."

"Çok pahalıya patlamıştır sana."

"Olsun! Rahat uçarsın, böyle."

"Madem varını yoğunu annemle bana bıraktın, eskiden yaptığın gibi paranı savuramazsın öyle! Sonra sıkıntı çekersin."

"Çekmem. Hayat tarzımı gördün, benim paraya ihtiyacım yok."

"Dağın tepesinde yaşadığına göre öyle olmalı. Ama yine de iyi paran var ki, beni lüks uçuruyorsun. Demek beş parasız kalmamışsın. Anneannem senin gibilere kirli çıkı der."

"Benim çıkı bomboş! Yayınevini ve evimizi satınca elime geçenin tümünü size yolladım. Aceleden iyi pazarlık da yapamadım."

Alaycı bir sesle, "Acelenin sebebi neydi, baba?" diye sordum.

"Annen ve sen! Londra'da beş parasız bırakamazdım sizi. Satışları mümkün olduğu kadar çabuk gerçekleştirip size para göndermem gerekiyordu."

"Bu evi hangi parayla aldın?"

"Bankada biraz birikimim vardı. İnzivaya çekilmek için gözlerden uzak bir yer aradım. Bu arazi de ihtiyaçtan satılıktı. Yoksa cebimdeki parayla bu kadar geniş bir arazi satın alamazdım. Ev harabe halindeydi, şöyle bir tamir koyduk, evi Recep'le birlikte boyadık."

"Öyleymiş. Söyledi Recep."

"Bizim köhne bağ, ufak dokunuşlarla iyi mahsul vermeye başladı. Bir şeyler kazandırıyor bize."

"Bize deyip duruyorsun. Kimsiniz 'siz'?"

"Ben, Recep ve ailesi."

"Bu bağ işinde ortağın mı Recep senin?"

"Ortağım değil ama kazandığımız parayı birlikte tüketiyoruz. Evde kaynayan tencereden birlikte besleniyoruz. Kimin ihtiyacı varsa, parayı ona harcıyoruz. Bana pek lazım olmuyor. Çoğu kez oğlanın okul parası, özel dersi, üstü başı... yaşı ilerleyince eğitimine daha çok para gerekecek."

241

"Desene Allah bana bir kardeş daha verdi! Nereden buldun bu Recep'i sen?"

Babam hemen cevap vermedi. Ben üsteledim.

"İlan mı verdin bekçi aranıyor diye?"

"Hayır. Daha önceden tanıyordum. O da İstanbul'dan uzaklaşmak istiyordu. Ben buraya yerleşmeye karar verince, haber yollattım. Ailesini aldı geldi. Bana can yoldaşı oldular."

"Evet. Farkındayım."

Sesimdeki alayı fark etmedi babam. Oysa bilir ona olan düşkünlüğümden eskiden beri ona fazla yakın duran insanları hep biraz kıskanmış olduğumu. Kardeşimi de bu yüzden kıskanmış değil miydim!

"Biliyor musun Derya, sen gelene kadar, kendime seçtiğim hayat tarzında paraya hiç ihtiyaç duymadım. Ama görüyorum ki an geliyor para lazım oluyor insana. Belki de Recep'in araziyi değerlendirme öğüdüne kulak versem iyi olur."

"Akıl hocan Recep ise, sırtın yere gelmez artık!"

"Sağduyu için diploma gerekmiyor. Recep'i küçümseme, müthiş bir hayat tecrübesi var."

"O şeyden hepimizde var, sayende."

"O şey, sadece acı çekmekle ilgili değil."

"Neyle ilgili?"

"Dostluğun, dayanışmanın kıymetini bilmekle, bazı şeylere parayla sahip olunamayacağını anlamakla ilgili."

"Neymiş o şeyler?"

"Mesela huzur! Mesela sevgi! Ve mesela doğayla iletişim."

"Ağaçlarla mı, mesela?"

Babam hâlâ farkında değildi dalga geçtiğimin. Ciddi ciddi yanıtladı:

"İçinde yaşadığımız doğanın, kuşlar dahil tüm canlılarıyla. Doğayı dikkatle gözlemlersen, sana yaşama dair çok şey anlatır."

Huzuru ve sevgiyi anladım da doğayla iletişim Ege'ye yerleşen erkeklerin takıntısı olmalıydı. Demek şehirlerin kalabalığından kaçıp Hakan ve babam gibi köylerde kasabalarda yaşamayı tercih edenler, ağaçlarla, otlarla, börtü böcekle yeni bir dil geliştiriyorlardı aralarında. Sadece dil mi? Yaşam tarzı, ağız tadı hatta giyim kuşam da değişiyordu, gördüğüm kadarıyla. Babamın iyi kazanan bir yayıncı iken giydiği giysileri, tercih ettiği markaları düşündüm. Bir zamanlar giysileri üzerinde jilet gibi duran babam, kilo verdiği için belini kemerle sıktığı, bacaklarından akan bir gri pantolon, kareli bir gömlek ve kalın gri bir hırka giyiyordu. Arada, geçen yıllar saçlarını ağartmakla kalmamış, tüm tarzını da değiştirmişti. Sosyal yönü çok güçlü olan adam, bir köyde bile değil, bir tepede, arkadaşsız, akrabasız, komşusuz, nerdeyse tek başına yaşıyordu.

Babamla dalga geçmeyi sürdürdüm.

"Kuşlarla iletişim kuruyorsun madem, kuş dili öğrendin mi?"

"Biliyor musun, gerçek kuş dilini sadece Karadeniz'de konuşurlarmış."

"Yok artık!"

"Vallahi doğru. Hem de Islıkla... Karşılıklı kuş gibi öttükleri bir dilleri varmış."

"Karadeniz'e taşın o halde."

"Üzüm yetiştirmeye başlamamış olsam, düşünürdüm. Ama şimdi kızımı ziyaret etmek için paraya, para için işe ihtiyacım var. İşim de arazimin içinde!"

"Sen bana, dereyi görmeden paçaları sıvama derdin, hep. Sen de öyle yap! Nereden çıktı bu 'ziyaret?' Hem hani sen seyahat etmiyordun artık?"

"O dünde kaldı. Ne demiş Türk büyüğü Süleyman Demirel: 'Dün dündür, bugün bu gündür.'"

"Benim bugün hatta şu an yanıt bekleyen sorularım var."

"Teker teker sor hepsini."

Alnında, şakaklarında boncuk boncuk ter zerrecikleri vardı, şöminenin sıcağı fazla gelmişti herhalde, üzerinden kalın örgü hırkasını çıkardı. Hırka üzerindeyken çok belli değildi, Allahım, ne kadar zayıflamış! Gömlek de üzerinden dökülüyordu pantolonu gibi. Pencerenin önüne gitti, camı açtı, birkaç derin nefes aldı.

"Bazen bir sıkıntı basıyor böyle," dedi.

Birden acıdım babama. Acaba benimle gelmesine izin verse miydim?

Ama aklıma annemle beni New York'ta bırakıp, sevgilisiyle Singapur'a yaptığı kaçamak gelince yine ifrit kesildim.

Yerine dönünce, "O zaman anlat bakalım," dedim, "beni aptal yerine koymadan anlat ama! Annemle bir olup, yalanlarla dolanlarla kandırmayın beni. Her şeyi bilmek istiyorum. Başından itibaren. Yoksa ne seni ne annemi asla affetmeyeceğim."

"Yine kaçmaya kalkışmazsan, anlatırım."

"Şimdi kaçabilecek yerim yok. Ne duyarsam duyayım, şu koltukta hapisim. Ne istersen anlatabilirsin, gideceğim en uzak yer tuvalet."

"Peki, dediğin olsun. Sen mi soracaksın, ben mi kendi sıralamama göre..."

"Ben soracağım. İlk soru şu: Beni niye Bora'ya ittin? Tatile geldiğimde benimle onu sen tanıştırmıştın. Neden?"

"Bora iki yıldır ofisimde çalışıyordu. Hiçbir falsosunu görmemiştim. Çalışkan, tutarlı, efendi bir çocuktu. Sen de ara dönem tatiline gelmiştin, gezmek istiyordun, konserlere filan gitmek istiyordun. Dışarda okuduğun için İstanbul'da arkadaşın yoktu. Olanlar da altına yeni araba çekilmiş, zengin ailelerin çocuklarıydı. Onları beğenmeyeceğini, küçümseyeceğini biliyordum Derya, çünkü sen onlara göre daha olgundun."

"Ölüm acısını tattığım için herhalde. Çabuk büyümek isteyenlere tavsiye ederim!"

"Doğrudur, Can'ın ölümü hepimizi zamanından evvel yaşlandırdı. Ben o sırada ölüm hakkında bugünkü görüşlerime sahip değildim... Neyse konuyu dağıtmayayım..."

"Dur, dur... neymiş ölüm hakkındaki görüşlerin?"

"Ölüm bence bir felaket değil, bir kurtuluştur. Mevlana'nın gözünde, düğün gecesidir, mesela ölüm. Bir gömlek değiştirmedir. Ben öyle düşünüyorum ama bunu sonra konuşalım."

Ölümün felsefesiyle ilgilenmiyordum o anda, "Bora'yı bana niye tanıştırdığını anlatıyordun," dedim.

"Biliyor musun Derya, ben aslında arkadaşlarımızın çocuklarıyla gece gezmelerine gidersen, arabalarını hızlı kullanır, kaza yaparlar diye korktum. Böyle gizli bir korkum vardı, Can'ın vefatından beri. Sana kavalyelik etsin diye, aklı başında, sorumlu birini seçtiğimi düşündüm, sadece bir on gün için. Nereden bileyim ona tutulacağını."

"O sırada Bora senin sevgilin değil miydi?"

"Ne münasebet! Elbette değildi."

"Ne zaman sevgilin oldu?"

"Çok sonra. Olduğu zaman da ben senin ona âşık olduğunu bilmiyordum. Sonradan fark ettim. Annen söyledi."

"Vazgeçebilirdin."

"Bir şey değişmezdi senin açından. Bora eşcinseldi. Kızlarla ilgilenmiyordu. Sen o kadar masumdun ki, bunu göremedin, anlayamadın."

"O da patron kızıyım diye, beni idare etti."

"O kendince anlatmaya çalıştı herhalde sana."

"Aranızda konuşup güldünüz mü bana?"

"Derya! Şaka yapıyorsun herhalde. Sen benim evladımsın. Biricik kızımsın. Ben böyle bir şeye izin verir miyim hiç?"

"Ama ben sana itiraf ettim Bora'ya âşık olduğumu. Hatta senden yardım istedim. Neden vazgeçmedin Bora'dan."

"Senin Bora'ya tutulduğunu anladığımda çok geçti, Derya. Biz bir ilişkinin içindeydik. Vazgeçemeyeceğim kadar şiddetli bir... bir... duygusal, tensel bir ilişkideydim. Dedim sana, vazgeçsem de senin açından bir şey değişmezdi."

"Senin gibi bir adamın bir erkeğe âşık olabileceğine hâlâ inanamıyorum!"

"Ben de inanamadım kızım. Ama aşk böyle bir şey. Böyle paldır küldür başına geliveriyor insanın işte, hiç beklemediği bir anda."

"Beni hiç düşünmedin mi baba? Beni, annemi, hayatımızı... duyulursa ne olur, ne yaparız, demedin mi?"

"Duyulacağını düşünmedim. Annenle senden ayrılmayı da asla düşünmedim. Anneni de çok seviyordum üstelik, elbette başka türlü bir sevgiyle. Hâlâ severim onu, sadece iyiliğini iste-

rim, bunca şeyden sonra bile."

"Onu aldatan sensin baba, bunca şey dediğin de ne ki?"

"Bunca şey, seni benden uzaklaştırması, saklaması, buluş-mamıza izin vermemesi. Yine de ona kızamıyorum, kendi açı-sından haklıdır."

"Konumuza dönelim, Bora'yı anlatıyordun."

"Tamam. Bora'yla ilişkimi ömür boyu gizli sürdürebilece-ğimi sandım. Bir sevgilisi veya metresi olan sürüyle evli erkek tanıyordum. Yuvalarını yıkmadan devam ediyorlardı hayatla-rına. Ben de ilişkimin hep gizli kalacağını zannettim."

"Hata etmişsin."

"Hem de nasıl!"

"Pişman mısın bari?"

"Seni ve anneni üzdüğüm için eşekler gibi pişmanım. Sana olan hasretim, kelimelere sığmaz Derya. Seni düşünmediğim an olmadı. Rüyalarıma girdin. Ama bir gün kavuşacağımı-zı bildim hep. Annenin evlendiğini duyunca, umudum arttı. Yakında dedim, kendi kendime, Eda anlayacak yaptığı yanlı-şı ve bitecek bu çile."

"Ben, pişman mısın derken başka şey soruyordum. Bora'yla olan ilişkin için pişman mısın?"

Babam gözlerini yere indirdi;

"Doğruyu söylersem kaldırabilecek misin?"

"Elbette. Yalan söyleme yeter!"

"Pişman değilim."

Kaldıramadım babamın itirafını. Nutkum tutuldu, boğazıma bir top oturdu, hiçbir şey söyleyemedim. Uzun bir zaman geçti. Sonra yavaşça, çok yavaşça sordum:

"Darmaduman olduk baba, bunu nasıl dersin?"

"Çünkü o duyguları yaşamadan ölmek istemezdim. O yoğunluğu, o tutkuyu, o yakınlığı... o... o..."

"Her birimizin çektiği acılara değdi mi?"

"Kendi çektiklerime evet," dedi babam.

"Bora'nın ölümüne değdi mi?"

"Ölüm Allah'ın emri. Bunu benim kadar sen de iyi biliyorsun çünkü çok zamansız öldü Can'ımız. Dikkatsiz bir sürücünün yüzünden, aptal bir kaza sonucu. Bora'nın ölümünü sorgulamadım bu yüzden. O da bir başka kazada öldü. Benim hiç dahlim yok, ölümünde."

"Nasıl öldü?"

"Balkondan düşerek."

"Sen orada mıydın baba?"

"Değildim. Ben ertesi sabah öğrendim."

"Kim haber verdi sana?"

Uzunca bir sessizlik oldu.

"Nasıl öğrendin baba?" diye sordum yeniden. Babamın gözleri yaşlanmıştı.

"Akşam telefonlarıma cevap vermeyince, ertesi sabah erkenden evine gittim. Ben buldum onu. Balkondan düşmüş. Apartman boşluğunda yatıyordu."

"İntihar mı etmiş?"

"Düşmüş. Kendini öldürmesi için hiçbir neden yoktu ki. Mutluydu, iyi para kazanıyordu, yazdığı kitapla ünlenmişti biliyorsun, hayattan beklentileri vardı."

"Nasıl düşmüş?"

"Balkon parmaklığı alçaktı. Birkaç kere söylemişti yeni parmaklık yaptıracağını ama evini değiştirmeye karar verince, vazgeçmişti. Herhalde balkonda ayağı kaydı ya da başı döndü... Kaza işte! Görünmez kaza!"

"Hiç kimse görmemiş mi sen gidene kadar?"

"O günlerde ondan başka kimse yoktu binada."

"Sen ne yaptın onu bulunca?"

"Polise ve ambulansa haber verdim."

"Bana niye söylemedin baba?"

"Annen ilişkimizi öğrenmiş, seni alıp gitmişti. Yoktunuz olay olduğunda."

"Ben senin gelip beni bulmanı, bana Bora'nın ölümünü haber vermeni isterdim. Ama bunu yapmadın; yapmalıydın baba, onun arkadaşım olduğunu biliyordun. Ona âşık olduğumu da!"

"Normal şartlarda yapardım ama uzun süre kimseyi arayacak durumda değildim."

"Üzüntüden mi? Mateme mi girmiştin?"

"Tutuklanmıştım Derya."

"Nasıl yani! Ne demek tutuklanmıştım!"

"Hapisteydim, demek."

"NEE! Hapse mi girdin sen?"

"Evet."

"Ne sebeple?"

"Boranın katil zanlısı olarak."

"Daha neler!'"

"Kazayı ben haber verdim ya, olayın bir cinayet olabileceğini düşündü polis. Beni gözaltına aldı. Aynı gün siz Londra'ya uçtunuz annenle. Ben aklanana kadar aylar geçti."

"Baba! Doğru mu söylüyorsun?"

"Doğru söylüyorum Derya. Hapiste olduğum için birbirimize ulaşamadık kızım."

"O yüzden mi hiçbir telefonun cevap vermiyordu."

"Evet. Aklanıp çıktığımda ise, annen tüm izinizi kaybettirmişti. Ne adres, ne telefon, ne mail!"

"Bunun hesabını soracağım ondan."

"Onu anlamaya çalış. Annen ne Bora'nın ölümünü öğrenmeni istedi ne de benim Bora'yla olan ilişkimi. Hapishanede tutuklu kaldığımı öğrenmeni de ben istemedim Derya."

"Gerçekler nereye kadar saklanır ki! Keşke beni aptal yerine koymasaydınız."

"Maksadımız seni aptal yerine koymak değil, korumaktı. Üzülmene, perişan olmana fırsat vermemekti."

"Çocuk değildim ki! Beni bebekmişim gibi yalanlarla oyaladınız."

"Senin çocukluğun, kardeşin öldüğü için zaten travmalı geçmişti. Biz de seni evimizin mateminden uzaklaştırmakla hata yapmışız. Bizi yanlış anladın, kırıldın, uzaklaştın bizden. Annen son olayları da öğrenirsen, seni büsbütün kaybederiz diye bu kadar korktu herhalde. İnan bana, sadece seni korumak istemiştir."

"Anası babası boşanan tek kişi benmişim gibi."

"Kabul et ki bizim boşanmamızda sıradan olmayan durumlar vardı. Bir de benim hapis yatmam! Her neyse, işte şimdi her şeyi biliyorsun. Seni neden arayamadığımın sebebini de. Serbest kalınca seni bulmaya çok çabaladım ama yerinizi, yurdunuzu sadece anneannen ve Penny biliyorlardı ve bana asla söylemediler."

"Nadide Hanım da söylemedi bana nerede olduğunu. Aramıştım onu da."

"Annen rica etmiş Nadide'ye ağzını sıkı tutması için."

"Aferin hepinize! Gençliğinizin Yalan Rüzgârı dizisinin saygıdeğer kahramanları!"

Babam dalgın dalgın ateşe bakıyordu. Bir kere daha kalktı yerinden, odunları karıştırdı maşayla, koltuğuna döndü. Ben düşünüyordum... düşünüyordum... gözümün önünden bir film akıyordu sanki... rüya mıydı, hayal miydi, gerçek miydi yoksa! Kulaklarımda bir çığlık vardı... kendi sesim miydi? Aman Tanrım! Fırladım, babamın önünde diz çöktüm, elimi dizine koydum.

"Baba, ben oradaydım," diye fısıldadım.

Babam gözlerini ateşten ayırmadı.

"Bana bak, bana. Ben o gece oradaydım. Sen yoktun. Sen itmedin Bora'yı.

"Elbette ben itmedim."

"Tutuklanmamalıydın."

"Hepsi geçmişte kaldı. Düşünme bunları artık."

"Annem biliyor muydu hapse girdiğini."

"Biliyordu."

"Niye gelip ifade vermedi, seni kurtarmak için?"

"Herhalde cezamı çekmem gerektiğini düşündü."

"Sen öldürmedinse neyin cezası bu?"

"Onu aldatmamın cezası."

"Annem aldatılmanın cezasını beni sana göstermeyerek kesti. İşlemediğin bir cinayetin sana yüklenmesi, büyük haksızlık!"

"Hayat hiçbir zaman adil değil Derya."

"Ah baba, olur mu hiç! Değdi mi işlemediğin bir suç için hapislere düşmene?"

"Bir şey soracağım Derya," dedi babam, "sana Singapur'dan rengârenk bir eşarp getirmiştim, hatırlıyor musun?"

Haydaaa! Ben ne diyordum, babam ne söylüyordu bana.

"Baba, sen bana oralardan kırmızı bir elbise getirmiştin."

"Ayrıca, sana, annene ve Handan'a birbirinin eşi, karışık renkli birer eşarp getirmiştim."

"Hatırladım, evet."

"Ne yaptın sen o eşarbı? Duruyor mu?"

"Ne alakası var şimdi? Neden sordun?"

Babamın yüzüne dikkatle baktım, acaba iyi mi diye. Bu yaşta dünyadan elini eteğini çeker, kendini bir bekçi ailesiyle, kuş uçmaz kervan geçmez bir dağ evine kapatırsa, olacağı budur işte! Kafa karışıklığı! Bambaşka bir şey konuşurken, alakasız sorular sormalar, eşarptan bahsetmeler. Bunuyor olmasın sakın!

"Sende mi o eşarp?"

"Kaybettim ben onu. Nerede, nasıl kaybettiğimi de hatırlamıyorum ama, için rahat etsin, annemde aynısı vardı ya, o kendininkini bana verdi."

"Hapse girmeme değdi, Derya," dedi babam.

"Pardon?"

"Demin sordun ya bana, hapse girmene değdi mi diye; değdi kızım."

Söyleyecek laf bulamadım babama.

Keşke iptal etmeseydim biletini diye düşündüm, hazır hastaneye gidiyorken, onu da bir doktora gösterir, niye birden alakasız laflar etmeye başlıyor, anlamaya çalışırdım. Acaba boşuna hapis yatmış olmanın stresinden miydi? Kimbilir onun da beyninde, yüreğinde birikmiş ne tortular vardı!

"Değse de değmese de, adalet her zaman yerini bulur, sana kötülük edenler de cezalanır bir gün," dedim, içini rahatlatmak için.

"Derya, ben adalet peşinde filan değilim. Sen bana bir soru sordun, hapse girmene değdi mi diye. Ben de seni yanıtlıyorum işte: Evet, değdi. Çünkü ben hapse girmeseydim, annenin veya senin başınız yanardı. Sonunda gerçek yine anlaşılırdı ama, siz çok çekerdiniz."

"Ne diyorsun sen baba!"

"Senin kaybettiğin o eşarbı ben, Bora'nın odasında buldum. Daha doğrusu o anda eşarbın hanginize ait olduğunu bilmiyordum. Sana mı, annene mi, yoksa Handan'a mı? Belli ki o itiş kakışta biriniz düşürmüştünüz. Hiçbirinizi, ama asıl annen ile seni asla bu olaya bulaştırmak istemiyordum. Eşarbı cebime saklamayı denedim, sığmayınca boynuma sardım, polisi çağırmadan önce. O yüzden, hapse girmeme değdi. Dikkatleri kendi üzerime çektim, sadece benimle uğraştı savcı."

"Sen bizi korumak için hapse girmeyi göze aldın, annem seni kurtarmak için şahitlik yapmaktan kaçındı. Vay be! Annemi affedemiyorum baba."

"Böyle düşünme, daha esnek ol. Annenin mahkeme olayına bulaşmaması daha doğru oldu, senin açından. Ben onu ifade vermediği için asla suçlamadım. Bak Derya, her birimiz için söylüyorum, birbirimizi bağışlayamazsak, sürekli suçlarsak, sadece acı çekeriz. Hiç huzur bulamayız."

"Yani, dönüp dolaşıp diyorsun ki, âşık olduğun gençle, babanın aşk yaşamış olmasını affet. Bunu mu diyorsun bana?"

Babam içini çekti, sonra uzandı, kucağımda duran elimi tuttu.

"Evet, sanırım bunu diyorum. Şunu bil ki, böyle olmasını ne istedim ne planladım. Hayatımın akışı karşısında, nutkum tutuldu, iradesiz kaldım. Benim büyük suçum budur. Ama beni bağışlayıp bağışlamamaya sen karar vereceksin kızım. Anneni de bağışla, o affedilmeyi benden fazla hak ediyor çünkü ne yaptıysa senin için yaptı. Ben aynı cümlenin ardına saklanamam, kendi hesabıma. Ama beni de bağışlaman için, sana yalvarıyorum."

Elimi usulca çektim, babamın elinden. Başımı pencereye çevirdim, dışarının karanlığına baktım. İçim geceden daha karanlıktı. Ben babam için endişelenmiştim az evvel. Benim için kim endişelenecekti. Kim biliyordu içimde kopan fırtınaları?

"Derya, bütün bunları geride bırakalım. Lütfen. Olan olmuş! Biz şimdi önümüze bakalım. Artık kimsenin yalan söylemesine gerek kalmadı. Anneni ve beni bağışlayabilirsen, eskisi gibi değilse de, yine bir aile olabiliriz."

"Biz bir aile olmaktan çok uzağız," dedim.

"Beğensen de beğenmesen de, sen, İlhami'nin ve Eda'nın kızısın."

"Yaa, ne çare ki öyle! İşte buna kader diyorlar, değil mi?"

"Evet, kimin çocuğu olarak doğarsak doğalım, doğum anı, kaderin ilk adımı olmalı."

"Şu şaraplarından açsana bir tane baba."

"Bu saatte şarap içilir mi! Aç karnına, çarpar."

"Çarpsın diye içmek istiyorum zaten."

Babamdan ses çıkmayınca, devam ettim.

"Çarpsın ki, ben de bu hayata çarpayım. Bana bu ana ile bu babayı reva gören hayatın suratının ortasına çarpayım!"

Sonra toparlanıp kalktım. Herhalde sabah olmak üzerey-

di. Odama gitmek üzere, sessizce merdivenlere yürüdüm. Herhalde küfredecek bana diye düşündüm, oysa; "Uyumaya çalış, yarın uzun bir günün var," dedi babam arkamdan.

Uyandığımda saat ona geliyordu. Güneş panjurların arasından sızmış odaya. Uzun süre oyalandım yatakta. Sonra banyoya geçtim, küveti doldurup içine girdim, başımı küvetin kenarına yaslayıp gözlerimi yumdum ve bir yunus balığı olaydım keşke diye düşündüm, gün boyu teknelerle yarışan, gemicilerle oynaşan bir yunus! Denizler benim ülkem olurdu, beslenmenin dışında, hiçbir derdim, hırsım olmazdı. Balıklara kolaydı yaşam. Oysa dünyaya insan olarak gelmenin bedeli ne yüksek ödeniyordu! Dünyaya gelmekten hoşnut bir Allah'ın kulu var mıydı acaba şu gezegende.

Hakan bu düşüncelerimi bilse beni nankörlükle suçlardı, tıpkı Bora gibi. Bora, "Sen sahip olduklarının kıymetini bilmiyorsun, milyonlarca insan senin hayatını yaşamak için neler vermez," demişti bir keresinde, ben vızıldanıp dururken. O anda değil ama gece yatağıma yattığımda, ne kadar utanmıştım şımarıklığımdan. O sırada bilmiyordum tabii, Bora'nın babamın sevgilisi olduğunu.

Bora, o güne dek tanımış olduğum tüm erkeklerden çok değişik, bambaşka biriydi. Ne benim ilkokul arkadaşlarıma, ne annem ile babamın arkadaşlarının çocuklarına ne de İngiltere'de okurken tanıştıklarıma benziyordu. Arabası yoktu ama bunu hiç dert etmiyordu. Dil bilmiyordu, bunu da dert etmiyordu. Hatta maaşının dışında parasının olmamasını bile takmıyordu kafasına. Beni tanıştırdığı gençler de kız olsun, erkek olsun, onun gibiydi. Benim o güne dek bilmediğim bir başka dünyaya aittiler. Her birinin bir işi, bir yeteneği vardı. Benim kuşağımın marka merakından haberleri bile yoktu. Hem onlardan hem de beni götürdüğü türkü barlardan, caz yapılan yerlerden, bohem kafelerden çok hoşlanmıştım. Sonradan Londra'da üniversiteye başladığında, aynı kafada arkadaşlarla takılır olmuştum ama o sıra, bu değişik ortamın kapısını bana Bora açmıştı. Belki de bu yüzden onu gözümde büyütmüştüm, ne söylese doğru belliyordum, ne yapsa hayranlık duyuyordum. Yayınevimizde basılan kitapların kapaklarını Bora yapıyordu. Yaptığı her kapağa bayılıyordum. Fikirlerine itibar ediyordum. Tam bir salakmışım ben, onun da benden hoşlandığını sandığım için! Oysa ne çok işaret vardı! Bir konser sonrası uzayan bir gecenin sonunda mesela, beni evime bırakırken kapının önünde durmuştuk. Elimdeki anahtarı alıp apartman kapısını o açmıştı. O saatte bomboş olan sokakta birbirimize çok yakın duruyorduk. Parmak uçlarımda yükselip yanağını öpmüştüm. Gözlerim kapalıydı. Nefesi yüzüme değiyordu. Şimdi o da beni öpecek demiştim içimden. Kalbim küt küt atarak, heyecanla beklemiştim. Elimi tutmuş, avucuma evin anahtarını bırakmıştı. "İyi geceler," demişti. Gözlerimi açtığımda, arkasını dönmüş gidiyordu.

Kalakalmıştım!

Kırılan kalbimi babamı suçlayarak onarmıştım. Patronun kızı olduğum için benimle ilişkiye girmekten çekiniyor çünkü babam duyarsa işinden olur; ona başka bir yerde iş bulmalıyım, sonra da babamın onu işten atmasını sağlamalıyım diye plan yapmıştım. Böyle dalavereleri sanki becerebilirmişim de...

Debelendim suyun içinde. Ah, kendimi dövmeyi bir becerebilsem, dövecektim. Nasıl görememişim Bora'nın gerçek yüzünü. Sanki hayatımda hiç eşcinsel arkadaşım olmamış gibi! Sabunu gözüme kaçırdım, gözüm yandı. Bu bana aklımı başıma toplamam için bir işaret miydi, acaba? Bunca eşcinsel arkadaşıma eşcinsel oldukları için itirazım var mıydı? Yoktu! Bora'dan ne istiyordum o halde? Beni sevemedi diye mi bütün hırsım! Beni sevemedi, babamı sevdi diye mi? Beni asıl kızdıran bu mu? Haydi Derya, yüzleş kendinle, dedim, Bora'ya kızmanın ve babandan kaçmanın nedeni, tuhaf bir kıskançlık değil de nedir?

Aslında beni de sevdi Bora. Sevginin çeşitleri vardır. Beni sevgili gibi değil, kardeş gibi sevdi. Bana katlandı, beni kolladı, beni fikirleriyle besledi, dönüştürdü, olgunlaştırdı, bana ağabeylik yaptı. Dostum oldu benim. Gerçeği gözden kaçırmak benim kabahatimdi. Çok tecrübesizdim. Çok heyecanlıydım. Ayrıca karakterimde var, çabuk hayran olmak ve çabuk bıkmak. Bora bana yüz verecek olaydı, sevgili olabileydik, Allah bilir birkaç aya kalmaz bıkardım ondan da. Bugün mesela, sıra dışı bulduğum Hakan'a aynı hızla hayran olmadım mı? Günün sonunda ondan da kafamda bir bilge yaratmadım mı?

Onun da ardında kimbilir henüz bilmediğim nasıl bir öykü var. Ama bu kez tehlike yok! Yarın Hakan'ı son görüşüm!

*   *   *

Çıktım banyodan, kurulandım, giyindim, aşağı indim. Kahvaltı sofrasını kaldırmamış Nebahat. Semaverdeki çaydanlıktan bir çay doldurup, bardağımla dışarı çıktım. Hava güneşliydi. Kapının önündeki köpek kulübesinde, belinin altındaki sargıları ağzıyla parçalamasın diye boynuna bir plastik koni geçirilmiş bir kurt kırması, kendini koniden kurtarmaya çalışıyor, başaramıyordu.

"Geçmiş olsun Zorba," dedim, "boynundakine aldırma, hepimizde var bir boyunduruk. Bizimkilerin farkı görünür olmamaları."

Bana hak vermiş olmalı, hızlı hızlı kuyruğunu salladı.

Yürüdüm, yüzümü mahcup kasım güneşine verip, evin önündeki hamağa uzandım, yavaş yavaş sallanırken, yaptığım işin saçmalığını düşündüm. Bir daha yüzüne bakmamaya karar verdiğim anneme, annemin hayatı boyunca görmek istemeyeceği babamla birlikte, dünyanın öbür ucuna hasta ziyaretine gidiyordum az daha!

Allahtan ki çok geç olmadan babamı silkelemeyi bilmiştim yakamdan. Tek başıma gidiyordum, Singapur'a.

Neden yapıyordum bunu? Neden olacak, duygusal şantaja pabuç bıraktığım için!

David bana attığı mailde annemin durumunun çok kötü olduğunu yazmıştı. Her türlü hastalıkta moral çok önemliymiş de... Morali kötü olduğu için, bağışıklık sistemi bir türlü toparlanamıyormuş da... Başarıyla vicdanıma seslenmiş ve tuzağına düşürmüştü beni. Gönülsüzce gidiyordum işte, annem ölecek olursa bana dargın ölmesin diye ve hayat boyu vicdan azabı çekmemek için. Annemi ölümle bağdaştırmak kolay değildi; anneler ölmezdi benim bildiğim, büyükannelere, büyükbabalar, dedeler hatta babalar ölürdü. Anneler sonsuza kadar kalırdı. Yine de içimden bir ses, annene git diyordu.

Anneannem de bana hep içindeki sesi dinle derdi. Ne kadar asi görünüşlü ve davranışlı olsam da, aslında ailemin ürünüydüm ben, gidiyordum işte, içimdeki sese kulak verip!

"Köfteler hazır! Yolcusunuz diye yemeği erkene aldım. Soğutmayın," diye sesleniyordu Nebahat evin kapısında durmuş. Yatılı okulların yemekhane kampanası gibiydi bu kadın.

Zorba köfte kokusunu alınca, uzandığı yerden kalktı, yemek odasının yakınında yalanarak dolanmaya başladı.

Babam, "Misafirimizi bekliyoruz, birazdan gelir," diye Nebahat'e geri seslenirken, kapının çıngırağını duyduk.

Recep bahçe kapısını açmak için, Nebahat söylenerek sofraya bir fazla servis eklemek için koşturdular. Dün gece çok geç dönmüş, sabah çok geç kalkmış, Hakan'ın öğlen yemeğine geleceğini Nebahat'e haber vermeyi unutmuştuk çünkü. Babam, Nebahat'e karşı böyle büyük bir suç işlediği için, mahcuptu! Nasıl becermişti bu kara gözlü köylü kadın, evin başöğretmeni olmayı acaba?

Babam bahçe kapısına yürürken, ben de toparlanıp kalktım hamaktan.

Hakan, elinde ayva ve nar dolu bir sepetle girdi bahçeye. Sepeti elinden Recep aldı, mutfağa götürdü.

"Size mevsim meyveleri getirdim İlhami bey," dedi, sonra bana döndü, "Sana da Urlalı bir yazardan bir kitap getirdim. Uzun yolculukta okursun belki."

Kitabı alıp baktım. Necati Cumalı'dan *Viran Dağlar*.

"Şiirleri de çok güzeldir ama Urla'daki kitapçıda bulamadım."

"Şiirleri bende vardı. Sandıklardan birinin içindedir," dedi babam.

"Şiir sever misiniz?"

"Benim kuşağım meraklıdır şiire."

"Bense kendi kuşağımın atipik bir örneğiyim. Şiir severim."

Şiir sevmediğim için utanmam mı gerekiyordu acaba, bu iki entel ukalanın arasında?

Sofraya geçtik. Babam oturmadan önce kavına inip, iki şişe şarapla döndü.

"Bu şişeleri çok özel günler için saklıyordum, bugüne nasipmiş," dedi. "Bakalım beğenecek misiniz Hakan Bey?"

"Tadına bakarım ama fazla içemem, kusura bakmazsanız, buradan ayrılınca Karaburun'a geçeceğim. Hızlı yolda çok sık kontrol oluyor da," dedi Hakan.

"Trafik polisi hafta içinde nadasa yatıyor," dedi babam, "siz hafta sonları dikkatli olun."

"İşim icabı arabayla çok sık dolaşmam gerekiyor, ben yine de tedbirli olayım, ehliyeti kaptırırsam işim aksar."

"Pekâlâ! Siz sadece bir kadeh alın, gerisini kızımla ben içeriz."

Hakan'ın bu tedbirine sevineyim mi, kızayım mı bilemedim. Annem burada olsa bu davranışı pek takdir ederdi ama babamda aynı etkiyi yaptığına emin değildim. Onun derdi elleriyle yetiştirdiği üzümlerinin takdir edilmesiydi, trafik kurallarına uyulması değil.

Babam şişenin mantarını çıkardı, şarabı kadehlere üçer parmağı geçmeyecek şekilde özenle boşalttı.

"Şarabı da siz mi imal ediyorsunuz burada?" diye sordu Hakan.

"Henüz değil, şimdilik sadece üzümleri veriyoruz biz. İmalatçı benim üzümleri piyasaya süreceği zaman, bana da birkaç şişe gönderiyor, Allah razı olsun."

Hakan bardağından bir yudum aldı, bir an tuttu ağzında, yuttuktan sonra, yağ çekti babama.

"Çok beğendim," dedi, "volümlü bir şarap ve aynı zamanda kadife gibi içimi var."

"Bağı büyütebilirsek, imalatı da düşünüyorum ilerisi için. Derya'nın ilgisini çekerse, projemi hızlandırabilirim de."

"Benim ilgi alanım bambaşka," dedim, "sen ne yapacaksan, beni düşünmeden yap planını."

"Seni düşünmeden hiçbir şey yapamam ki, benim yegâne vârisim sensin."

Duymazlığa gelerek, sofraya servis yapan Nebahat'e yardım için ayağa kalktım. Birlikte mutfağa gide gele, masanın üzerini Ege'ye özgü ot çeşitleriyle donattık.

"Ben etobur biriydim ama buraya yerleştiğimden beri, Nebahat beni otobur yaptı," diyordu babam Hakan'a.

Hakan babamın şarabını methederek, kalbini kazanmaya çalıştı ama bir kadehten fazlasını da içmedi, yemeğin sonuna kadar. Böylece, babamın şarabı da, benim için Nebahat'e hazırlattığı köfteler de sonunda yine bana nasip olmuştu ve Nebahat emekleri boşa gitmediği için pek memnundu. Yemek boyunca dört dönüyordu etrafımızda.

"Biraz da salata alın… domatesli pilav çok güzel oldu… benim zeytinyağlımın üzerine yoktur…"

"Nebahat sen bana büyükannelerimi hatırlatıyorsun," dedim, "onların da yaptıkları yemekleri silip süpürmeden ellerinden kurtulamazdım. Patlamak üzereyim, ne olur ısrar etme."

"Türk kadınının anaçlığı hangi yaşta, hangi coğrafyada olursa olsun hiç değişmiyor," dedi babam, "hepsi illa eşine dostuna yemek yedirmek ister."

"Uzun yola gideceksiniz," dedi Nebahat, "oraların yemeğini sevmezseniz ne olacak? Yanınıza biraz vereyim diyordum, plastik kutularda..."

"Sakın ha!" dedim, "başımı derde sokma gümrüklerde!" Babam da aynı anda, "Yok artık Nebahat, kızıma yemek taşıtma," dedi, kesin bir sesle.

Babamla fikir birliği etmiş olmaktan, uyum içinde bir babakız görüntüsü vermekten tedirgin oldum. Babam, kırgınlığımın, kızgınlığımın sürdüğünü anlasın, suçunu bilsin istiyordum.

Babam da sanki bunu anlamış gibi, üstüme varmadı, yemek boyunca benden çok Hakan'la ilgilendi.

"Siz ne işle meşgul oluyorsunuz?" diye başladı ve soruları ardı ardına sıraladı Hakan'a.

"Ben mimarım," dedi Hakan, "İstanbul'da inşaat yapan bir firmada çalışıyordum ama şu malum cami yüzünden işimden oldum."

"Hangi cami?"

"Çamlıca'ya yapılacak olan cami."

"Çamlıca'ya cami mi yapılıyor?"

"Evet. Duymadınız mı?"

"Yoo, duymadım."

"Bütün gazeteler yazdı ama..."

"Gazete okumuyorum da ben."

"Bu konu televizyonlara da çıktı. Hem haber olarak verildi, hem de çok tartışmalara konu oldu."

"Hakan Bey, ben televizyon da seyretmiyorum. O yüzden haberim olmamış."

Hakan'la göz göze geldik.

"İnternetle aranız nasıl?" diye sordu Hakan," size birkaç web sitesi adresi versem, bu konuyla ilgili yazılarımı okumak ister misiniz?"

"Urla'ya yerleştiğimden beri, bağ-şarap konusu hariç, ilk kez dün gece internet kullandım, sizin otelde, Singapur'a vize var mı diye bakmak için. Sizin yazılarınızı da okurum tabii, adresi verirseniz."

"Baba sen dünyadan kopuk mu yaşıyorsun burada?" diye atıldım. Babama 'baba' diye hitap etmek istemiyordum ama hep kaçıyordu ağzımdan. Söyler söylemez pişman oluyordum. Bir insanın sevgilisi eğer kızının âşık olduğu kişiyse, herhalde baba sıfatını hak etmezdi, öyle değil mi!

"Dünyadan kopuk değilim," dedi babam, "tabiatı çok yakından takip ediyorum. Bitkilerin mevsim içindeki tüm değişimlerini gözlemliyorum mesela. Penceremin önündeki gül goncalarının açmasını günbegün takip ediyorum, diğer çiçeklerin filiz verişlerini, tohumların çatlamasını... Ayrıca bağımla ilgileniyorum. Bunlar da dünya işleri."

"Haklısınız," dedi Hakan, kadehini babama kaldırarak ve ona gerçekten hak vererek. Ağaçlarla konuşan birinden ne beklenirdi ki zaten!

Babam hızlı içiyordu. Yemeğin ortasına doğru ikinci şişesini de açtı.

"Bunun da tadına bakın diye ısrar etmeyeceğim," dedi, "madem araba kullanacaksınız…"

"Ben bir gün sırf şarap için gelirim, istediğiniz şarabı tadarım," dedi Hakan.

"O gece de burada kalırsınız," dedi babam, "sizi misafir ederiz."

"Memnuniyetle."

Şunlara bakın hele, diye geçirdim içimden, insanlardan kaçıp ağaçlarla dostluğu yeğleyen iki yalnız adam, ne de çabuk kaynaştılar böyle!

Hakan babama Çamlıca Camii konusunu ayrıntılarıyla anlatmaya başlayınca, ben mutfağa kirli tabakları taşıdım.

"Zahmet etmeseydiniz," dedi Nebahat.

Maksadım Nebahat'e yardım etmek değil, babam hakkında casusluk yapmaktı.

"Nebahat, söylesene, babam gerçekten hiç televizyon seyretmez mi? diye sordum.

"Seyretmez."

"Gazete de okumaz mı?"

"Hayır."

"Dünyadan nasıl haberi oluyor?"

"Çok önemli bir şey olursa, ne bileyim bir yerlerde deprem olmuşsa ya da savaş çıkmışsa mesela, biz haber veriyoruz ona. İlgisini çekerse ancak o zaman bakıyor televizyona."

"Korkunç bir şey bu!"

"Neden korkunç olsun? O kendi dünyasında çok mutlu. Biz haberleri takip ediyoruz da ne oluyor? Dünyaya ne fark ediyor, bizlerin televizyon izlemesi."

"Size fark ediyordur. Sizler bilgileniyorsunuz."

"Bilgileniyoruz da ne oluyor? Kimin işine yarıyor? Bir şey söyleyeyim mi Derya Hanım, şu evimizde, beni sadece burada yaşayan dört kişinin hayatı, sağlığı, iyiliği ilgilendiriyor. En başta çocuğumun, tabii. Sonra babanızın ve Recep'le benim yediklerimiz, içtiklerimiz, şu evin arkasındaki bağın üzümleri, Zorba köpek, bir de bahçeye dadanan kediler... Bizim dünyamız bu kadar! Gerisine boş verdik."

Bir deliler evine düştüğüme inanarak, çıktım mutfaktan. Babam ve Hakan siyaset konuşuyorlardı. Hiç haber okumayan ve dinlemeyen biri için, babam o anda siyasetle fazla ilgili gözüktü gözüme. Ona ne diye düşündüm, hükümetin yaptıklarından, ettiklerinden ona ne! Ne diye heyecanlanıyordu Allah aşkına!

Yemekten sonra kahvelerimizi içerken bir suskunluk geldi üzerimize. Yola düşme zamanı yaklaştıkça, nedense odadaki hüzün dozu artmıştı. Kahveleri bitirince babam ayağa kalktı;

"Yolcu yolunda gerek," dedi, "yavaş yavaş toparlanalım Derya."

Hakan'la birbirimize mail adreslerimizi verirken, bir daha hiç karşılaşmayabileceğimizin farkındaydık. Dostluğumuz yoğundu ama sadece iki günlüktü. Unutmak istemeyeceğim, bana çok şey katan konuşmaların sonucunda kendimi tersyüz ettiğim iki gün! Bu yüzden ona sarılıp, yine karşılaşmayı dilerken, çok samimiydim.

Hakan'ı arabasına kadar geçirdik babamla, arabasına bindi, tam arabayı çalıştıracaktı ki, Nebahat;

"Durun! Durun!" diye bağırdı.

Şaşırdık.

Recep biraz mahcup, "Anladım ben, arkanızdan su dökecek," dedi Hakan'a "gidenler çabuk dönsün isteyince böyle yapar o. Kusuruna bakmayın beyim, bizim âdetler işte…"

Az sonra Nebahat elinde iki tas suyla koştu bahçe kapısına.

"Bu su kimin için?" diye sordum.

"Hakan Bey için."

"O uzağa gitmiyor ki!"

"Olsun. Bizim eve tez vakitte dönsün diye."

Nebahat, birinci tası Hakan'ın arabasının arkasından yola boca etti, diğerini bizim ardımızdan dökmek için duvarın üzerine bıraktı. Hakan arabasını sürerken kolunu pencereden çıkarıp el salladı, babamla ben, karşılık vererek uzaklaşmasını bekledik. Arabası köşeyi dönünce, yan yana eve doğru yürüdük. Eve varmamıştık daha, üst üste çalan korna sesine biraz endişeyle dönüp baktık ki, Hakan geri gelmiş! Hem de dar yolda manevra yapamayacağı için geri vitese takıp, geri gelmiş!

"Hayrola?" diye seslendi babam, "bir şey mi unuttun, yoksa Nebahat'in suyunun kerameti mi?"

Hakan arabasından inip yanımıza koştu.

"Düşündüm ki… şey… havaalanına nasıl gideceksiniz?"

"Derya'nın kiraladığı arabayla," dedi babam.

"Ama ikiniz de neredeyse tek başınıza birer şişe şarap içtiniz."

"Ben öyle kolayca sarhoş olmam oğlum."

Doğrusu ben kendim için aynı şeyi söyleyemezdim, fazla içmemiştim ama öğlen içki içmeye alışık olmadığımdan, dizlerim çözülüyordu, gözlerimden uyku akıyordu.

"Olmazsınız ama, ya kontrole takılırsanız…"

"Sen de taktın bu kontrole," dedim.

"Valla uçağı kaçıracak olan sizsiniz!"

"Haklısın Hakan. Bizi Recep götürsün," dedi babam.

"Arabayı bırakınca nasıl dönecek?"

"Benim arabayla götürür."

"Kiralık araba ne olacak o zaman?"

"Haa! Doğru, kiralık arabayı da götürüp bırakmak lazım."

"Bakın ben şöyle düşündüm, Recep sizi götürsün, ben Derya'nın arabasını götüreyim, sonra sizinle dönerim."

"Sen hani bir yere gidecektin?"

"Buraya dönünce arabamı alır giderim. Acelem yok."

Hepimiz bir an suskun kalıp düşündük. Sonra babam; "Oğlum, sen bir pırlantasın, aklınla bin yaşa," dedi. "Gel otur içerde, biraz bekle, biz de hemen hazırlanıp çıkacaktık zaten."

Hep birlikte eve yürüdük. Zaten sabahtan beri hazır olan valizimi almak için odaya çıktım, aa kedi geri gelmiş! Kendi yatağına kurulur gibi, yine yatağıma uzanmış, yemyeşil gözleriyle bakıyor yüzüme.

"Bu gece seni okşayacak biri yok, ne yazık ki Sarman," dedim, "koca yatak senin! Sere serpe yat içinde. Bu evin has kızı ben değilim, sensin."

Ne dediğimi anlamış gibi, memnuniyetle guruldadı.

Odadan çıkmadan, aynanın önünde saçlarımı kabarttım, rujumu sürdüm, sonra kendimi, annemin hep yaptığı gibi dudaklarımdan parmak uçlarımla aldığım ruju yanaklarıma yedirirken yakaladım.

Annem bu hareketi, kendini beğendirmek istediği zamanlarda yanakları pembeleşsin diye, çabucak, kimseye çaktırmadan yaptığını sanarak yapardı ve ben hep yakalar, dalga geçerdim onunla. Şaşkınlıkla gördüm ki, ben farkına bile varmadan annem sinmiş hareketlerime. Ben niye yaptım annemin bu manasız hareketini diye düşündüm, yüzüme annemin tabiriyle "ışık verip", kendimi Hakan'a beğendirmek için mi? Ah anne!

Demek ki, öyle küsmekle filan kurtulmak mümkün değildi annelerden. Fikirlerine karşı dursanız, tavrı çıkıveriyor bir davranışınızda, gözlerinizin rengi başka olabilir ama bakışınız onu andırabiliyor. Anne, kızında devam ediyor, ne yaparsanız yapın!

Valizimi alıp, aşağı indim. Recep bahçe kapısına çekmiş arabalarımızı. Hakan'ınkini içeri almış.

"Babanızı Recep götürsün, sizi Hakan Bey," dedi Nebahat.

Görünen o ki, Nebahat sadece bu evin değil, keyfimin de kahyası olmaya adaydı. Hiç çaktırmadan babamı da o idare ediyordu. Babam Nebahat'in söylediğini yaptı, uslu uslu gitti, Recep'in yanına oturdu. İtiraz edecek oldum ama Hakan'a onca yolu tek başına yaptırmak ayıp olurdu. Neticede haklıydı kadın. Ayak sürüyerek yanına gittim Nebahat'in, elimi uzattım. Elimi sıkacağına, sımsıkı sarıldı, yanaklarımdan öptü ve;

"Gelmekle babanızı çok sevindirdiniz. Yine gelin, emi," diye fısıldadı. Ben de ona yemekleri için teşekkür ettim.

"Güle güle gidin küçük hanım," dedi," yolunuz açık olsun."

"Oğlan nerede?" diye sordum, "ona da veda edeydim."

"Okulda o."

"Dönünce, öp onu, benim için, emi."

"Öperim. İyi yolculuklar size."

Boynunda konisiyle ayaklarımın arasında dolanan köpeğin de sırtını okşayıp, Hakan'ın kapısını açtığı kiralık arabama girdim. Nereden çıktıysa, Sarman pat diye kucağıma atladı. Nebahat uzanıp aldı kediyi kucağımdan, yere bıraktı. "Macerayı pek sever," dedi, "Singapur'a gitmek istiyor sizinle."

"Belki de sadece Derya'nın gitmesini istemiyordur," dedi

Hakan. "Bu ikisi kavga etmez mi birbirleriyle?" diye sordum Nebahat'e, köpeği işaret ederek.

"Bu evde kimse kavga etmez," dedi Nebahat, bahçe çıkışına yürüdü. Hakan arabanın kapısını kapattı, kedi ve köpeğe dikkat ederek sürdü arabayı.

Elinde tasıyla bekleyen Nebahat'in yanından geçip, önce biz düştük yola, babamın arabası bizi takip etti. Aynadan Nebahat'in arkamızdan suyu savuruşunu gördüm, suyun yere çarparken çıkardığı sesi duydum. "Su gibi gidin, su gibi dönün," diye seslendi. Pencereden uzattığım kolumu, ev, Nebahat ve ayaklarının dibindeki kedi ile köpek gözden kaybolana kadar salladım. Boğazıma bir yumru oturmuştu. Hüzünlenmiştim nedense.

Babamla Recep'in arabası peşimizde, yola koyulduk.

"Sana çok zahmet oluyor Hakan," dedim, "bu üçüncü gündür ki, bana dadılık ediyorsun."

"Hoş bir meşgale."

"Bana dadılık etmek mi? Neden?"

"Çünkü sen hoş bir insansın Derya. Babandan da çok keyif aldım."

"İyidir babam..."

Ağzımdan kaçtı bu laf. Sustum hemen, sonunu getirmeden.

"İlginç bir insan. Onu buralara hangi rüzgâr attı, bir gün dinlemek isterim kendinden."

İçimden o gün hiç gelmesin diye geçirdim.

"Şehir hayatından sıkıldı. Hepsi bu!"

"Bence daha fazlası var. Dünyadan elini eteğini kolay kolay çekmez bir insan…"

"Sen de çekmişsin baksana."

"Ben elimi sadece İstanbul'dan ve siyasetten çektim, dünyadan değil."

"Siyasetten çektim dedin ama sen siyasetçi değilsin ki."

"Değilim elbette. Olmadığım halde, mimari endişelerle dahi siyasete bulaşıyorsam, daha doğrusu siyaset bana bulaşıyorsa, düşün artık!"

Benim aklım Hakan'ın siyasi endişelerinde filan değil, babamın kaçış nedenini kurcalamasındaydı.

"Babamın kaybettiği oğlunun acısı şimdi çıkıyor herhalde," dedim.

"Allah ona kızını bağışlasın."

Yan gözle baktı bana, herhalde bir şey söylememi bekledi. Sessiz kalmayı tercih ettim.

"Annen hastaymış, onu da size bağışlasın."

"Bana bak, mahalle imamı gibi konuşup durma. Annem babamdan çoktan ayrıldı, hatta evlendi bile. Yani Allah annemi babama bağışlayacak değil."

"Her neyse, aranızdaki sorunu halletmenize çok memnun oldum."

"Henüz halletmedik."

"Yakında edersiniz."

"Kolay halledilecek bir mesele değil."

"Kuşaklar arasında her zaman görüş farkı olur Derya. Baban makul bir adam, filozof bir yanı da var. Eminim şu anda kabul etmediği bir durumu, her neyse o, sonunda kabul edecektir. Kimse bir diğerine fikirlerini, seçimlerini ve yaşam tarzını beğendirmek, benimsetmek zorunda değil. Çünkü her insan sonuçta düşe kalka kendi doğrusunu buluyor, kendi hayatını yaşıyor. Makul insanların evlatlarını günahlarıyla, sevaplarıyla olduğu gibi kabul etmeleri lazım. Baban da öyle yapacak, gör bak!"

Bu uzun tiradı dinledikten sonra, ne diyeceğimi bilemedim. Hakan, benim babamı ikna etmeye çalıştığımı ama edemediğimi sanıyordu. Oysa, bitmez tükenmez bir gayretle, babam çalışmıştı beni ikna etmeye.

"Dilerim öyle olur," demekle yetindim.

"Olur, olur! Merak etme. Zaten anlaşmaya hazır olmasa, dün seni beklemezdi gecenin o saatine kadar."

"İlla büyükler mi bağışlar? Belki bağışlayacak olan benimdir."

"O zaman sözüm sana olsun. Mutlaka bağışla. Barışık yaşamak kadar huzur veren bir başka şey yok."

Bunlar benden gizli ağız birliği mi yapmışlardı acaba?

"Bazı şeyleri affetmek hiç kolay değil," dedim.

"Affetmek, etmemekten bin kere daha zor. Ama sen bunu yapabilecek kadar güçlüsün."

"Bu kadar derinden, iki günde mi tanıdın beni?"

"Üç günde."

"Bravo sana! İnsan sarrafı!"

"Bir insanı tanımaya bazen üç saat bile yeter; ipuçları doğru değerlendirilirse."

"Ne gibi ipuçları vermişim ben?"

"Yerini yurdunu bilmediğin babanı bulmaya gelmişsin, bu bir ipucuydu, mesela. Bana çocukluğunda kardeşini nasıl kıskandığını anlattın. İnsanın zaafını teşhis edebilmesi; bu da bir cesaret işidir. Annen için ta Singapur'a gidiyor olman aile bağlarının ne kadar güçlü olduğunu..."

Sözünü kestim, "Yeter Hakan! Bu kadarı yeter."

"Haklısın. Senin özeline burnumu sokma hakkım yok. Özür dilerim."

"Özür dileme. Ben anlattım sana pek çok şeyi. Ama konuyu kapayalım istersen."

"Tamam."

"Ben sana binlerce teşekkür borçluyum. Üç günden beri benimle uğraşıyorsun. Şu anda bile beni havaalanına götürüyor olman, büyük incelik. Gerçekten ne benim ne de babamın araba kullanacak hali vardı. Sonuçta kiralık araba dağın tepesinde kalacaktı ya da Recep eve dönmek için eziyet çekecekti. Valla sağ ol!"

"Lafını bile etme," dedi Hakan.

Bir süre konuşmadan gittik. Havaalanına yaklaşıyorduk.

"Bakalım bir daha ne zaman görüşeceğiz?" diyen, o oldu.

"Londra'ya gelecek olursan ara beni," dedim," telefon numaram var sende, mail adresimi de mesajlarım sana."

"Yazdan önce gelemem, malum Karaburun'daki zeytinlik meselesi var... Bir de şu villanın çizimleri. Belki arada sen gelirsin Urla'ya."

"Ben de yazdan önce gelemem. Sınavlarım var."

"Yaza buluşuruz o halde."

Bir şey söylemem gerekiyordu, ağzımdan "İnşallah," çıktı.

"Ben uğrarım babana, ondan da alırım Singapur haberlerini," dedi Hakan.

"Singapur'da verilecek haberim olmayacak. En fazla üç gün

sonra Londra'ya dönmüş olurum. Zaten benim haberlerimi babamdan değil, benden al lütfen."

"Babanı ziyaret için senden haber almayı bahane olarak kullanacaktım."

"Niye ziyaret etmek istiyorsun babamı?"

"Hem onu bir daha görmek istediğimden hem de dünyadan tamamen kopmasın diye."

"Çok iyi edersin. Ara onu ara sıra. Bir kişi dahi olsa, bir dostu olsun, Recep ve Nebahat'in dışında."

Hakan beni dış hatların girişinde indirdi, arabayı iade etmesi gereken alanda bıraktı, sonra geri geldi, buluştu bizimle. Recep de babamı indirmiş, durma yasağına rağmen kapının önünde bekleme yapıyordu.

"Biz Derya'yı geçirelim, sen ya park et ya da turla, yirmi dakika sonra bizi burada bul," dedi babam Recep'e.

"Siz kızınızı yolcu edin, biz Recep'le bekleriz sizi arabada," dedi Hakan.

"Siz de gelin içeri oğlum."

"Yok, sizin baba-kız konuşacaklarınız vardır. Ben arabada bekleyeyim."

"Nasıl isterseniz," dedi babam.

Benim fikrimi soran olmadı. Recep'le vedalaştım, Hakan'ın elini sıktım, teşekkür ettim.

Hakan arabaya doğru ilerlerken, "Hakan," diye seslendim. Durdu, döndü. Birkaç adımda yanındaydım. Sarıldım, yanaklarından öptüm.

"Üç gün gerçekten de yetebiliyormuş demek ki birini boynuna sarılabilecek kadar tanımaya," dedim.

"Teşekkür ederim," dedi. Sonra Recep'in kullandığı arabaya bindi ve gitti. Hayatımdan yıldırım hızıyla geçen Hakan'ın ardından el salladım ama o görmedi.

Ben havaalanında kiralık arabanın parasını öderken, babam bir kahve içmek için kafelerden birine oturdu. İşimi bitirince yanına gittim.

"Bakalım kızımı bir daha görmek ne zaman nasip olacak bana?" dedi. "Yaza gelir misin Derya?"

"Şu anda ne desem boş."

"Programını bilmediğin için mi yoksa bana hâlâ kızdığın için mi?"

"Her ikisi de baba. Şu üç günde duyduklarım, öğrendiklerim beni çok sarstı. Onları sindirebilmem için zamana ihtiyacım var. Ayrıca, yazın bir projenin peşinde Japonya'ya gitmeyi düşünüyordum ama kesin değil henüz."

"Haklısın kızım. Zamana ihtiyacın var. Ama şunu bil ki, ben buradayım ve hayatta en çok istediğim şey, seni en kısa zamanda tekrar görebilmek. Sabırla bekleyeceğim."

"Tamam. Sen de kendine iyi bak. Biraz kilo al, çok zayıflamışsın."

"Recepler bana iyi bakıyor, merak etme," dedi babam.

Sonra uzun bir süre, her ikimiz de ne diyeceğimizi bilmediğimizden sustuk.

"Kalkalım yavaş yavaş, Hakan da seni bekliyor," dedim sonunda.

"Ama yarım saat gecikme verdi İstanbul uçağı," dedi babam.

"Olsun. Ben geçeyim polis kontrolünden."

"Bu gecikme daha da uzayabilir. Sıkılma içerde."

"Sıkılmam. Bir şeyler içerim."

"İçerim dedin de aklıma geldi, uçakta hangi Türk şaraplarını veriyorlar, not et de bana bildir."

"Neden? Türk Hava Yolları'na şarap mı satmak istiyorsun?"

"Ben imalatçı değilim ki, şarap satayım. Benimki sırf mesleki bir merak. Hangi Türk markaları göklerde yolculuğa hak kazanmış merak ettim."

"Böyle asılırsan işine, bakarsın imalatçı da olursun, senin üzümler de bir gün uçağa şişelerin içinde biner. Yayıncılıkta da öyleydin aslında. Küçücük bir yayınevini, kısa zamanda büyütmüştün."

"O zaman gençtim, hırslıydım. Geçti benden. Hiçbir hırsım kalmadı. Bağcılığı da hobi olarak yapıyorum; şimdilik."

Ben, "Uçakta fazla seçenek olduğunu sanmıyorum ama olanları sorar, öğrenirim," derken bir anons daha yapıldı. İstanbul'a gecikme uzuyordu.

"Hakan'a telefon et de söyle, onlar beklemesinler beni, dönsünler Urla'ya," dedi babam, "ben bir taksiye atlar giderim."

"Baba, sen de git. Ben içeri geçer beklerim."

"Seninle şu lokantada bir şeyler atıştıralım Derya."

"Aç değilim."

"Uçağına varana kadar acıkırsın. Belli ki İstanbul'da yemek yiyecek vaktin olmayacak."

"Ne yemeği! Sen dua et de uçağı kaçırmayayım."

"Kaçırmazsın. Singapur uçağı geç kalkıyor. Haydi ara Hakan'ı."

Gönülsüzce Hakan'ın telefonunu çevirdim. Ben Hakan'a laf anlatmaya çalışırken, babam telefonu elimden alıp, konuştu.

"Siz gidin ki, ben de gönül rahatlığıyla kızımla son bir yemek yiyeyim... tamam Hakan, teşekkür ederim... Bekliyorum tabii, en kısa zamanda görüşmek üzere... Söylerim Derya'ya." Telefonu kapatıp bana uzattı.

"Terbiyeli çocuk! Bu akşam programı varken, onu da yo- lundan ettik. Sana iyi yolculuklar diledi."

Oturduğumuz kafeden kalktık babamla bir üst kattaki lokantaya geçtik. Ben menüye bakarken, babam başımızda dikilen garsona, beni beklemeden her ikimiz için de bir şeyler ısmarladı. Benim isteyeceklerimi tam isabetle tutturmuştu. Lakerda, beyaz peynir, Rus salatası, pancar... Ne kadar iyi biliyordu neleri sevdiğimi. Hiç unutmamış. Kızını ne kadar iyi tanıyor diye düşündüm, beni annemden çok daha iyi tanıyor. Nerede susacağını, nerede konuşacağını biliyor benimle. Yavaş yavaş kıvama getiriyor beni. Ben küçücük bir kızken de üstüme gelinirse, ısrar edilirse, azarlanırsam, ya tamamen kabuğuma çekilir ya da agresif olurdum. Annem hiç bilemedi beni idare etmesini. Onunla hep dalaştık. Oysa yumuşak huylu bir kadındı. Oğlu yaşasaydı, herhalde o benden çok daha iyi anlaşacaktı, sevecen annesiyle. Yazık oldu anneme, idaresi zor, dik başlı kızıyla baş başa kaldı.

"Şarap listesini de getir oğlum," dedi garsona. Az sonra garsonun uzattığı listeyi evirdi çevirdi, kenara koydu.

"Seçtin mi?" diye sordum.

"Ne şaraplar var görmek için baktım. Ben içmeyeceğim."

"Bu işin ustası olduğundan beri, öyle herhangi bir şişe artık kesmiyor seni, öyle mi?" diye sordum.

"Eskiden seçtiklerim fiyatlı markalar olurdu. Şimdi bilinçlendim, fiyatlarına göre değil, kalitelerine göre seçiyorum. Listede bana göre şarap yok."

"Benim için bir şey seç o zaman."

"Uzun yola çıkacaksın, içmesen..."

"İçmesem olmaz, ne de olsa şarapçı kızıyım."

Babam garsona bir bardak kırmızı Kavaklıdere ısmarladı. Önündeki esmer ekmeği zeytinyağına banıp bana uzattı. Aldım, ısırdım. Gerçekten de ne kadar acıkmışım, öğlen tıka basa yiyen ben değilmişim gibi. Babam bir parça da peynir uzattı bu kez. Peyniri ekmeğimin arasına koyup, ağzıma attım. Bir iki lokma yiyince böyle, büsbütün acıktım. Garsonun getirdiği meze tabaklarından lakerdaya daldırdım çatalımı. Bu arada şarabım geldi.

Ben şarabımı yudumlarken babam da sakin sakin yemeğini yiyordu.

Sonra birden şeytan dürttü beni;

"Sen Recep'i hapishanede mi tanıdın?" diye sordum, damdan düşer gibi.

"Alakası yok! Nereden çıkardın bunu?"

"Birbirinizle kader arkadaşı havasındasınız da."

"Onlar benim evimde bir ücret karşılığı çalışıyorlar."

"Bizim evde de çalışanlar vardı ama patronun arkadaşı gibi davranmadılar hiç."

"O günlerden bu yana köprülerin altından çok sular aktı kızım. Ben değiştim, fikirlerim, tarzım değişti. Artık patronluk taslamıyorum. O dağ başındaki evde Recep ve karısı benim hem çalışanlarım hem de can yoldaşlarım."

"Alçakgönüllülüğün gözlerimi yaşarttı. Nirvanaya ne zaman erdin, baba?"

"Hayatta başıma geleceğine asla inanmadığım şeyleri yaşamaya başladıktan sonra."

"Hapishanenin de etkisi oldu mu?"

"Hem de nasıl! Hayatımın en kayda değer tecrübelerinden biridir."

"Öyle bir konuşuyorsun ki baba, neredeyse memnunsun bütün bu başına gelenlerden."

"Memnun değilim ama kadere karşı duramam. Yazılanı yaşayacağız çaresiz."

"İnançlı biri değildin sen."

"Tanrı'ya inanırım. Yazgıya da."

"Kendini tamamen kadere bırakmış bir halin var."

"Başına gelen kötülükleri sabırla göğüslemezsen, sürekli, 'Niye ben?' diye sorgular, isyan edersen, daha zararlı çıkarsın, inan bana."

"Bana bir şarap daha istesene," dedim babama.

"Fazla gelmesin?"

"Şarap senin üzümünden olmadığı zaman, fazla mı geliyor?"

Babam garsona işaret etti eliyle, yanımıza seğirten garsona iki bardak daha aynı şaraptan getirmesini rica etti.

"Bir bardak bana yeterdi," dedim.

"Oysa dün gece içkiyle hayata çarpmak istiyordun. Ah Deryam, ah! Sakın çözümü içkide arama! Sakın! Diğerini kendime ısmarladım."

"Hani içmeyecektin?"

"Sana dayanabilmek için, içkiye ihtiyacım var."

"Çok mu çekilmezim?"

"Çok tepkilisin. Önyargılısın. İnatçısın."

"Kime çekmişim acaba?"

"Sen bana benzersin Derya," dedi babam, "dilerim önyargılarını kırmak için hayatın seni dövmesini beklemezsin."

Garsonun önüme bıraktığı şaraptan bir büyük yudum aldım.

"Hayat beni dövdü bile," dedim ve sonra tuvalete gitmek için kalktım yerimden.

Tuvaletleri pek lüks yapmışlar havaalanlarında, sıvı sabunun yanı sıra, kolonya da vardı lavaboda. Kolonyadan bolca serpiştirdim elime, boynuma, enseme sürdüm. Annemin sevdiği koku... limon kolonyasından nefret eder annem, yasemin kokusunu sever. Biraz daha döktüm elime, dirseklerime kadar sıvadım kollarımı da kolonyayla. İşimi bitirip geri döndüm.

"Ne sürdün, annem gibi kokuyorsun," dedi babam.

"Lavaboda buldum... kolonya işte."

Babam masanın üzerinden eğildi bana doğru;

"Hayatımı geri sarma imkânı olsaydı, ta Can'ın kazasının bir gün öncesine kadar geri sarardım Derya," dedi. "Kazanın olduğu gün, o yolculuğa çıkmazdım. Oğlumu okula servis götürürdü. Belki şimdi hayatta olurdu. Belki hâlâ mutlu, keyifli, birlikte yaşlanan bir aile olurduk."

Gözlerinde yaşlar vardı.

"Kader değişmez diyen sen değil miydin?"

"Benimki sadece bir hayal."

Buram buram yasemin kokusu beni de duygulandırmıştı.

"Ben de şu anda annemin ateşinin düşmüş olmasının hayalini kurmak istiyorum. Annem kurtulsun. Onu hiç affetmesem de kurtulsun."

"Böyle düşünmeye başladınsa, zaten affetmene birkaç adım kalmış demektir," dedi babam, "doğru yoldasın, kızım benim."

Bir süre hiç konuşmadan oturduk.

"Başka bir şey istemiyorsan, hesabı ödeyeceğim."

"Öde," dedim. Babam garsona eliyle işaret etti hesabı getirmesi için.

"Ayrılık anı yaklaşıyor. Dilerim bu seferki uzun bir ayrılık olmaz," dedi. Sesimi çıkarmadım. Hesabı ödedi, kalktık. Babam beni polis kontrolünden geçeceğim kapının önüne kadar getirdi. Uzun bir kuyruk oluşmuştu kapıda. Çek-çek valizimi babamın elinden aldım, sarıldı bana, bir müddet kollarında hapis kaldım öyle, sarmaş dolaş.

"İyi yolculuklar," dedi sonra, "kendine iyi bak. Beni habersiz bırakma."

"Baba, nereye haber atacağım. Hiçbir iletişim aleti kullanmıyorsun ki!"

"Şimdi havaalanından alışveriş yapacağım. Cep telefonu da alacağım, bilgisayar da. Mail adresimle cep numaramı gönderirim sana hemen seninkiler zaten bende var."

"Tamam. Bu arada acil bir durum olursa ben de Hakan'a mesaj atarım, o sana ulaştırır. Yoksa, haber bekleme benden. Söylediğim gibi, sindirmem lazım konuştuklarımızı. Bana zaman ver."

Tam gitmek üzere arkamı döndüm ki, birden babam sımsıkı kolumu tuttu yine.

"Derya… sana bir şey söyleyeceğim… bir tek o kaldı söylemediğim, onu da bil, ayrılmadan önce."

Kalbim çarpmaya başladı.

"Neymiş o?"

"Aslında çok önemi yok ama, saklı gizli kalmasın diye aramızda…"

"Söyle haydi."

"Şu bizim şey… Recep var ya, o işte, Bora'nın eski arkadaşıymış, ta köyünden, çocukluk arkadaşıymış."

"Niye söylemedin daha önce."

"Bilmiyorum kızım, gerek görmedim herhalde. Ama bil, yani."

"Bora mı tanıştırmıştı sizi? Yani biliyor o da… her şeyi, öyle mi?"

"Bora tanıştırmadı. Ben hapisteyken Recep mektup yazdı bana. Balkondan düştüğü gece Bora'nın evindeymiş. Kazayı görmüş. Gerçekten kaza olmuş. O şahitlik yapınca, saldılar beni."

"Yaa!"

"Kolay olmadı tabii. Polise telefon eden benim. Ama Bora'nın üzerinde hiçbir boğuşma, darp vs. izi yoktu. Ne benim parmak izim, ne bana ait DNA bulundu. Recep ısrarım üzerine annenin, işte daha kim varsa o gece Bora'nın evinde, orada olduklarından da söz etmedi polise. 'Biz yalnızdık,' dedi. 'Aşağıdan bir gürültü geldi, Bora ne oluyor diye bakmaya balkona çıktı, dengesini kaybedip düştü,' dedi. Zaten gerçekten Bora kazayla düşmüş, görmüş Recep. Cinayet için ne kanıt ne de aramızda bir husumet bulunmayınca, delil yetersizliğinden ikimiz de kurtulduk. Üstelik Recep daha önce de gitmiş polise ama kimse onu ciddiye almamış. Meşhur olmaya çalışan bir gariban zannetmişler. Her neyse, o sırada Recep de bir iş arıyordu, İstanbul'un dışında… ben de onu yanıma aldım."

Babamın söyledikleri gerçeküstü bir masal gibiydi. İnanayım mı inanmayayım mı bilmiyordum.

"Nesi varmış İstanbul'un? O da mı camiye takmış?" dedim alaylı bir sesle.

"İstanbul zor ve pahalı bir şehir. Yoksul insanın kolay yaşayacağı bir yer değil."

Arkamızdaki insanlar homurdanmaya başlayınca, çıktık sıradan. Tir tir titriyordum.

"İşte Derya, her şeyi söyledim böylece. Başka sır yok."

"Keşke daha önce söyleseydin," dedim.

"Ben hatalar yapan bir insanım, bilmiyor musun?" dedi babam.

İstanbul uçağına son çağrı yapılıyordu. Tekrar girdim sıraya. Babam yine sarılmak istedi bana ama artık dimdik ve kaskatıydı bedenim. Benden karşılık göremeyince, saçımdan öpüp, gitti. Ben bir robot gibi ilerledim diğer insanların arasında. Doğru çıkışa gidip, uçağa bindim.

Pencere kenarındaki yerime oturunca, bir süre gözlerimi kapatıp, iç sesimi dinledim. Düşünmem, babamın bana son verdiği bilgiyi de sindirmem gerekiyordu. Tanrım, ne bitmez tükenmez sırlarla, çetrefil işlerle örülüydü bizim hayatımız.

Yanıma göbekli bir adam ile karısı oturdular. Adam tam kemerini bağlayacakken, ortaya oturmaktan vazgeçti, yanıma karısını geçirtti. Acaba genç bir kadın olduğum için mi yanımda oturmak istememişti. Kimbilir? O beni istemiyorsa, ben de ne onu ne karısını istiyordum. Onlara sırtımı dönüp, başımı cama dayadım, gözlerimi kapattım, uçak havalanana kadar, açmadım gözlerimi.

Uçak iyice havalandıktan sonra, yanımdaki pencereden aşağı baktım. İzmir'in üzerindeydik. İzmir çevresinin ekili alanlarını, zeytinliklerini, tütün tarlalarını, bağlarını, meyve bahçelerini, mutlaka tekrar görmek istediğim yeni arkadaşımı ve bana her an bir başka karanlık dehlizin kapısını açan babamı geride bırakarak, hasta annemi bağışlamak üzere, yabancı bir coğrafyaya gidiyordum. Annemi ne halde bulacağımdan emin değildim. Hakan'ın, babamla barışmam konusundaki ısrarının arkasında, tam da bu gerçek vardı. Babanı affetmek için kötü bir haberi bekleme, demişti bana, annemin hastalanacağını öngörmüş gibi! Dediği aynen olmuştu. Annemi, sadece hastalık haberini aldığım için görmeye gidiyordum. Acaba bu her şeyi önceden sezen Hakan'ı bir daha görebilecek miydim?

İzmir'den bir saat gecikmeli kalktığımızdan, Singapur uçağına ucu ucuna yetiştim. Yetmezmiş gibi, çıkış fonumu önceden ödemeyi akıl etmediğim için, pasaport kuyruğundan çıkmak zorunda kaldım. Yeniden sıraya girdiğimde, önüme en az otuz kişi daha katılmıştı. Bu yüzden telaş yaptım, kontrollerde kemerimi ve çizmelerimi çıkartmam gerektiği için de ayrıca asabileştim.

İtiş kakış bindiğim uçakta allahtan babamın sayesinde önden ikinci sıradaydım. El bagajımı rafa yerleştirdim, Hakan'ın verdiği romanı yanıma aldım, yerime oturdum ve ancak kemerimi bağladıktan sonra sakinleşebildim. *Viran Dağlar*'ı açtım, okumaya çalıştım ama dikkatimi kitaba veremiyordum. Pencereden uçağın çakan ışığında yer yer gözüken bulutlara baktım. İnsanın camdan üzerlerine atlayıveresi geliyordu. Atlarsam sanki kuştüyü bir pufla yatak gibi yumuşacık kucaklayacaklardı beni. Ne kadar aldatıcıydı görünen ile esas gerçek. Bulutlar kucaklayıcı görüntülerine rağmen sağlam zemin değildiler. Dışardan bakan bir göze, az önce havaalanı lokantasında yemek yiyen bir baba-kız olarak yansıyan biz de, aslında baba-kız olmaktan uzaktık. Kimsenin aklının almayacağı bir travma yaşamıştık. İzmir'de havaalanındaki lokantada yan masada kocasıyla oturan, sonra tuvaletin kapısında sıra beklerken konuştuğum yaşlı Amerikalı kadın, bana İstanbul'a mı gidiyorsunuz diye sormuştu. İstanbul'dan aktarma yapıp, Singapur'da annemle buluşacağım, demiştim. Mutlu bir aile sanmıştı bizi.

Geçmişte, çok kısa bir zaman, gerçekten mutlu bir aile olmuştuk. Bize belletilmiş formatın içinde, anne-baba-çocuklar üçgeninde, güzel, mutlu insanlardan oluşan, derli toplu bir ideal aile!

Tadı damağımda kalmış! Şimdi, ucuz bir dizi filmin kahramanları gibiydik. Sağa sola saçılmıştık! İyi bir aile olmak için gereken formatın tamamen dışındaydık. Ahlak dışıydık hatta!

Ahlak?

Hakan'la geçirdiğim günün sonunda, bir kere daha sorgulamıştım ahlak denen olguyu. Şimdi, bulutlara bakarken bir kez daha sordum kendime, kime ve neye göre ahlak?

Babam annemi aldatmıştı. Onu bir kadınla aldatsaydı, sadece çapkın erkek olacaktı. Ama babam annemi bir erkekle aldatmıştı! Ailesinin, arkadaşlarının gözünde utanmaz adam olmuştu! Babam İngiltere'de yaşıyor olsaydı, ne olacaktı?

Henüz çok yükselmemiştik, hâlâ bulutların içindeydik. Bulutlar zaman zaman yoğunlaşıyordu, karanlığın içinde kalıyorduk, bazen de aralanıyorlardı, yeryüzündeki ışıkları seçebiliyordum, o zaman.

Aynı şey zihnimde oldu, belleğimin bulutları yer yer açıldı, aralandı, bazı resimler gördüm… bir odada didişen insanlar… balkondan aşağı doğru balıklama uçan bir erkek bedeni… çığlık attığımı hatırlıyorum… merdivenlerden beni çeke çeke indirişi annemin… eve dönüşümüz… Sis!

Sonra, o yoğun sisin içinde, esmer bir erkeğin dehşet için-
deki gözleri belirdi. Ben nerden biliyorum bu yüzü diye düşün-
müştüm, babamın bekçisi evinin demir kapısını açtığında...

Hostes yemek servisi yapmak için gelinceye kadar, öyle kal-
dım, başım cama dayalı, kalbim bin parça. Alnım buz gibi ol-
muştu, yüreğim de öyle!

Ne biçim insanların çocuğuydum ben? Karısını hem de bir
erkekle aldatmış, hapse düşmüş bir babanın, kocasının suçsuz
olduğunu bildiği halde kılını kıpırdatmamış bir annenin kı-
zıydım.

Bu gerçeği taşıyacak gücüm var mıydı benim?

Heyyy Hakan efendi! Sen ki yılın güçlüsü ilan ettin beni,
eşeleye eşeleye ulaştığım gerçeği, ben nasıl taşıyacağım ömür
boyu, söylesene! Annem olacak kadının, babam olacak ada-
mın nasıl bakacağım yüzlerine, bundan böyle? İki suçlu onlar.
İki vicdani suçlu! Kimlerin kızı olduğumu bilseydin, yine de
gezdirir miydin beni oraya, buraya arabanda?

Yok olmak istedim. Bu dünyaya hiç gelmemiş olmak, eri-
mek, buharlaşmak, havaya karışmak!

Bir el uzandı önümden doğru, hırsla ittim eli.

"Pardon, masanızı açacaktım..."

Dehşetle döndüm, elini ittiğim hostes, hayretle bakıyordu
bana.

"Uyumuşum da... korktum birden."

"Masanızı açar mısınız?"

"Yemek yemeyeceğim."

"Sabah yediye kadar başka servis olmayacak. Acıkırsınız..."

"Yok, istemiyorum."

"Pekiyi, o halde kahvaltı seçeneğinizi işaretleyin."

"Neymiş o?"

Bir liste uzattı bana, üzeri bin bir çeşit kahvaltı seçeneğiyle dolu. Bussiness Class'ta uzun uçuşlara alışık olmadığım için, son derece bilgisizdim bu konuda. Şimdi babam yanımda olsaydı, benim yerime doldururdu seçenekleri.

Kısa bir müddet sonra, hostes bu kez elinde sıcak havlularla geri geldi. Uzattığı havluyu aldım, o kadar sıcaktı ki, elimi yaktı. Sıcak havluyu buharıyla suratıma kapattım. Yüzüm, gözüm, dudaklarım yandı. Yüzümü, lavanta çiçeği kokulu sıcak havluya gizleyince, neden bilmiyorum, birden ağlamaya başladım. Sessizce ama sarsılarak ağladım. Neden sonra sakinleştim. İndirdim havluyu yüzümden. Havluda kapkara lekeler olmuş. Anladım ki rimellerim, göz boyalarım akmış.

"Kalkar mısınız," dedim, yanımda oturan Çinliye.

Adam kalkıp yol verdi bana. Hostesin sürdüğü yemek arabasıyla karşı karşıya kaldım. Kadın yüzümün halini görünce geri geri gidip, bana yol verdi. Tuvalete girip aynaya baktım ki, suratım maskara gibi. Gözlerimden başlayan siyah yollar, ağzımın yanlarına kadar sıra sıra inmiş. Yüzümü sabunla yıkadım. Bembeyaz suratımla artık bir palyaçoyu değil, hortlağı andırıyordum. Yerime döndüm. Adam ayağa kalkıp yol verdi yine bana, yerime geçmem için. Oturdum. Yemek servisi başladı. İyi ki yanımda çapkın ve konuşkan bir İtalyan erkeği değil, somurtkan ve suskun bir Çinli oturuyordu. Yok sayıyordu beni.

"Ben bir şarap alayım," dedim, servise başlayan hostese "bir de lütfen şarap listesini göreyim." Hostesin beni alkolik zannetme ihtimaline gülümsedim kendi kendime.

Hostesin getirdiği küçük şarap şişesini açıp boşalttım bardağıma. Listeye göz gezdirdim ama babam için not almadım.

Şarabımı bitirdiğimde sızıp uyumayı umuyordum. Nitekim, bardağı yarıladığımda gözlerim kapanmaya başladı. Ben dalmadan önce, yanımdaki adamın önündeki yemek tepsisini kaldırıyordu hostes. Çinliye sırtımı dönüp, koltuğumu yatırdım, gözlerimi kapattım. Ama kafam o kadar karışıktı ki, uyuyamadım, kendimi düşüncelere bıraktım.

Şu anda her şeyi biliyordum artık.

Pandoranın kutusundaki tüm kötülükler dışarı saçılmıştı.

Annemin neden beni uyku ilaçlarıyla sersemletip Londra'ya kaçırdığını, niye babamı görmemi engellediğini, olanları örtbas etmek için Handan'ı kullanışını, babamın Bora'yla olan ilişkisini, Bora'nın nasıl öldüğünü... bilmeyi istediğim ve bilmeyi hiç istemediğim her şeyi biliyordum.

Benim ve ailemin başına gelenlerin bir romanı yazılsa, ya satışları patlatır ya raflarda kalırdı, artık bu kadarı bir romanda bile olmaz diye. Ama biz roman kahramanları olmadığımız halde, hepsini yaşamıştık. Hepimiz kendi payımıza düşen acıyı sırtlanmış, kimselere nasip olmayan bedeller ödemiştik. Ölümlerle, ayrılıklarla, yalanlarla!

Ah ne kadar yorgundum.

Benim yaşımda, benim kadar yorgun bir başka genç kız var mıydı acaba şu koca dünyada?

Üzerime uçak battaniyesini örttüm. Battaniyenin ucunu kafama kadar çektim, kendimi başıma gelebilecek başka kötülüklerden, felaketlerden korumak ister gibi.

Dalmışım.

Güneşli pırıl pırıl bir sabaha uyandık biz uçak yolcuları. Uyananların açtıkları tek tük perdelerden içeri inanılmaz güzellikte bir ışık doluyordu. Ben de açtım perdemi. Sabun köpüğü gibi bembeyaz, mavi-beyaz, gri-beyaz, kirli-beyaz bulut kümelerinin arasından geçiyorduk. Ne çok tonu varmış beyazın, şu ana kadar hiç fark etmediğim. Çinli başı yana sarkmış, uyuyordu. Tuvalete gitmek için kalkmak istedim ama adamı uyandırmaya çekindim. Kahvaltımı istemek için zile bastım.

Yeni bir ülkede yeni bir güne başlayacaktık iki saate kadar. Neyle karşılaşacağımı bilemiyordum. Dışardaki güzel maviliğe inat, ölmek üzere bir anneyle mi? David'in beni, anneni bu hale üzüntüden sen getirdin diye suçlayan bakışlarıyla mı? Ürperdim. Anneme kızıyordum, babamı hapisten çıkarmak için gayret etmeyişini öğrendiğimden beri daha da çok kızıyordum ama, Allahım, ne olur ölmesin annem! Can'dan sonra bir de annemi taşıyamaz benim vicdanım. Çökerim. Biterim. Beni dün geceden beri yaşadığım karanlık duygulardan korumak için, evini terk edip nerdeyse üç yıldır sürgünde yaşayan annemi hayata döndürmek için geç mi kaldım? Aklıma Hakan'ın söyledikleri geliyor. Kulağımda Penny'nin telefondaki son sözü! Biraz daha hızlı gidemez mi bu uçak!

Adam kıpraştı yanımda. Hostes, elinde bir gece önce işaretlediğim kahvaltılıklarla geldi, tepsiyi bana uzatırken istemeden uyandırdı Çinliyi. Zavallı adam gözlerini kırpıştırdı, toparlandı koltuğunda;

"Günaydın," dedi.

"Günaydın size de. Madem uyandınız, bana bir yol verseniz, tuvalete gideceğim. Özür dilerim rahatsız ettiğim için."

"Ben de gideceğim zaten," dedi Çinli.

Uçağa bindik bineli, ilk kez konuşuyorduk birbirimizle.

Adam ayağa kalkıp bana yol verdi. Tuvalete koştum. Aynada yüzümü gördüm yine. Kahvaltımı bitirince biraz makyaj yapmazsam, yolcular aralarına bir hortlak katıldı sanıp korkabilirler, diye düşündüm. Yan raflara konmuş kolonyaların arasında yasemin kokusu aradım. Buldum, bolca serpiştirdim ellerime, kollarıma. İşimi bitirip geri döndüm. Koltuğa bıraktığım kahvaltı tepsisini küçük masama alıp, kıtlıktan çıkmış gibi silip süpürdüm her şeyi. Biraz kendime geldim, doyunca.

Kahvaltılar toplandıktan sonra, ben yine bulutları seyre başladım. Bulutlara bakmak, ateşe bakmak gibiydi, gözü oyalıyordu. Oyalanmaya ihtiyacım vardı, çünkü inme saatimiz yaklaştıkça giderek daha huzursuz oluyor, heyecanlanıyordum.

İnişe geçtiğimiz haberini veren pilotu dinledikten sonra, pencereye yapışıp, küçücük bir adada yaratılan suni cenneti seyre koyuldum. Gördüğüm manzara çok etkileyiciydi. Yine bir göz aldatmacası işte! Gökyüzünden bakıldığında, bu ağaçlar, çiçekler, güzel binalar, estetik gökdelenler içindeki memleketin, kim anlardı, en ufak suça dahi idam uygulayabilen bir diktatörlük olduğunu.

Havaalanından hastaneye doğru giderken, annemin beni ilk gördüğünde ne yapacağını tahmin etmeye çalışıyordum. Ağlamaya başlayacaktı, eminim. Çok sevinecekti ama, uzun zaman kalmayacağımı öğrenince de çok üzülecekti. Normal davranışı David'ten görecektim herhalde. Benim tanıdığım David, "İyi ki geldin, anneni mutlu ettin," diyecekti ve ilave edecekti, "madem işin var, elbette döneceksin Londra'ya, ben ikna ederim anneni."

Hayatımıza katılması ne kadar isabetli olmuştu David'in. Hani ne derler yaşlılar aile babaları için, Allah onu başımızdan eksik etmesin mi, ne... İşte aynen öyle hissediyordum üvey babam hakkında. Allah onu annemin başından eksik etmesin!

Hastanenin önünde, havaalanında bozdurduğum paralarla, iç rahatlığı içinde taksiyi ödedim. Taksiciler Singapur'da turistleri dolandırmaz demişlerdi, çünkü cezası ağırdır. Suç oranının nerdeyse sıfır olduğu bir ülkedeydim. Tek tük iyi tarafı da yok değildi diktatörlüğün! İnsanını temiz ahlaklı yetiştiremeyince, cezalarla yola getirme yöntemi! Büyükbabamı hatırladım, ne derdi bu duruma... İlkelliğinin işareti, derdi galiba. Ne kadar sık hatırlar oldum akrabalarımı... aile özlemi bu olmalı!

Hastaneye girdim. O bildik koku. Klor. İçim çekilir gibi oldu. Toparlamaya çalıştım kendimi. Bir iki günüm burada geçecek madem, alışmalıyım bu kokuya. Ama alışamıyorum bir türlü. Aradan yıllar da geçse... bu koku beni mahvediyor. En acı veren anıların içine atıyor.

Resepsiyona yürüdüm, elimde valizimle.

İngilizce, "Buyurun" dedi, beyazlar giymiş hemşire kılıklı bir kadın, "Doktorunuz kimdi?"

"Annemin doktoru... Sanırım adı... Neyse annemin adı Eda Willets. Mrs. Willets. Kocası da burada yatıyor, David Willets. Hangi odadalar acaba?"

Kadının ifadesiz yüzünde bir kıpırtı oldu. Önündeki defteri karıştırdı;

"Mrs. Willets'i göremezsiniz. Mr. Willets üçüncü katta, 28 numarada," dedi "ama henüz ziyaret saati değil."

"Bakın, ben Londra'dan geldim... şey, İstanbul'dan. Kızıyım. Görmem lazım."

"Acilde ziyaret zaten yasak."

Çatışmaya girmedim kadınla. Valizimi sürüye sürüye uzaklaştım oradan, asansörü aradım. Buldum, binip üçüncü kata çıktım, 28 numaralı oda, koridorda sağdan üçüncü odaydı. Kapıyı vurdum, ses gelmeyince içeri girdim.

David pencerenin önünde bir tekerlekli sandalyede oturuyor, camdan dışarıya bakıyordu ama şehrin gökyüzüne yükselen ince uzun binalarını görmüyor gibiydi.

Usulca, "David," dedim.

Bu sefer duydu, bana döndü, Allahım iskelete dönmüş o koca adam! Zayıflamış bulduğum babam, David'in yanında tombul kalır. Çukura kaçmış kan çanağı gözleriyle yüzüme baktı.

"İyi ki geldin ama geç kaldın Derya..." dedi, "galiba geç kaldın."

"Ne!"

"Sandalyemi telefonun önüne itsene."

Yaptım dediğini. Başucu masasındaki telefonu kaldırıp bir tuşa bastı, konuştu.

"Mrs. Willets'in kızı geldi... Evet... Çabuk olun... Ne olursunuz, çok çabuk olun."

"David, neler oluyor? Annem nerede?"

"Şimdi götürecekler seni annenin yanına," dedi.

"Bana anlatsana... annem..."

Ben lafımı bitirmeden odaya beyaz üniformalı bir kadın ve bir adam girdi. Kadın, David'in tekerlekli sandalyesini kapıya doğru çevirdi, diğeri "Beni takip edin lütfen," dedi bana, valizimi odada bıraktım, el çantamı alıp adamı takip ettim. Çıktık odadan, uzun koridor boyunca hızlı hızlı yürüdük, asansöre bindik hepimiz.

"Nereye gidiyoruz?" dedim.

"Acile."

Doğruymuş! Allahım, annem acilde! Gerçekten çok hastaymış demek ki! Kulaklarım uğuldamaya başladı. Asansör iniyor muydu yoksa çıkıyor muydu, fark edemiyordum. Tekerlekli sandalyede boş çuval gibi yığılmış adama;

"David sen yürüyemiyor musun?" diye sordum. Niye sordum bunu şimdi? Esas sormak istediğim soruyu sormaya korktuğum için mi.

"Halsizim çok. Dizlerim titriyor," dedi David.

Asansör durdu. Çıktık, bir başka koridorda ilerledik. Camlı bir odanın kapısını açtı beyazlı adam. David'i camın önüne sürdü hemşire. Ben adamın peşinden içeri girdim. Yığınla aletin çalıştığı küçük odada annem çeşitli tüplere bağlanmış, sırt üstü yatıyordu. Yanına gittim, gözleri kapalıydı.

"Anne, ben geldim," dedim.

Açmadı gözlerini;

"Anne, ben Derya... Kızın... Geldim bak, buradayım, yanındayım."

Benden taraftaki eline serum takılıydı, yatağın diğer yanına geçip, çarşafın üzerinde duran elini tuttum. Ellerinin üzeri iğne izlerinden morarmış, balmumu gibi soluk, ince parmaklı, küçük elini sıktım avucumda.

"Beni duyuyor musun? Bir işaret ver, elimi sık... ne olur anne, haydi ama."

Ümitsizce çırpındım.

"Anne, yalvarırım aç gözlerini."

Yanımda duran doktora döndüm.

"Beni duyuyor mu?"

"Olabilir. Siz konuşmaya devam edin."

"Ne yaptınız anneme? Siz ne yaptınız ona?"

"Elimizden geleni yaptık. Yaşı ileri değil ama bedeni çok yıpranmış. Karaciğeri yorgundu, hastalığı kocası gibi yeneme-di."

Anneme konuştum yine.

"Anne, kim demiş hastalığı yenemedin diye! Sen neleri yendin! Haydi aslan annem, bak ben buradayım, elini tutuyo-rum, aç gözlerini... Hiç kızmıyorum sana anne. Dargın deği-lim. Biliyorum, ne yaptınsa, ne söyledinse hepsi beni korumak içindi, ben üzülmeyeyim diye. Her şeyi anlattı babam. Elimi sık, ne olur, beni duyduğunu göster."

Oturdum yere. Annemin eli hep avucumdaydı. Başımı ya-tağa dayadım. Saçıma dokundu biri. Baktım, doktor gitmiş, David gelmiş yanıma, saçımı okşuyor.

"Çok ilaç almış hayat boyu. Karaciğeri yorgundu," dedi.

"Geçmiş zaman kipiyle konuşma lütfen."

Gözlerimden yaşlar iniyordu ama ben ağlamıyordum. İra-demin dışında, ben istemeden dökülüyordu yaşlar. Ağlamaya vaktim yoktu, işim vardı benim. Annemi o büyük kapıdan ge-ri döndürmeye çalışıyordum. Yalvararak, dua ederek, ikna yo-luyla... Beni duyuyorsa, dönerdi. Mutlaka dönerdi.

Çırpındım.

"Annem, gitme! Dön ki yine birlikte olalım. Evimize döne-lim. Evimizi özledim anne."

Hangi evimizi? İstanbul'dakini mi, Londra'dakini mi? Bir-likte yaşadığımız bir evimiz kalmamıştı ki. İstanbul'dakini o, di-ğerini ben terk etmiştim. Benim istediğim, birlikte olmamızdı. Kavga da etsek, huzursuz da olsak birlikte olmamız. Beni karşılık beklemeden sevebilecek yegâne insana şımarabilme, kapris yapabilme, bağışlanabilme lüksümü özlemiştim en çok.

"Anne! Gitme sakın. Benimle kal. Bak, sana geldim ben."

Duymadı anneciğim beni.

Avucumda sıkıca tuttuğum eli seğirdi ve gevşedi gibi geldi... Yüzünde huzurlu, mutlu bir ifade belirdi. Başucundaki alette zikzaklar çizen yeşil ışık düz bir çizgiye dönüşürken, sonu gelmeyen bir vınlama doldu kulaklarıma.

Kızgınlıklar, kavgalar, ithamlar, aldatmalar, yalanlar, eşcinsellik, sergi, galeri, diploma, şu, bu... hepsi anlamını kaybetti. Hepsi önemsiz birer ayrıntı oldu.

Tek bir gerçek kaldı: Hayat; bir sivrisinek sokması yüzünden sönen hayat!

Annemin eli avucumda, orada ne kadar kaldım, hiçbir fikrim yoktu. Bir saat mi, saatlerce mi, yoksa kısacık bir an mı? Sonra, sanki çok sonra biri omuzlarımdan tutup beni yukarı doğru çekti gibi geldi. Önce dizlerimin üzerinde doğruldum. Bacaklarım uyuşmuştu. Yavaşça ayağa dikildim. David uzanıp elimi tuttu,

"Bitti," dedi.

Eğilip annemi öptüm. Öptüm. Öptüm. Öptüm yasemin kokan annemi.

"Beni affet anne," dedim, "tüm edepsizliklerim, hırçınlıklarım, haksızlıklarım için affet beni, ne olur."

David'le ikimiz odada yalnızdık. David'in kan çanağı gözlerinde yaş yoktu ama omuzları, elleri, sırtı, yana bükülmüş boynu, her bir hücresi ağlıyordu. Bir enkaz gibiydi. Ne yapacaktı, nereye, kime gidecekti? İyileşme sürecinde kim bakacaktı, kısa bir zaman içinde de olsa, annemi çok sevmiş olan David'e? "Ben çıkayım istersen, sen de vedalaş annemle," dedim. "Ben dünden beri hep vedalaşıyorum onunla," dedi. "Çok yalvardım kalması için ama dinlemedi beni. Dinlemedi! Şimdi ne yapacağım ben Derya? Onun içinde olmadığı eve nasıl döneceğim?"

Beyaz giysili adam, ifadesiz yüzüyle camın ardından bize bakıyor, sabırla odadan çıkmamızı bekliyordu. Bizi çıkarmak için gelen hemşire içeri girerken, odanın dışına ben ittim David'in tekerlekli sandalyesini.

Koridora çıkınca, yere çöktüm, yığılıp kalmamak için bu kadar zorladığım bir başka anı hatırlamıyordum. Çantamdan telefonumu çıkardım, hiç düşünmeden, içimden, yüreğimden ilk geleni tuşladım Hakan'a.

Annemi kurtaramadık. İşlemleri tamamlanınca annem ile David'i yanıma alıp Urla'ya dönüyorum. Her ikisi de bizimle kalacak. Babam hazırlık yapsın.

Derya

Çok zorlanarak ayağa kalktım, tekerlekli sandalyenin ardına geçtim, kocaman el çantamı, taşıyacak gücüm kalmadığı için David'in kucağına bıraktım ve onu kendi odasına götürmek üzere, çıkışa doğru ittim.

"Anneni nereye götüreceğiz? Londra'ya mı, İstanbul'a mı? Hangisini isterdi sence?" diye sordu David zor duyulur bir sesle, "Nereye gideceğiz biz şimdi?"

"Hep birlikte yeni bir hayata," dedim, "eminim annem bunu çok isterdi. Ve biliyor musun David, içimden bir ses senin de yeni hayatımızdan memnun kalacağını söylüyor."

Bana hiçbir şey sormadı David.

Singapur'da gün geceye kavuşmak üzereydi; Ege'de ise henüz akşam olmamıştı.

ÖDÜLLERİ

1988-89 – Tiyatro ve TV Yazarları Derneği, En İyi Çevre Düzeni Dalında Televizyon Başarı Ödülü

1995 – Haldun Taner Öykü Ödülü Birincisi

1996 – Sait Faik Hikâye Armağanı Ödülü

1996 – 3. UAT En Başarılı Yazar Ödülü

1997 – Oriflame Roman Dalında Yılın En Başarılı Kadın Yazarı Ödülü

1997 – *Nokta Dergisi* DORUKTAKİLER Edebiyat Ödülü

1977 – İ.Ü. İletişim Fakültesi, Roman Dalında Yılın En Başarılı Yazarı Ödülü

1998 – Oriflame Edebiyat Dalında Yılın En Başarılı Kadın Yazarı Ödülü

1998 – İ.Ü. İletişim Fakültesi Roman Dalında Yılın En Başarılı Yazarı Ödülü

1999 – Oriflame Edebiyat Dalında Yılın En Başarılı Kadın Yazarı Ödülü

1999 – İ.Ü. İletişim Fakültesi Roman Dalında Yılın En Başarılı Yazarı Ödülü

2000 – Rotaract Yılın Yazarı Ödülü

2001 – Ankara Fen Lisesi Özel Bilim Okulları Yılın Yazarı Ödülü

2002 – Tepe Özel İletişim Kurumları Yılın En İyi Edebiyatçısı Ödülü

2003 – AVON Yılın En Başarılı Kadın Yazarı Ödülü

2003 – Best FM Yılın En Başarılı Yazarı Ödülü

2004 – İstanbul Kültür Üniversitesi Yürekli Kadın Ödülü

2004 – Pertevniyal Lisesi Yılın En İyi Yazarı Ödülü

2007 – Bağcılar Atatürk İ.Ö.O. & Esenler-İsveç Kardeşlik İ.Ö.O. Yılın Edebiyat Yazarı Ödülü

2007 – Türkiye Yazarlar Birliği *Veda* İsimli Romanıyla Yılın En Başarılı Yazarı

2008 – European Council of Jewish Commununities Roman Ödülü

2009 – TED Bilim Kurulu Eğitim Hizmet Ödülü

2009 – Kocaeli, 2. Altın Çınar Dostluk ve Barış Ödülü

2009 – Kabataşlılar Derneği Yılın En İyi Yazarı Ödülü

2010 – Best FM 1998-2008, 10 Yılın En Başarılı Kitabı

2010 – Kabataşlılar Derneği Yılın En İyi Yazarı Ödülü

2011 – İTÜ EMÖS Yaşam Boyu Başarı Ödülü

2011 – Orkunoğlu Eğitim Kurumları, Yılın En Başarılı Yazarı Ödülü

2011 – ESKADER Kültür & Sanat Ödülleri, Hatırat Dalında *Hayat & Hüzün*

2011 – FARAVEL (*Veda* ile) Dublin IMPAC Edebiyat Ödülü Ön Adayı

2012 – Medya ve Yeni Medya Ödülü

2012 – Lions Başarı Ödülü

Sevdalinka'nın Bosna-Herkes telif geliri savaş mağduru çocuklara, *Kardelenler*'in telif geliri Kardelen Projesine, *Sit Nene'nin Masalları*'nın telif geliri UNICEF Anaokulu Projesine, *Türkan-Tek ve Tek Başına*'nın özel baskısının ve *Türkan* tiyatro oyununun telif gelirleri ise ÇYDD eğitim projelerine bağışlanmıştır.